中国古典文学
读本丛书典藏

先秦诗选

增订版

赵敏俐 刘国民 选注

人民文学出版社

图书在版编目(CIP)数据

先秦诗选/赵敏俐,刘国民选注. —增订版. —北京:人民文学出版社,2022
(中国古典文学读本丛书典藏)
ISBN 978-7-02-017484-3

Ⅰ.①先… Ⅱ.①赵… ②刘… Ⅲ.①古典诗歌—诗集—中国—先秦时代
Ⅳ.①I222.72

中国版本图书馆 CIP 数据核字(2022)第 170972 号

责任编辑　徐文凯
装帧设计　陶　雷
责任印制　王重艺

出版发行　人民文学出版社
社　　址　北京市朝内大街 166 号
邮政编码　100705

印　　刷　三河市鑫金马印装有限公司
经　　销　全国新华书店等

字　　数　196 千字
开　　本　880 毫米×1230 毫米　1/32
印　　张　9.125　插页 1
印　　数　1—5000
版　　次　2009 年 4 月北京第 1 版
　　　　　2022 年 10 月北京第 2 版
印　　次　2022 年 10 月第 1 次印刷

书　　号　978-7-02-017484-3
定　　价　36.00 元

·如有印装质量问题,请与本社图书销售中心调换。电话:010-65233595

目　录

1

5

前　言

　　中国是诗的国度，我们的祖先从开始说话的那天起就开始了诗的歌唱。《毛诗序》说得好："诗者，志之所之也。在心为志，发言为诗。情动于中而形于言，言之不足故嗟叹之，嗟叹之不足故永歌之。永歌之不足，不知手之舞之，足之蹈之也。"的确，诗歌本来就是人的一种情感表达。当人类的语言还没有充分发达的时候，歌唱在表达人的情感方面也许比语言更为生动，也更为准确。如果诗歌还不足以表达人类的情感，那就再加上手舞足蹈。所以在人类的远古时代，诗、歌、舞总是三位一体。《淮南子·道应训》说："今夫举大木者，前呼'邪呼'，后亦应之，此举重劝力之歌也。"淮南子是汉代的人，他所记录的"举重劝力之歌"，虽然只是当时抬木人的歌唱，但足以让我们回想起远古时代先民们的诗歌是什么样子。传说涂山之女在想念大禹的时候，唱的是"候人兮猗"。这简短的四个字在今天看来也许算不上是什么诗歌，但它是当时世界上最为婉转悠扬的歌曲！我们可以想象，就在涂山女这一句深情的呼喊中，包含了她对大禹多么真挚的思念！因为它是诗，是歌，而不是一般的说话；所以这里的每一个字都是一个优美的音符，每一个音符里都包含着无尽的情意！可以想象，当先民们把歌唱当成是表达思想情感的主要工具，当他们在各种生活如战争、祭祀、种田、狩猎、捕鱼、采摘、养蚕、织布、盖房以及恋爱、结婚、生子的过程中，只要心灵有所感动，就要诉诸歌唱，那是一个多么丰富多彩的歌的世界啊！

　　遗憾的是由于文字产生太晚，先民们那些美丽的歌唱几乎消失了。只有少数的歌唱残存于后人的记忆当中而在无意中被记录了下来，它留给我们的只是美好的回忆。到了周代社会以后，中国才有了系统的诗歌整理工作。一方面有周王朝派采诗之官到各地搜集，一方面有周代社会的各级贵族向朝廷进献并以之为政治讽喻的工具，一方面有宫廷乐官为了国家的宗庙祭祀等各种礼仪而进行有目的的制作，最终这些诗篇又由周王朝的乐官们进行了系统的整理加工并且配乐演唱，于是有了中国古代的第一部诗歌总集，这就是为后人尊奉的《诗经》。

《诗经》在周代社会被称为"诗三百"，共收录305篇作品。后人之所以尊称为"经"，首先是因为其内容的丰富。《诗经》共分为"风""雅""颂"三个部分。"风"的本义是风土和风俗，《诗经》中共有十五国风，也就是表现当时十五个"国"（诸侯国与某些地区）的世俗风情歌唱。"雅"的本义是"夏"，原指为夏王朝曾经统治过的中原地区，在《诗经》中则指以中原之声歌唱的王朝正乐，分为"大雅"和"小雅"。其中"大雅"主要辑录的是有关周王朝历史、政治、战争、宗庙等重大事件方面的歌诗和上层贵族的政治诗，"小雅"则主要辑录有关周王朝日常礼仪文化制度方面的诗歌和士大夫的抒情诗。"颂"的本义为"容"，在《诗经》中主要指诉诸舞蹈表演的宗庙歌舞艺术。它分为"周颂""商颂""鲁颂"三个部分。其中"周颂"收录的是周王朝的宗庙祭祀乐歌，"商颂"收录的是殷商王朝的宗庙祭祀乐歌，"鲁颂"收录的是春秋时期鲁国的宗庙祭祀乐歌。"风""雅""颂"三位一体，共同展开了一幅殷周社会的立体画卷。

从《诗经》中我们看到，周民族的祖先后稷是一个种田的能手。他最早开创了周人的基业，在有邰那个地方建立了自己的家园。到了公刘时代，由于受到敌人的侵扰，周人又迁移到豳地。经过了数百年，到了古公亶父，周民族又迁徙到了岐山脚下的周原。以后经过周文王的经营，周民族强大起来。周武王即位后，在牧野与殷商进行了一场生死决斗，最终消灭了商王朝，建立了一个以血缘关系为纽带的宗法制封建国家。这个宗法制国家在成王和康王时代达到了鼎盛，以后逐渐衰落，到了周厉王以后,由于实行暴政,引起了国人的暴动,虽然有宣王的中兴,可是到了周幽王时期,终于走向灭亡。接下来周平王在秦、郑等诸侯国的帮助下东迁,中国历史进入了春秋时期。《诗经》中的"周颂""大雅""小雅"中的一些诗篇,从不同角度记载了这一历史过程。这里既有对于英明的开国君王的热烈歌颂,也有对于末世昏君佞臣的严厉批判。从这一点来看,《诗经》首先是一部记载周代社会发展过程的形象化的历史,是周人的一部历史教科书。

《诗经》多方面地表现了周人的政治思想文化观念,多方面地记录了周王朝的政治生活和宗教礼仪生活。周王朝是一个农业国家,农业是立国之本。因此,在周人最为隆重的宗庙祭祀活动中,关于农业的祭祀活动占有重要地位。《诗经》"周颂"很明显地表现了这一点,其中的农业祭祀诗歌如《载芟》等,真实地再现了当时的农业生活场景。诗歌从春天的播种一直写到秋天的收获,生动而又传神。周代是一个典型的以血缘关系为纽带的宗法制社会,强调人与人之间的伦理亲情。《诗经》"大雅""小雅"以及"国风"中的一些作品,如《伐木》《常棣》《蓼莪》《凯风》等,歌颂了父母兄弟朋友之间真诚的人伦情爱,至今仍然感动人心。周代又是一个特别重视礼仪规范的社会,各种繁复的礼仪不仅是维系社会的重要制度,也是约束人心、引人向善的重要手段。《诗经》中的诸多描写礼制的诗篇因此具有了非同一般的意义,如《鹿鸣》不仅描写了周王宴享诸侯嘉宾"鼓瑟鼓琴"的盛况,而且还表达了周王对于嘉宾在道德风范上给他以指导的期盼,这就是诗中所言的"人之好我,示我周行"的意义。周代社会又是一个特别强调人格风范的社会,周人理想的"君子"不仅有风度翩翩的外表,还要有高尚的道德情怀、高度的文化修养、高昂的政治热情和高超的领导能力。《诗经》对这样的"君子"给予了热情的歌颂,如《大雅·烝民》中的仲山甫和《卫风·淇奥》中的卫武公,他们不仅在当时是人们学习的榜样,在今天仍然是我们学习的榜样。《诗经》还辑录了许多当时贵族政治家的忧国忧民的诗篇，如《大雅·抑》《小雅·正月》等，通过这些诗篇，我们不仅了解了周末社会政治的黑暗，更可以看到那些具有伟大治国理想的贵族思想家忧国忧民的热血心肠。他们奠定了中国古代文人士大夫们关心时政的优良传统，且直接开启了从屈原到杜甫的诗歌道路。

　　《诗经》又是中国古代社会风俗的最生动图画。举凡是周代社会的各种世俗生活，如恋爱、结婚、求子，如出征、行役、离乡，如田猎、采摘、伐木，如送别、相会、团聚，如上朝、退朝、私宴，如祭祀、歌舞、娱乐等等，在《诗经》中都有描写。《诗经》又是社会各阶层的共同歌唱，这里既有上层统治者，如周王、执政大臣、公卿大夫的歌唱，也有下层贵族和平民百姓、农夫、奴隶的歌声；既有各阶层的男人的诗作，也有各阶层的女子的抒情。这里没有幻想错综的神怪故事，也没有张皇幽渺的浪漫色彩，而是一个平凡的世俗人间世界。农夫们在田间劳动的勤劳身影，征人们在途中跋涉的仆仆风尘形象，君子们身着狐裘的逍遥神态，武士们袒裼暴虎的矫健雄姿，情人们水边相会的深情注目，夫妻间琴瑟好和的切切心声，这一切，都会把我们带进一个熟悉而又亲切的世俗人间，体会到先民生活的多姿多彩。从世俗里看社会，从个体中看群体，从际遇中看人生，从生活中看历史。这就是《诗经》的伟大之处。它是以小溪汇成的巨流，以繁花簇成的锦绣。它是以个体的平凡构成的伟大的群体的艺术，也是以世俗的歌唱表现民族精神和民族传统的艺术。

　　《诗经》在后世之所以被尊为经典，另一个重要原因是其艺术水平的高超。先秦人在谈到《诗经》时有"六艺"或"六诗"之说，其中"风""雅""颂"被后人认为是"诗之体"，"赋""比""兴"则是"诗之用"，再后来"赋""比""兴"又被当成《诗经》的主要艺术手法，如朱熹就把"赋"解释成"敷陈其事而直言之也"，把"比"解释成"以彼物比此物也"，把"兴"解释成"先言他物以引起所咏之词也"。这可以部分地说明《诗经》的艺术成就。但正因为"赋""比""兴"最初并不是对于《诗经》艺术成就的全面概括,所以这三个词语也远不能说明《诗经》艺术成就的全部。《诗经》有成功的人物形象塑造,有生动的事件描写、景物描写、形象描写以及心理描写。像《秦风·蒹葭》那样的诗篇,甚至营造了一个含蕴无穷的艺术意境。《诗经》里的诗篇大都有完整的结构,有些诗的章法十分严密。《诗经》的语言丰富多彩并且具有鲜明的形象化特征。有时候一首短短的小诗也包含着无尽的章法奥妙。如《诗经》第一篇《关雎》就是一首艺术水平极高的爱情诗。诗以一个男子的口吻抒情,共分三章,第一章写这个男子对心上女子的思念,第二章写他的追求,第三章写心愿实现后的欢乐,层次鲜明。在每一章当中,又有内在的章法逻辑。如第一章短短四句话,以河洲上的雎鸠雌雄和鸣起兴而联想君子应与淑女相配,第一句是听,第二句是看,第三四句是想。诗人首先听到了鸟的叫声,它是那样的悦耳动听,于是禁不住四处寻找观看,在河洲上发现了雌雄和鸣的雎鸠,它们竟是那样的亲密无间、快乐无比,这怎能不让诗人去想那个美丽善良的女子,想象自己与心上人也像河洲上的那对雎鸠一样成对成双。四句话一气贯通,它是那样地符合人的心理思维逻辑,那样地贴切人的情感,以至像一股暖流一样流进每一个读者的心田,马上就会受到心灵的感动。四句话也正符合"起""承""转""合"的写作章法,第一句是"起",第二句是"承",第三句是"转",第四句是"合"。再从情感的表达来讲,这首诗既有深情,又有热烈。深情处是"求之不得,寤寐思服。悠哉悠哉,辗转反侧",热烈处是"琴瑟友之""钟鼓乐之"。但无论是深情还是热烈,都表达得那样文雅适度,无怪乎孔子说它是"乐而不淫,哀而不伤"。时至今日,它仍然是中国古代爱情诗中的一首具有典范意义的优秀作品。

《诗经》在中国文学史上具有崇高的地位。古人把它称之为经典,就说明它在中国文学史上的典范意义。"五四"以来，人们一直把它当成是中国诗歌的源头，比较看重它的源头意义。而在我们看来，它不仅是中国文学的源头，还是中国文学的一座高峰。说它是源头，是因为它是现存的中国古代的第一部诗集，后世的中国诗歌的进步与发展，都可以追溯到《诗经》，这一点容易理解。说它是高峰，是因为《诗经》的伟大并不仅仅由于它的久远，还由于它里面所沉积的丰厚的文化内容。《诗经》里的作品虽然大都是在西周初年到春秋中期这一时期产生的，但是它里面的一些作品的来源却非常久远，如《豳风·七月》就是流传于周人的故土豳地的一首古老的诗歌。《诗经》中还有一些诗篇虽然所写的是春秋时代的风俗生活，但是这些风俗同样来自久远的古代，如《郑风·溱洧》里所描写的水边袯禊的风俗。更重要的是，《诗经》中的作品之所以表现出如此高的思想内容，达到如此高的艺术水平，并不是历史赋予这一时代的奇迹，而是先民们长期以来诗歌艺术实践的总结与升华。正是从这个意义上，我们说它是中国上古诗歌的一座高峰，是四言诗的巅峰之作。同时，也正因为如此，中国后世的文人们才会从《诗经》中总结出"风雅""比兴"等中国诗歌创作的根本大法，并将其作为后世诗歌创作的典范。

在先秦诗歌史上，另一座高峰则是以屈原的作品为代表的楚辞。和《诗经》相比，楚辞有两点重要的不同。第一，《诗经》是中国北方地区的诗歌艺术，而楚辞则是中国南方地区的诗歌艺术；第二，《诗经》中虽然也有贵族个体诗人的创作，但是从总体上来讲还属于以群体的歌唱为主的艺术，而楚辞则是以个体的歌唱为特征的艺术。屈原生活在当时地处中国南方的楚国，同时又生在中国社会正在发生巨变的战国时代。屈原本是楚国贵族，与楚王同姓，曾任三闾大夫和左徒两个官职，主管楚国贵族事务，同时参与国家大政。起初他曾经得到楚王的信任和重用，而后来则受到同僚的排挤和楚王的疏远，最终被流放在外而死亡。屈原有远大的政治理想，高尚的个人节操，高度的艺术修养，可是却生不逢时，理想不能实现，备受屈辱和打击。于是，他把自己的满腔热情与悲愤诉诸诗歌。受楚国的特殊地理位置与文化环境的影响，屈原的作品带有着明显的南方浪漫色彩；由于特殊的身份和政治上的遭遇，使屈原的作品中充满了爱国与悲愤的激情。屈原的作品在这样的环境中写成，所以有惊天地、泣鬼神的魅力。

屈原的作品大致上可以分为四种类型。第一类是在楚国祭祀歌曲基础上创作的《九歌》，第二类是《离骚》《九章》等发愤抒情之作，第三类是叩问天地历史人生的哲理诗篇《天问》，第四类是《招魂》《远游》《卜居》《渔父》等作品。

《九歌》可能是屈原早期的作品，是屈原在民间祭歌的基础上创作的楚国宫廷祭歌。《九歌》共有十一首，分祭天地山川人鬼等各种神灵。它鲜明地表现了楚人浪漫风流的巫文化色彩，带有浓厚的上古文化特征，每一种神灵都有鲜明的个性，都表现了浓郁的人间情味。特别是《云中君》《少司命》《湘夫人》《山鬼》诸篇，把生动的外貌描写与细腻的心理刻画融为一体，每一个女性神灵都是那样的柔美而多情。《东君》《大司命》《河伯》《国殇》诸篇，则体现了男性神灵的阳刚勇武与威严之气，有摄人心魄的力量。同时，这些诗篇作为楚国宫廷祭歌，又体现出了鲜明的宫廷气派，场面宏大壮观，堂皇而又富丽，其中又融入了浓郁的楚人家国之爱，体现了一种朝气蓬勃的青春气息和昂扬向上的民族精神，堪称是中国诗歌史上的杰作。

《离骚》是诗人屈原用血泪写成的生命悲歌。它生动地历数了诗人一生的悲惨遭际，展现了诗人崇高的理想和高洁的人格，诉说了诗人心中的愤懑悲苦，描述了诗人上天入地求索无门的全部过程。诗人运用了亦真亦幻的写作方式，调动了各种抒情手法，融楚国巫歌诗风与现实生活内容于一体，谱写了一首大气磅礴、浪漫奇幻的人生绝唱，成为中国历史上最伟大的抒情长诗。《九章》各篇，或述屈原流放在外的各种生活，或写诗人忧国忧民的哀思，或抒自己的人生志向，与《离骚》合为一组，让我们可以更为全面地认识诗人的生命过程。《天问》一篇，是诗人在一生最为困苦的流放途中，面对宇宙、自然、历史、人生所进行的全面拷问。它告诉我们，诗人屈原之所以伟大，不仅因为他是有着崇高政治理想的人格高尚的诗人，而且还因为他是一个思想深邃的哲学家。他在遭受个体人生与国家前途的双重苦难中，对宇宙自然和人生历史等哲学的最根本问题进行了无愧于那个时代的思考。

屈原是中国古代第一位伟大的诗人。他的思想、他的人格和他的作品，对后世产生了深远的影响。无论是司马迁、陶渊明还是李白、杜甫，莫不受到他的恩泽。而最直接受他影响的，当然还是战国后期宋玉和汉代贾谊、司马相如等辞赋家。宋玉的《九辩》，从艺术形式与思想情感等多方面模仿屈原的《离骚》，并且在文人悲秋情感与怀才不遇的主题方面有新的开拓，对后世文人士大夫的抒情诗产生了相当大的影响，所以在中国古代，屈宋两位大诗人往往并称。

在先秦诗歌中，除了《诗经》和《楚辞》之外，还有散见于典籍中的一些诗歌也值得我们注意。这些诗歌大体可以分为两种类型。第一种是传说中的上古之作，如传为尧舜时的《击壤歌》《卿云歌》《南风歌》，传为箕子所作的《麦秀歌》，传为伯夷、叔齐所作的《采薇歌》等等。这一类歌曲见于后世著作，它们不一定真的产生于那个时代，也许是后人的追记或假托之作。但是，这些诗篇在中国历史上产生了相当大的影响，已经成为中国古代文化的一部分。第二种是散见于先秦两汉典籍中的各种歌诗谣谚。它们有的记录较晚，有的淹没于经书之中，但保留了比较原始的诗歌风貌，如《吴越春秋》所记的《弹歌》，《吕氏春秋》所记的《涂山女歌》，《周易》卦爻辞中的一些古歌。还有的产生于春秋战国之际,是那个时期真正出自民间而没有经过专业艺术家加工过的民间歌谣。它们大部分都出自那个时期的史书,作为历史的一部分而被记录下来,因而可以让我们更好地了解那个时代民间歌谣的原貌,认识中国早期诗歌所承担的多种社会功能。《左传》中所记载的《宋城者讴》、《国语》中所记载的《暇豫歌》、《论语》和《庄子》中所记的《楚狂接舆歌》、《孟子》和《楚辞·渔父》中所记载的《沧浪歌》等等,它们或者批评时政,或者抒发性情;或者委婉含蓄,或者直抒胸臆。这些诗篇里,也有一些具有较高的艺术水平,如《说苑》中所记的《越人歌》,描写一个越地女子暗恋鄂君子皙那种复杂细腻的心理,情韵悠长,摇荡心灵,有《楚辞·九歌》之神韵,从中我们可以窥见春秋战国之际南国诗歌所达到的高超水平与优雅多情的美丽风采。同时也正是有了这些诗歌的存在,我们才可以更好地理解《诗经》和《楚辞》的伟大。它说明,早在先秦时代,我们的祖先已经不满足于那种天籁之音,他们已经学会充分地利用自己的智慧,总结自己的艺术实践,去努力地追求诗的艺术之美,苦心地修改、琢磨、经营和创作,为后世留下了像《诗经》和《楚辞》那样百代不朽的经典艺术。

下面我们对这本《先秦诗选》的选注工作做一简要说明。它包括三方面的内容,第一是古歌谣,第二是《诗经》,第三是楚辞。我们把这三者统一在一起,就是为了让读者对于先秦诗歌的整体情况有一个比较全面的了解。在每一类诗歌的选目中,我们把艺术性放在首位,同时注意思想的纯正与内容的全面性。作为一个带有普及性的诗歌注本,我们在注释中尽量追求简明,基本上不做繁琐的考证,也不过多地引经据典,但是所有的注释都有出处,保证释义的准确。由于时代久远,先秦诗歌总的来说比较难读难懂,但是先秦诗歌语言古朴典雅,形式独特,内容丰富,含韵悠长,值得细细地品味。由于我们的能力有限,未必能把先秦诗歌的许多优点开掘出来,注释中的错误在所难免,恳请读者批评指正。

注　者

2004 年 9 月 21 日

一、古歌谣

（选 17 首）

击壤歌[1]

吾日出而作,日入而息,凿井而饮,耕田而食,帝力何有于我哉[2]!

　　〔1〕这首歌屡见于东汉王充《论衡》之《艺增》《自然》《须颂》诸篇。《艺增》:"《论语》曰:'大哉!尧之为君也!荡荡乎民能名焉。'传曰:'有年五十击壤于路者,观者曰:大哉,尧德乎!击壤者曰:吾日出而作,日入而息,凿井而饮,耕田而食,尧何等力!'"魏晋间皇甫谧《帝王世纪》:"老人歌曰:'吾日出而作,日入而息,凿井而饮,耕田而食,帝力何有于我哉!'"文字略有不同。王充称引此歌,但非他所作,此歌创作时间已不可考。全歌古朴质厚,写出了远古初民日出而作、日入而息的纯朴生活。击壤:古时一种游戏。宋王应麟《困学纪闻》二十引《风土记》曰:"以木为之,前广后锐,长尺三寸,其形如履,先侧一壤于地,遥于三四步,以手中壤击之,中者为上。"
　　〔2〕"帝力"句:远古初民自然无为地生活,不需要尧之仁义礼让来行教化。帝,尧。

蜡辞[1]

土反其宅[2],水归其壑;昆虫勿作[3],草木归其泽[4]。

〔1〕出自《礼记·郊特牲》。蜡(zhà),一种在年终举行的有关农事的祭典,相传始自远古时代伊耆氏部落。蜡辞,即蜡祭时的祝辞。这篇祝辞全用祈使性的语气,实际上是一首"咒语"式的歌谣。在远古时代,因为生产力低下和科学技术不发达,所以人们对自然灾害往往怀有恐惧和无可奈何的心理,但这首歌谣表现了人民控制、战胜自然灾害的强烈愿望和豪迈气概。

〔2〕反:通"返"。宅:住宅,此处指土本来应该待的地方。

〔3〕昆虫:害虫。勿:不要。作:兴起。

〔4〕草木:妨碍农作物生长的杂草和丛生的灌木之类。泽:聚水的洼地。

卿 云 歌〔1〕

卿云烂兮,纠缦缦兮〔2〕,日月光华,旦复旦兮〔3〕。

明明上天,烂然星陈。日月光华,弘予一人〔4〕。

日月有常,星辰有行。四时从经,万姓允诚〔5〕。

於予论乐,配天之灵〔6〕。迁于贤圣,莫不咸听〔7〕。

鼚乎鼓之〔8〕,轩乎舞之〔9〕。菁华已竭,褰裳去之〔10〕。

〔1〕《尚书大传·虞夏传》曰:"舜将禅禹,八风修通……于时俊乂

百工,相和而歌《卿云》。帝乃倡之曰:'卿云烂兮,纠缦缦兮,日月光华,旦复旦兮!'八伯咸进稽首曰:'明明上天,烂然星陈,日月光华,弘予一人。'帝乃载歌,旋持衡曰:'日月有常,星辰有行,四时从经,万姓允诚;於予论乐,配天之灵,迁于贤圣,莫不咸听;鼖乎鼓之,轩乎舞之。菁华已竭,褰裳去之。'于时八风循通,卿云丛丛……。"这是舜帝与其大臣的相和之歌。舜歌唱天下光明太平;大臣赞美舜集聚日月光华而聪明贤达;舜勉励大臣百姓要遵从日月星辰的运行、四时的迁移之序和国家的政教法令,以后要听从禹的领导。后面写歌舞娱乐的盛况。传说舜是歌舞能手,还发明了五弦琴。他所演唱的歌舞有神灵的福佑,圣贤百姓莫不愿意欣赏聆听。他们也跟着载歌载舞,直到尽兴而去。这也许是中国古代有着完整记载的第一组唱和诗,整组诗生动地描写了帝舜与大臣们欢乐和谐的情景,也表现了古代社会对帝王禅让的美好理想。诗的词句流畅,语言也比较华丽。虽然这首诗最早见于汉人的著作,但是在中国历史上曾产生了很大的影响。卿:通"庆";庆云,和气光明之云。南朝沈约《宋书·符瑞志》:"于是八风修通,庆云丛聚。"

〔2〕"卿云"二句:形容丛聚的庆云像丝织品那样光彩灿烂。隐喻舜之世教化广远而天下太平。烂,灿烂。纠,丛聚。缦(màn)缦,光彩灿烂的样子。

〔3〕旦复旦兮:一天又一天,指太平之世将绵延不绝。清沈德潜《古诗源》"旦复旦,隐寓禅代之旨",可供参考。以上四句为帝舜唱。

〔4〕"日月"两句:日月的光明灵秀之气蕴育了舜之聪明贤圣。这是大臣赞美舜的歌辞。以上四句为八伯唱。

〔5〕"日月有常"四句:舜勉励大臣百姓的话,日月、星辰、四时、社会皆有秩序地运行,大臣百姓要诚实地遵从。常,常道。行,常行。经,常经。允诚,诚实。

〔6〕於(wū):语气词。论:讨论,此处指演唱。配天之灵:得到天的

福佑。灵：神灵，灵气。

〔7〕"迁于"两句：舜所作的乐歌，连贤圣们也都愿意聆听。迁，移动，进升。

〔8〕鼗乎鼓之：大鼓小鼓一起演奏。《仪礼》："鼗者小鼓，与大鼓为节。"这里的鼗与鼓都是动词。

〔9〕轩：飞舞的样子。

〔10〕"菁华"二句：尽情地歌舞娱乐之后，高高兴兴地离开。菁华，原指盛开的花，此处指歌舞尽兴。褰裳，提起下衣。去，离开。以上十二句为帝舜唱。

南风歌〔1〕

南风之薰兮〔2〕，可以解吾民之愠兮〔3〕。南风之时兮〔4〕，可以阜吾民之财兮〔5〕。

〔1〕出自《孔子家语·辨乐解》。《韩非子·外储说》："有若曰：'昔者舜鼓五弦，歌《南风》之诗而天下治。'"《淮南子·诠言》："舜弹五弦之琴而歌《南风》之诗，以治天下。"远古先民沐浴着南风，享受着南风带来的清凉和滋润。这隐喻先民在尧舜盛德的养育之下，生活得幸福安康。

〔2〕薰（xūn）：和煦。

〔3〕愠（yùn）：怨、怒，忧愁。

〔4〕时：及时。

〔5〕阜（fù）：增加。

采薇歌[1]

登彼西山兮[2],采其薇矣[3],以暴易暴兮,不知其非矣[4]。神农、虞、夏忽焉没兮,我安适归矣[5]!于嗟徂兮[6],命之衰矣。

〔1〕司马迁《史记·伯夷列传》曰:"武王已平殷乱,天下宗周,而伯夷、叔齐耻之,义不食周粟,隐于首阳山,采薇而食之。及饿且死,作歌。"相传伯夷、叔齐是孤竹君的两个儿子,他们行谦让之道,双方都为了将君位让给对方而逃走。他们听说周文王贤而归附。但是周武王却用"以暴易暴"的"革命"方式抢夺了天下,这破坏了他们追求虞夏禅让之道的理想。他们誓死不食周粟,以示抗议,临终前唱出了这首歌,表现了生于乱世而不遇的怨恨和悲伤。

〔2〕西山:首阳山。

〔3〕薇:野豌豆,嫩苗可食。

〔4〕"以暴"两句:以武王之暴臣易殷纣之暴主,还不知这样做的错误。这是伯夷叔齐二人对武王的批判。

〔5〕"神农"两句:言神农、虞、夏禅让之道已缥缈久远,今逢此暴臣暴主争夺,我无所依归。

〔6〕于嗟(xū jiē):感叹词。徂(cú):往也,死也。以上两句是说,今日饿死,亦是命衰运薄,不遇大道之时,以至忧虑而死。

饭牛歌[1]

南山矸[2]，白石烂[3]，生不逢尧与舜禅[4]。短布单衣适至骭[5]，从昏饭牛薄夜半[6]。长夜漫漫何时旦[7]？

〔1〕《史记·鲁仲连邹阳列传》裴骃《集解》引应劭曰："齐桓公夜出迎客，而宁戚疾击其牛角商歌曰：'南山矸，白石烂，生不逢尧与舜禅。短布单衣适至骭，从昏饭牛薄夜半，长夜漫漫何时旦？'公召与语，悦之，以为大夫。"饭：饲养，喂。这首歌表现了宁戚对尧舜盛世的向往以及空有壮志才能而无法施展的悲伤。

〔2〕矸（gàn）：山石白净的样子。

〔3〕烂：灿烂。以上两句以山石明丽灿烂隐喻尧舜唯贤是用的盛世。

〔4〕"生不"句：尧以天下为公，把帝位传给有才德的舜，此所谓"禅让"。这与后世帝王以天下为家，把帝位传给自己的子孙不同。宁戚感伤生不逢时。

〔5〕骭（gàn）：小腿。宁戚生活穷困，衣不蔽膝。

〔6〕薄：至。宁戚饭牛从早累到半夜，非常辛劳痛苦；更痛苦的是怀才不遇、壮志难酬。

〔7〕"长夜"句：以长夜隐喻岁月流逝，自己没有出头之日，不知何时才能受到君主的重用而建功立业。

鸜鹆歌〔1〕

鸜之鹆之,公出辱之〔2〕。鸜鹆之羽,公在外野,往馈之马〔3〕。鸜鹆跦跦〔4〕,公在乾侯〔5〕,征褰与襦〔6〕。鸜鹆之巢,远哉遥遥。裯父丧劳,宋父以骄〔7〕。鸜鹆鸜鹆,往歌来哭〔8〕。

〔1〕出自《左传》昭公二十五年。昭公攻季氏而失败,出奔齐国,居住在乾侯。八年后,死于外,归葬鲁国。《春秋》谓"有鹆鹆来巢",故时有歌谣《鸜鹆》。此诗生动地记述了鲁昭公失败而客死在外的一段历史。诗以鸜鹆为比兴,形象鲜活,虽尚不及《诗经》风诗语言的文雅,但其质朴的风格,正体现了当时民间歌谣之本貌。鸜鹆(qú yù):同"鸲鹆",俗名八哥儿。

〔2〕公出辱之:鲁昭公与诸大夫谋诛专权的季氏,事未成而昭公败,逃于齐。

〔3〕往馈(kuì)之马:季平子每年贡马给昭公。

〔4〕跦跦:跳跃的样子。

〔5〕乾侯:齐之邑城。《春秋》二十八年:"公如晋,次于乾侯。"

〔6〕征褰(qiān)与襦(rú):平子每年赠给昭公及从者衣履。征,赠给。褰,袴子。襦,《说文》谓"短衣也"。

〔7〕裯(chóu)父:昭公。裯,昭公之名。宋父:定公。宋,定公之名。昭公客死在外而谓"丧劳",定公代昭公而立故"以骄"。

〔8〕往歌来哭:鸜鹆飞来飞去,以歌当哭。杜预解释说:"昭公生出

歌,死还哭。"(《春秋左传集解》)

楚狂歌[1]

凤兮凤兮,何德之衰[2]？往者不可谏[3],来者犹可追[4]。
已而已而,今之从政者殆而[5]。

〔1〕这首歌出自《论语·微子》:"楚狂接舆歌而过孔子曰:'凤兮凤
兮,何德之衰？往者不可谏,来者犹可追。已而已而！今之从政者殆
而！'"又见于《庄子·人间世》:"孔子适楚,楚狂接舆游其门曰:'凤兮凤
兮,何如德之衰也！来世不可待,往世不可追也。天下有道,圣人成焉;
天下无道,圣人生焉。方今之时,仅免刑焉。福轻乎羽,莫之知载;祸重
乎地,莫之知避。已乎已乎,临人以德！殆乎殆乎,画地而趋！迷阳迷
阳,无伤吾行！吾行却曲,无伤吾足！'"文字有所不同。这是楚狂接舆
规劝孔子避世之歌。
〔2〕凤:比喻圣者孔子。圣者有道即见,无道当隐。但孔子惶惶如
丧家之犬,奔走于衰乱之国。接舆讥笑孔子不能隐,以之为德衰也。
〔3〕往者不可谏:往者所行,已经过去,不可复谏。谏,《广雅·释
诂》谓"谏者,正也"。
〔4〕来者犹可追:自今而后,可以追寻,即避乱隐居。
〔5〕已:止。殆:危险。这里指今之从政者无德将危亡。

沧浪歌[1]

沧浪之水清兮[2],可以濯我缨[3];沧浪之水浊兮,可以濯

我足。

〔1〕《孟子·离娄上》曰:"不仁者可与言哉? 安其危而利其灾,乐其所以亡者。不仁而可与言,则何亡国败家之有? 有孺子歌曰:'沧浪之水清兮,可以濯我缨;沧浪之水浊兮,可以濯我足。'"《楚辞·渔夫》曰:"沧浪之水清兮,可以濯吾缨;沧浪之水浊兮,可以濯吾足。"两处所引除"吾""我"有别,余皆同。沧浪之水任其清浊,皆可以为我所用。这隐喻人生在世应随波逐流才能尽其天年,所谓"举世皆浊我亦浊,众人皆醉我亦醉"。

〔2〕沧浪:水名,实指不详。

〔3〕濯(zhuó):洗涤。缨:系帽的丝带。古人重冠,故以清水濯之。《说文解字》:"缨,冠系也。"

越人歌〔1〕

今夕何夕兮〔2〕,搴舟中流〔3〕? 今日何日兮,得与王子同舟〔4〕? 蒙羞被好兮〔5〕,不訾诟耻〔6〕。心几烦而不绝兮〔7〕,得知王子〔8〕。山有木兮木有枝〔9〕,心说君兮君不知〔10〕!

〔1〕西汉刘向《说苑·善说》记载,楚王母弟鄂君子皙泛舟河中,乘青翰之舟,张翠盖,钟鼓齐鸣。摇船的是一位越地的姑娘,她趁乐声暂停,便怀抱双桨,用越语唱了这首歌谣,表达了她对鄂君子皙深沉真挚的爱慕之情。歌词清新自然,委婉动听。谐音双关的运用,更显得含蓄蕴藉。

〔2〕夕:夜晚。《诗经·唐风·绸缪》:"今夕何夕?见此良人。"

〔3〕搴(qiān)舟:划船。中流:河中。

〔4〕王子:指鄂君子皙。

〔5〕蒙羞:感到害羞。被好:遇到相好。

〔6〕不訾(zī):同"不赀",不计量。诟:责骂。以上两句是说,只要能与王子相好,我就不在乎别人的责骂耻笑。

〔7〕"心几"句:心中几多忧烦不绝如缕。几,表示不定数量。

〔8〕得知王子:能被王子相知。

〔9〕枝:与"知"谐音。此句以"木"喻人,意谓山上有树木,树木也知情。人非草木,岂能无情?

〔10〕说:通"悦",喜欢、爱慕。

弹 歌〔1〕

断竹,续竹〔2〕。飞土〔3〕,逐肉〔4〕。

〔1〕《吴越春秋·勾践阴谋外传》记载:"古者人民朴质,饥食鸟兽,渴饮雾露,死则裹以白茅,投于中野,孝子不忍见父母为禽兽所食,故弹以守之,故歌曰:'断竹,续竹。飞土,逐肉。'"这是一首远古时代的歌谣。它简洁生动地展现了远古初民狩猎活动的过程,表现了他们的勤劳智慧。全诗由四组动宾结构的短语组成,整齐而简练;断、续、飞、逐四个动词一气呵成,很有气势。

〔2〕续竹:用弦线连接竹竿两头,制成弹弓。

〔3〕土:弹丸。

〔4〕肉:禽兽。

易水歌[1]

风萧萧兮易水寒[2]，壮士一去兮不复还[3]。

    [1]《史记·刺客列传》记载，荆轲是卫国人，后来到燕国，受到燕太子丹的礼遇，被称为荆卿。荆轲为报太子丹的知遇之恩，于公元前227年入秦刺杀秦王。临行时，"太子及宾客知其事者，皆白衣冠以送之。至易水上，既祖，取道。高渐离击筑，荆轲和而歌，为变徵之声，士皆垂泪涕泣，又前如歌曰：'风萧萧兮易水寒，壮士一去兮不复还！'复为羽声慷慨，士皆瞋目，发尽上指冠。于是荆轲就车而去，终已不顾。"（《史记·刺客列传》）全诗慷慨悲壮，秋风萧萧、易水清寒的自然景物烘托渲染了荆轲英勇赴难的侠士本色和视死如归的献身精神。

    [2] 萧萧：疾风声。《诗经·郑风·风雨》："风雨萧萧。"《毛传》："萧萧，暴疾也。"宋朱熹《诗集传》："萧萧，风雨之声。"

    [3] 壮士：荆轲自称。一去兮不复还：一去再也不回。全诗壮在此，悲亦在此。

候人歌[1]

候人兮猗[2]！

    [1]《吕氏春秋·音初》："禹行功，见涂山之女，禹未之遇而巡省南

土。涂山氏之女乃令其妾候禹于涂山之阳,女乃作歌,歌曰'候人兮猗',实始作为南音。周公及召公取风焉,以为'周南'、'召南'。"据此,这应该是我国现存的最早的歌谣之一。这首歌谣虽然只有短短一句,但那深情的呼唤表达了强烈的思念之情。从形式上看,有两个实词和两个语气词。这种句式对四言诗的形式有一定的影响。

〔2〕候:等待。猗:语气词,同"兮",两语气词重叠,表达了强烈的抒情语气。

《易经》古歌^[1]四首

大地之歌^[2]

履霜^[3],直方^[4],含章^[5]。括囊^[6],黄裳^[7]。龙战于野^[8],其血玄黄^[9]。

〔1〕《易经》保存了大量古代的歌谣。《易经》有六十四卦,每一卦有六爻,爻分为阳爻和阴爻。解释爻之意义的文辞叫爻辞。《易经》的爻辞多引用当时流行的歌谣。爻,先秦时代称作"繇";"繇"的本字是"謡",即歌谣。《易经》的成书年代不会晚于《诗经》,它所引的古歌当然时代更早。爻辞所引的歌谣以三言、四言为主,亦有二言、五言、七言等,已开始向《诗经》整齐的四言诗靠近。

〔2〕出自《易经·坤》。这是一首描写秋天景色的大地之歌。诗的大意是:到了秋天霜降的季节,一眼望去大地坦荡无垠,丰收的田野里多姿多彩,人们忙着把丰收的果实装进口袋,大家都穿着黄色的衣裳。这是大自然对于勤劳的人民的赐予。接着又写秋天对于其他生命的严峻考验,两条耐不住寒冷的龙蛇在原野上撕咬,鲜血淋漓(此处采用傅道彬说)。

〔3〕履霜:踏着秋霜。

〔4〕直方:大地平直方正,辽阔无际。直,平坦;方,古人以为天圆地方。

〔5〕含章:大地多姿多彩。章,文采。

〔6〕括囊:忙着系装满粮食的口袋,形容秋收的景象。括,结扎。囊,口袋。

〔7〕黄裳:黄色的衣裳。

〔8〕龙战于野:龙蛇在田野里厮斗。龙,在这里当指蛇。

〔9〕玄黄:血淋漓貌。

婚礼之歌[1]

屯如[2],邅如[3]。乘马[4],班如[5]。匪寇[6],婚媾[7]。

乘马,班如。求婚媾,屯其膏[8]。

乘马,班如。泣血[9],涟如[10]。

〔1〕出自《易经·屯》。这是一首古老的婚礼歌谣。首先是描写婚礼的开端;接着是婚礼的发展,介绍求婚的聘礼;最后进入高潮,新娘离家时哀哀啼哭,泪流满面,泪水中交融着悲和喜。

〔2〕屯(zhūn)如:徘徊不前的样子。屯,艰难,引申为止而不前。如,通"然",形容词词尾。

〔3〕邅(zhān)如:回转不前的样子。邅,回转。

〔4〕乘(shèng):四匹马驾的车。

〔5〕班:通"般""盘",盘旋,徘徊。

〔6〕匪寇:不是抢掠。

〔7〕婚媾(gòu):婚姻。

〔8〕屯(tún)其膏:盛满油脂,以作聘礼。屯,聚集。膏,油脂。

〔9〕泣血:流泪。

〔10〕涟如:泪流的样子。这是描写出嫁女子悲喜交集的情景。

战 斗 之 歌〔1〕

同人于野〔2〕,同人于门〔3〕,同人于宗〔4〕。

伏戎于莽〔5〕,升其高陵〔6〕,三岁不兴〔7〕。

乘其墉〔8〕,弗克攻〔9〕。

同人先号咷〔10〕,而后笑:大师克相遇〔11〕,同人于郊〔12〕。

　　〔1〕出自《易经·同人》。这是一首战斗之歌。其叙事的清晰完整是令人惊异的:首先概略记叙了集结军队的三个阶段,然后着重描述了战争的过程。这首诗表现了战士们敢于抗击来犯之敌的勇气,歌颂了他们坚强不屈的斗争精神。句式整齐,音韵和谐。是《易经》中不可多得的表现战争题材的杰作。

　　〔2〕同人于野:聚合族人于野外。同,聚合。

　　〔3〕门:城门。

　　〔4〕宗:宗庙。以上三句记叙了聚合族人的三个阶段:由散居乡野的族人分别聚合,再集结于城门,最后集合于宗庙而受命于先祖。

〔5〕伏戎于莽:把军队埋伏在草莽丛林之中。戎,军队。

〔6〕升其高陵:登上高地,占据有利的形势。升,登。

〔7〕三岁不兴:战斗相持数年。三岁,数年。兴,起。

〔8〕乘其墉(yōng):登上那城墙。墉,城墙。

〔9〕弗克攻:没有人能攻取。克,能。

〔10〕同人先号咷(táo):众将士起初啼哭,因为战斗不利。

〔11〕大师克相遇:众军终能抵御敌人。遇,抵挡。

〔12〕同人于郊:会师郊外。

箕子之歌〔1〕

明夷于飞〔2〕,垂其左翼〔3〕;君子于行〔4〕,三日不食〔5〕。

〔1〕出自《易经·明夷》。据黄玉顺《易经古歌考释》(巴蜀书社,1995年),这是箕子射猎雉鸡之歌。箕子,纣王的叔父,遭纣迫害,装疯避世,后曾受周武王咨询,事见《尚书·洪范》。这是一首表现箕子出淤泥而不染、独善其身的歌谣。诗歌运用比兴的手法,含义隐约含蓄。

〔2〕明:通"鸣",鸣叫。夷:通"雉",山鸡。于:动词词头,无实义。这句是描写鸣雉飞翔,隐喻"君子于行"。

〔3〕垂其左翼:鸣雉低垂着左翼,这是形容鸣雉的疲乏无力。

〔4〕君子:指纣之叔父箕子。行:出走,离去,即装疯避世以保持人格的高洁。

〔5〕不食:箕子不食纣王俸禄,即不与暴君合作。

二、《诗经》

（选92首）

《周南》六首〔1〕

关雎〔1〕

关关雎鸠〔2〕,在河之洲〔3〕。窈窕淑女〔4〕,君子好逑〔5〕。

参差荇菜〔6〕,左右流之〔7〕。窈窕淑女,寤寐求之〔8〕。

求之不得,寤寐思服〔9〕。悠哉悠哉,辗转反侧〔10〕。

参差荇菜,左右采之〔11〕。窈窕淑女,琴瑟友之〔12〕。

参差荇菜,左右芼之〔13〕。窈窕淑女,钟鼓乐之〔14〕。

〔1〕此为《诗经》开首的第一篇。写一位男子对女子的思恋,日思夜想不能忘怀。他渴望有一天,能与她成为夫妇,相依相惜,共享和谐美满的幸福生活。诗首章以雎鸠相向和鸣发端,兴起君子对淑女的追慕。

〔2〕关关:雌雄雎鸠的和鸣声。雎(jū)鸠:一种水鸟。相传这种鸟雌雄情意专一,与一般鸟不同。《淮南子・泰族训》:"《关雎》兴于鸟,而君子美之,为其雌雄之不乖居也。"《毛传》曰:"兴也。关关,和声也。"

〔3〕洲:水中陆地。

〔4〕窈窕(yǎo tiǎo):体态娴美的样子。淑:品行和善。宋朱熹《诗集传》:"淑,善也。"

〔5〕君子:古代对男子的美称。好逑(qiú):爱侣,佳配。好,男女相悦。逑,配偶。

〔6〕参差(cēn cī):长短不齐的样子。荇(xìng)菜:一种水生植物,可以食用。

〔7〕流:择取。《尔雅》曰:"流,择也。"这句形容女子择取荇菜时向左向右的情状。

〔8〕寤寐(wù mèi):醒和睡。这里指男子日夜追慕自己的心上人。

〔9〕思服:思念。服,《毛传》谓"服,思之也"。

〔10〕"悠哉"二句:男子思念不已,在床上翻来覆去而不能安睡。悠,悠长,指情思绵绵不尽。

〔11〕采:采摘。

〔12〕琴瑟(sè):古代的两种弦乐器。友:亲密相爱。这是描写男子在想象中与淑女欢聚的情景。

〔13〕芼(mào):择取。"流""采""芼",皆指采择的动作,隐喻男子对女子不断地追求。

〔14〕"钟鼓"句:敲钟击鼓使她快乐。这是设想钟鼓喧喧热闹的婚礼场面。

葛覃〔1〕

葛之覃兮,施于中谷〔2〕,维叶萋萋〔3〕。黄鸟于飞,集于灌木,其鸣喈喈〔4〕。

葛之覃兮,施于中谷,维叶莫莫[5]。是刈是濩[6],为絺为绤[7],服之无斁[8]。

言告师氏[9],言告言归[10]。薄污我私[11],薄浣我衣[12]。害浣害否[13],归宁父母[14]。

〔1〕这首诗描写一位已婚女子准备回家看望父母的情景。首章全是比兴之辞:以葛藤蔓长叶茂必有所附,比兴女子应有所嫁;以黄鸟飞落灌木欢叫比兴女子婚后生活的美满和乐。二章叙述女子采葛麻织布,且自夸她勤劳手巧。三章写她回家之前用心洗濯,夸耀她的知礼、好洁,透露出回家的幸福喜悦。卒章显其志,以"归宁父母"点出全诗主旨。葛:多年生蔓生植物,纤维称葛麻,可以织布。覃(tán):长。

〔2〕施(yì):蔓延。中谷:谷中,山谷之中。

〔3〕维:句首助词。萋(qī)萋:茂盛的样子。

〔4〕喈(jiē)喈:象声词,形容鸟鸣婉转动听。

〔5〕莫莫:漠漠,茂盛的样子。

〔6〕刈(yì):割。濩(huò):煮。此指煮后而取其纤维,以之织布。

〔7〕为:这里指织成,用作动词。絺(chī):细葛布。绤(xī):粗葛布。《毛传》曰:"精曰絺,粗曰绤。"

〔8〕斁(yì):厌弃。宋朱熹《诗集传》:"盖亲执其劳,而知其成之不易,所以心诚爱之,虽极垢弊而不忍厌弃也。"

〔9〕言:动词词头,无实义。师氏:古时教导女子学习女工的人。

〔10〕归:回娘家。

〔11〕薄:句首助词,无实义。污:洗去污垢。私:内衣,贴身衣服。

〔12〕浣(huàn):洗涤。

〔13〕害浣害否:哪些需要洗,哪些不需要洗。害(hé),借为

"曷",何。

〔14〕归宁:出嫁女子回娘家省亲问安。宁,安,这里作动词,向父母问安。

卷耳〔1〕

采采卷耳,不盈顷筐〔2〕。嗟我怀人,置彼周行〔3〕。

陟彼崔嵬〔4〕,我马虺隤〔5〕。我姑酌彼金罍,维以不永怀〔6〕。

陟彼高冈,我马玄黄〔7〕。我姑酌彼兕觥〔8〕,维以不永伤。

陟彼砠矣〔9〕,我马瘏矣,我仆痡矣,云何吁矣〔10〕。

〔1〕《毛诗序》曰:"《卷耳》,后妃之志也。又当辅佐君子求贤审官,知臣下之勤劳,内有进贤之志,而无险诐私谒之心。朝夕思念,志在忧勤也。"这与诗的内容不符。后人一般认为,这是一首女子思念征夫的诗。清戴震《诗经补注》:"《卷耳》,感念于君子行迈之忧劳而作也。"诗中的女子去野外采摘卷耳,但心不在焉,她思念漂泊远方的征人。而征人奔波在艰险的路途上,劳累忧伤,也在想念家中的她。卷耳:野生植物,嫩苗可食。

〔2〕"采采"二句:诗中的女子采摘卷耳,但久采不满筐。顷筐,浅的筐子。

〔3〕"嗟我"二句:她因思念所爱的人而无心采摘,把浅筐放置在大

24

道上。周行(háng)，大道。此章从思妇着笔，写她对远方征人的思念。

〔4〕"陟(zhì)彼"句：(征人)登上险峻的山冈。陟，登。崔嵬(cuī wéi)，险峻的高山。从第二章开始，从征人着笔，写他旅途的艰辛和对家中亲人的思念。

〔5〕虺隤(huī tuí)：疾病疲惫。

〔6〕"我姑"二句：我姑且饮酒，以消解对亲人的绵绵思念。金罍(léi)，刻有花纹的青铜酒器。维，发语词。永怀，绵绵的思念。

〔7〕玄黄：马疲劳而眼花目眩(从闻一多《诗经新义》)。

〔8〕兕觥(sì gōng)：犀牛角制成的酒器。

〔9〕砠(jū)：陡峭的山岭。

〔10〕"我马"三句：我的马疲病力竭，仆人也生病不能行走，这是何等的忧伤啊！瘏(tú)，病。《尔雅·释诂》："虺隤、瘏、玄黄，病也。"痡(pū)，疲病不能行走。吁(xū)，忧伤。

桃夭〔1〕

桃之夭夭，灼灼其华〔2〕。之子于归〔3〕，宜其室家〔4〕。

桃之夭夭，有蕡其实〔5〕。之子于归，宜其家室。

桃之夭夭，其叶蓁蓁〔6〕。之子于归，宜其家人〔7〕。

〔1〕这是一首赞美新娘的诗。诗人以柔嫩的桃枝和娇艳的桃花比喻新娘的年轻貌美，用果实丰硕、枝繁叶茂比喻她给夫家带来昌盛幸福。

"之子于归"点明贺新娘的诗旨。宋朱熹说:"桃之有华,正婚姻之时也。"(《诗集传》)清姚际恒《诗经通论》曰:"桃花色最艳,故以取喻女子,开千古辞赋咏美人之祖。"桃夭(yāo):初长成开花的桃树。夭,同"枖",木少壮。

〔2〕灼(zhuó)灼其华:形容盛开的桃花,红色鲜明,光彩照人。灼灼,桃花鲜艳盛开的样子。华,同"花"。

〔3〕之子:这位新娘。于:往。归:归于夫家,即出嫁。

〔4〕宜:适宜。室家:男子有妻称有室,女子有夫称有家。

〔5〕蕡(fén):形容果实饱满硕大。实:果实。这里以桃树结实喻新娘生子。

〔6〕蓁(zhēn)蓁:枝叶茂盛的样子。《毛传》:"蓁蓁,至盛貌。"桃树由开花、结实,到果实被摘之后的枝叶茂密,喻指婚后的生活越来越美好。

〔7〕"之子"两句:新娘归于夫家,全家人尽以为宜。

芣 苢〔1〕

采采芣苢,薄言采之〔2〕。采采芣苢,薄言有之〔3〕。

采采芣苢,薄言掇之〔4〕。采采芣苢,薄言捋之〔5〕。

采采芣苢,薄言袺之〔6〕。采采芣苢,薄言襭之〔7〕。

〔1〕这是一首描写妇女们采摘芣苢的劳动之歌。诗歌运用叠章复

沓的形式,在反复的咏唱中洋溢着欢快的情绪。清方玉润《诗经原始》曰:"涵咏此诗,恍听田家妇女,三三五五,于平原绣野、风和日丽中,群歌互答,余音袅袅,若远若近,忽断忽续,不知其情之何以移而神之何以旷。"芣苢(fú yǐ):车前草,籽入药。古人认为它可以治妇女不孕和难产之症。

〔2〕采采:茂盛的样子。薄言:语助词,无实义。采:采摘。

〔3〕有:收取。

〔4〕掇(duō):拾取。

〔5〕捋(luō):用手从茎上抹取。

〔6〕袺(jié):用衣襟兜住。

〔7〕襭(xié):将衣襟掖在腰带上兜住。

汉广〔1〕

南有乔木〔2〕,不可休息。汉有游女〔3〕,不可求思。汉之广矣,不可泳思〔4〕。江之永矣,不可方思〔5〕。

翘翘错薪〔6〕,言刈其楚〔7〕。之子于归,言秣其马〔8〕。汉之广矣,不可泳思。江之永矣,不可方思。

翘翘错薪,言刈其蒌〔9〕。之子于归。言秣其驹。汉之广矣,不可泳思。江之永矣,不可方思。

〔1〕这是江汉间一位男子,追求思慕的女子而不可得,于是自悲自

伤的情歌。"汉有游女,不可求思"二句点明了诗的主题。清陈启源《毛诗稽古编》:"夫悦之必求之,然惟可见而不可求,则慕悦益至。"此说得之。这首诗每章末的四句叠咏,将游女迷离恍惚的形象、江上浩渺迷茫的景色以及这位男子思慕痴迷的情感,都融于长歌浩叹之中。情感不能自已,故诗也不能不反复咏唱。汉广:汉水广阔。

〔2〕乔木:高耸的树。《毛传》:"南方之木美。乔,上竦也。"

〔3〕游女:出游的女子,指这位男子思慕的女子。

〔4〕"汉之"二句:汉水广阔,不能游过汉水,喻这位男子追求思慕的女子而不得。思,语助词,表感叹。

〔5〕"江之"二句:汉水悠长,用筏子也不能渡过。永,长。方,筏子。

〔6〕翘翘:高出的样子。错薪:杂乱的柴草层层堆积。清魏源《诗古微》曰:"三百篇言娶妻者,皆以析薪取兴。盖古者嫁娶必以燎炬为烛,故《南山》之析薪,《车辖》之析柞,《绸缪》之束薪,《豳风》之伐柯,皆与此错薪、刈楚同兴。秣马、秣驹,即婚礼亲迎御轮之礼。"

〔7〕楚:植物,荆条类。

〔8〕"之子"二句:如果那个女子嫁给我,我将为她喂马。这是男子的想象之辞。之子,那个女子。归,归于夫家,即出嫁。言,语助词。秣(mò),用草料喂马。

〔9〕蒌(lóu):蒌蒿,又称艾蒿。

《召南》六首^[1]

鹊巢^[1]

维鹊有巢,维鸠居之^[2]。之子于归^[3],百两御之^[4]。

维鹊有巢,维鸠方之^[5]。之子于归,百两将之^[6]。

维鹊有巢,维鸠盈之^[7]。之子于归,百两成之^[8]。

〔1〕这是一首描写贵族嫁女的诗歌。诗以鸠居鹊巢,比兴男子营造住所而女子嫁过来住进男家。诗人以迎送车辆的众多,展现出一幅纷繁热闹的婚嫁画面。鹊:鸟名,俗名喜鹊。在树上筑巢。

〔2〕维:发语词。鸠:又名斑鸠、布谷鸟。此鸟不自己筑巢,不自孵卵哺育,寄居在别的鸟巢产卵,别的鸟不辨其卵而孵育之。居:居住。

〔3〕之子:这位女子。之,是,这。子,女子。于归:出嫁。

〔4〕百两:即"百辆",指车辆之多。御(yà):借为"讶",迎接。《说文解字》:"讶,相迎也。"

〔5〕方:本义是两船相并,这里指同居一处。

〔6〕将:送。

〔7〕盈:满,此指占据。

〔8〕成:结婚礼成。

采蘋〔1〕

于以采蘋?南涧之滨〔2〕。于以采藻〔3〕?于彼行潦〔4〕。

于以盛之?维筐及筥〔5〕。于以湘之〔6〕?维锜及釜〔7〕。

于以奠之〔8〕?宗室牖下〔9〕。谁其尸之〔10〕?有齐季女〔11〕。

〔1〕这是一首描写女子从事祭祀活动的诗。古代的贵族女子在家里要参与祭祀活动,从采摘、烹煮到献上祭品于宗庙之中,都由她们负责,少年女子还要扮演"尸"的角色。这首诗的写法比较特别,全篇都用一问一答的形式,描述了从采蘋到祭祀的整个过程。整首诗写得相当简洁明快,生活气息浓郁,由此可以了解当时的风俗。蘋:一种浮萍,多年生水草,可食。

〔2〕南涧:南山之涧。

〔3〕藻:水藻。蘋与藻都是古代用于祭祀之物。

〔4〕行潦(lǎo):水沟中流动的积水。

〔5〕筐:竹制的方形盛物器具。筥(jǔ):竹制的圆形的筐。

〔6〕湘:鬺(shāng)的借字,烹煮。

〔7〕锜(qí):三足的锅。釜:无足的锅。

〔8〕奠:祭奠,这里指摆放祭品。

〔9〕宗室:宗族之庙。牖(yǒu):天窗。马瑞辰《毛诗传笺通释》:

"古者牖一名乡,取乡明之义。其制向上取明,与后世之窗稍异。"

〔10〕尸:古时祭祀时由人所扮,代表死者受祭的人。

〔11〕齐:恭敬的样子。季女:少女。

行　露〔1〕

厌浥行露,岂不夙夜,谓行多露〔2〕。

谁谓雀无角? 何以穿我屋〔3〕? 谁谓女无家〔4〕? 何以速我狱〔5〕? 虽速我狱,室家不足〔6〕!

谁谓鼠无牙? 何以穿我墉〔7〕? 谁谓女无家? 何以速我讼〔8〕? 虽速我讼,亦不女从〔9〕!

〔1〕这首诗写一个有妻室的男子企图霸占一位女子,但这位女子不畏权势,严厉拒绝。诗中的女子用反诘的句式谴责对方,比起直诉其恶,更能表现对那个男子卑劣行径的不可容忍和强烈愤恨。行露:道上的露水,比兴那位强暴的男子。

〔2〕厌浥:露水潮湿的样子。夙夜:早夜,即天色尚未明亮之时。谓:借为"畏",惧怕。以上三句是说,最怕早夜露浓时行路,因为露水会打湿衣服。

〔3〕角:鸟嘴,以其尖利如角而称。这二句以雀穿破房屋而入,喻那个男子的横行无忌。

〔4〕女:同"汝",你,指那个已婚男子。家:家室,指妻室。

31

〔5〕速:招致。狱:打官司。

〔6〕室家:结婚。足:成。以上两句是说,即使你要挟我吃官司,我也决不让你结婚的企图成功。

〔7〕墉(yōng):墙。这里以鼠咬穿屋墙,表示对方横行无忌。

〔8〕讼:诉讼,打官司。

〔9〕从:顺从,屈从。不女从,即"不从女",不屈服顺从你。

殷其雷〔1〕

殷其雷,在南山之阳〔2〕。何斯违斯〔3〕,莫敢或遑〔4〕?振振君子〔5〕,归哉归哉!

殷其雷,在南山之侧。何斯违斯,莫敢遑息?振振君子,归哉归哉!

殷其雷,在南山之下。何斯违斯,莫或遑处〔6〕?振振君子,归哉归哉!

〔1〕这是一位女子思念其夫的诗。雷声在南山轰鸣,象征着丈夫在外奔波的艰险。妻子急切地呼唤他归来:"振振君子,归哉归哉!"殷:形容雷声轰鸣。

〔2〕阳:山的南坡。

〔3〕斯:此,这,指示代词。上"斯"指此时,即雷声殷殷之时;下"斯"指此地,即南山之阳。违:离开。这句是说,为何你(女子的丈夫)

32

在此时离开此地呢?（这是因为公家之事,不敢稍有闲暇。）

〔4〕或遑(huáng):有暇。或,有。《尔雅·释诂》曰:"或,有也。"遑,闲暇。

〔5〕振振:这里指振奋有为的样子。君子:女子的丈夫。

〔6〕处:停息,居住。

摽有梅〔1〕

摽有梅,其实七兮〔2〕。求我庶士〔3〕,迨其吉兮〔4〕。

摽有梅,其实三兮〔5〕。求我庶士,迨其今兮〔6〕。

摽有梅,顷筐塈之〔7〕。求我庶士,迨其谓之〔8〕。

〔1〕这是描写一位闺中的女子思婚求偶的诗。她盼望自己的意中人及时前来求婚。诗以梅子渐渐成熟而落,比喻女子的青春流逝,暗示意中人应该趁着她的好时光求爱。摽(biào):坠落。有:助词,置于名词前。梅:梅树,结实可食。梅与媒音同,故梅字双关,有男女媒合之意。

〔2〕"摽有"两句:梅子开始坠落,树上还剩下十分之七。

〔3〕庶士:众士。士,指未婚的男子。

〔4〕迨(dài):及,趁着。其:她的。吉:女子青春貌美的好时光。

〔5〕三:指树上的梅子尚余十分之三。

〔6〕今:现在。

〔7〕顷筐:竹筐、簸箕之类。塈(jì):取。此句谓梅子已落尽,喻自

己不可再等待,否则就错过了婚嫁之时。

〔8〕谓之:对她说求婚的事。

野有死麕〔1〕

野有死麕,白茅包之〔2〕。有女怀春〔3〕,吉士诱之〔4〕。

林有朴樕〔5〕,野有死鹿。白茅纯束〔6〕,有女如玉。

舒而脱脱兮〔7〕,无感我帨兮〔8〕,无使尨也吠〔9〕。

〔1〕一位男子在郊外树林中打猎,遇到了一位温柔如玉的少女。他把所获的猎物送给她,并向她调情。作为一位怀春的少女,她难以抵挡他的诱惑,但又带着娇羞忧惧,劝他不要过于冒失,以免惹得犬吠人知。麕(jūn):小獐、鹿一类的兽。

〔2〕白茅:草名,初夏开白花。

〔3〕怀春:春情萌动,怀情欲之思。

〔4〕吉士:男子的美称,这里指那位猎人。诱:引诱,挑逗。

〔5〕朴樕(sù):灌木丛。

〔6〕纯束:捆扎。《毛传》:"纯束,犹包之也。"指用白茅包捆所获的鹿肉。

〔7〕舒而:舒然,慢慢地。脱(duì)脱:悄悄的样子。

〔8〕感:触动。《毛传》:"感,动也。"帨(shuì):佩巾,古代女子系在胸前。

〔9〕尨(máng):多毛而凶猛的狗。吠:狗叫。"舒而"三句是少女所言,她丰富的情感、娇羞忧惧的神态,都得到了生动的表现。

《邶风》八首

柏舟[1]

泛彼柏舟，亦泛其流[2]。耿耿不寐[3]，如有隐忧[4]。微我
无酒[5]，以敖以游[6]。

我心匪鉴，不可以茹[7]。亦有兄弟[8]，不可以据[9]。薄言
往诉[10]，逢彼之怒[11]。

我心匪石，不可转也[12]。我心匪席，不可卷也[13]。威仪棣
棣[14]，不可选也[15]。

忧心悄悄[16]，愠于群小[17]。觏闵既多[18]，受侮不少。静
言思之[19]，寤辟有摽[20]。

日居月诸[21]，胡迭而微[22]？心之忧矣，如匪浣衣[23]。静
言思之，不能奋飞。

〔1〕《毛诗序》曰："《柏舟》，言仁而不遇也。卫顷公之时，仁人不

遇,小人在侧。"此是以政治教化观解释《诗经》。我们认为,这是一位女子申诉她在夫家遭受欺侮和伤害而孤苦无依、忧伤悲怨的诗歌。全诗措辞委婉幽抑,比兴细巧工密,将这位女子的胸中愁思、身世飘零婉转倾诉出来。起句以柏舟泛彼中流,比喻自身无所寄托。柏舟:柏木制的船。柏木性坚。

〔2〕泛:漂浮的样子。泛其流:柏舟浮在河中。

〔3〕耿耿:焦灼忧愁的样子。寐:入睡。

〔4〕如:同"而",古"如""而"通用。隐忧:深忧。隐,通"殷",深。

〔5〕微:非。

〔6〕敖:同"遨"。以上两句是说,我的深忧,是不能通过饮酒和遨游来消解的。

〔7〕"我心"两句:我的心不像镜子那样可以容纳任何东西。镜子虽明,但不择美丑而纳其影;我心知道善恶,善则从之,恶则拒之,不能混杂而容纳它们。匪,同"非",不是。鉴,镜子。茹,容纳。

〔8〕兄弟:娘家的哥哥弟弟。

〔9〕据:依靠。

〔10〕薄言:语助词,无实义。诉:申诉。

〔11〕逢:遭到。彼:娘家之兄弟。

〔12〕"我心"两句:我的心不像石头那样可以轻易移动。转,移动。

〔13〕卷:卷起来。东汉郑玄《笺》:"言己心志坚平,过于石席。"

〔14〕威仪:举止仪态正派尊严。棣(dì)棣:严肃端正的样子。

〔15〕选:遣,抛弃。东汉许慎《说文解字》曰:"选,遣也。"

〔16〕悄(qiǎo)悄:心中忧愁的样子。

〔17〕愠(yùn)于群小:我被一群小人所怨恨。愠,怒。群小,一帮小人。

〔18〕觏(gòu):同"遘",遭遇。闵:痛心,忧患。

〔19〕静言:静然,静下心来。

〔20〕寤辟有摽:我越想越郁闷痛苦,以至拍胸不止。寤(wù),醒时。辟(pì),同"擗",拍打胸脯。有摽(biào),摽摽,拍胸的声音。

〔21〕居、诸:语助词,无实义。

〔22〕胡:何,为什么。迭:更替。微:昏暗不明。这位女子以日月不明比喻丈夫总是昏暗不明。

〔23〕匪浣(huàn)衣:未洗的脏衣服,比喻自己忍辱含垢。

燕 燕[1]

燕燕于飞,差池其羽[2]。之子于归[3],远送于野。瞻望弗及[4],泣涕如雨。

燕燕于飞,颉之颃之[5]。之子于归,远于将之[6]。瞻望弗及,伫立以泣[7]。

燕燕于飞,下上其音[8]。之子于归,远送于南。瞻望弗及,实劳我心。

仲氏任只[9],其心塞渊[10]。终温且惠[11],淑慎其身[12]。先君之思[13],以勖寡人[14]。

〔1〕这是一首卫国君主为妹妹远嫁南国而作的送别诗。此诗先以双燕飞飞,留恋不舍,表示依依惜别之情;又写伫足远望,临别挥泪,赠言

嘱咐，一片挚情。这是我国诗史上最早的送别诗，对后世很有影响。宋朱熹言作者"譬如画工一般，直是写得他精神出"（《朱子语类》）。清王士祯谓《燕燕》之诗"为万古送别之祖"（《分甘余话》）。

〔2〕差池（cī chí）：不齐的样子。

〔3〕之子：出嫁的女子，这里指卫君远嫁的妹妹。

〔4〕"瞻望"句：卫君远望出嫁的妹妹，直到看不见为止。瞻望，远望。弗及，看不到。清王先谦《诗三家义集疏》曰："妇去既远，瞻望之至不能逮及，思之涕泣如雨之多也。"

〔5〕颉（xié）之颃（háng）之：燕子上下飞。

〔6〕将：送。宋朱熹《诗集传》曰："将，送也。"

〔7〕伫（zhù）立：久立。

〔8〕"下上"句：燕子飞下飞上地叫着。

〔9〕仲氏：古代以孟、仲、季称排行的大、中、小。诗中出嫁的是卫君的妹妹，故称之为"仲氏"。任：可信任的。只：语助词。

〔10〕"塞渊"句：内心诚实深厚。塞，实。渊，深。

〔11〕"终温"句：既温和又贤惠。终，既。

〔12〕淑：贤淑。慎：谨慎。

〔13〕"先君"句：卫君嘱咐妹妹要时时以先君为念。先君，死去的君王。

〔14〕勖（xù）：勉励。

凯风〔1〕

凯风自南，吹彼棘心〔2〕。棘心夭夭〔3〕，母氏劬劳〔4〕。

38

凯风自南,吹彼棘薪[5]。母氏圣善[6],我无令人[7]。

爰有寒泉[8],在浚之下[9]。有子七人,母氏劳苦。

睍睆黄鸟[10],载好其音。有子七人,莫慰母心[11]。

〔1〕《毛诗序》释曰:"《凯风》,美孝子也。卫之淫风流行,虽有七子之母,犹不能安其室。故美七子能尽其孝道,以慰其母心,而成其志尔。"此种解释似没有根据。这是一首感念母爱的诗。诗中诉说母亲千辛万苦,把七个儿女抚育成人。他们深感母爱的伟大,但也自愧有负母亲的期望,没能很好地报答母亲。诗用和风吹拂、泉水浸润比喻母爱,充满着感人的亲情。凯风:南风。南风温暖,使草木成长茂盛,给人带来快乐,所以称为凯风。凯,乐。

〔2〕棘(jí):酸枣树。心:树的纤细幼芽。

〔3〕夭夭:鲜嫩苗壮的样子。这里用和煦南风的吹拂,小枣树的萌长,比喻慈母对儿女的抚育。

〔4〕劬(qú)劳:劳累辛苦。

〔5〕棘薪:枣树长大,可以做薪木。以之反衬七个儿子都没有长大成材。

〔6〕圣善:明理而有美德。

〔7〕我无令人:我们未能如母亲的希望成材。令,善美。郑《笺》:"令,善也。"

〔8〕爰(yuán):何处。寒泉:在卫地浚邑,水冬夏常冷。

〔9〕浚(xùn):卫国地名。这里用寒泉浸润土地,喻母爱的滋育。

〔10〕睍睆(xiàn huǎn):形容黄鸟婉转好听的叫声。朱熹《诗集传》曰:"睍睆,清和圆转之意。"载:则,尚有。好音:悦耳动听的声音。这两

句是以鸟有好音反衬做儿女的未能承欢慰悦母心。这种以相反事物衬托主题的表现手法，是《诗经》"兴"的一个特点，这是区别于"兴""比"的主要方面。

〔11〕莫慰母心：没能安慰母亲之心。

谷风〔1〕

习习谷风，以阴以雨〔2〕。黾勉同心〔3〕，不宜有怒〔4〕。采葑采菲，无以下体〔5〕？德音莫违〔6〕，及尔同死〔7〕。

行道迟迟〔8〕，中心有违〔9〕。不远伊迩，薄送我畿〔10〕。谁谓荼苦，其甘如荠〔11〕。宴尔新昏〔12〕，如兄如弟〔13〕。

泾以渭浊〔14〕，湜湜其沚〔15〕。宴尔新昏，不我屑以〔16〕。毋逝我梁，毋发我笱〔17〕。我躬不阅，遑恤我后〔18〕。

就其深矣，方之舟之。就其浅矣，泳之游之〔19〕。何有何亡〔20〕，黾勉求之〔21〕。凡民有丧〔22〕，匍匐救之〔23〕。

不我能慉〔24〕，反以我为雠〔25〕。既阻我德，贾用不售〔26〕。昔育恐育鞫〔27〕，及尔颠覆〔28〕。既生既育〔29〕，比予于毒〔30〕。

我有旨蓄[31]，亦以御冬[32]。宴尔新昏，以我御穷[33]。有洸有溃[34]，既诒我肄[35]。不念昔者，伊余来墍[36]。

〔1〕这是一首弃妇的悲歌。宋朱熹《诗集传》："妇人为夫所弃，故作此诗，以叙其悲怨之情。"此诗以一个弃妇自述的口吻，先追忆往事，结婚时本以生死不渝相许，婚后生活贫苦，全靠她勤俭持家，才使日子一天天好起来。再写到目前，谁想丈夫忘恩负义，喜新厌旧，甚至对她施暴，最后竟将她逐出家门。她顾念旧家，迟迟不忍离去。诗中历数自己的无辜、丈夫的无情和人世的炎凉，如怨如慕，如泣如诉，哀婉凄楚，悱恻动人。谷风：山谷中的风。

〔2〕"习习"两句：以大风阴雨比喻丈夫变心暴怒。习习，风吹不断的样子。以，是。

〔3〕黾(mǐn)勉：努力，勉力。同心：同心相爱。

〔4〕不宜：不该。

〔5〕葑(fēng)：蔓菁，俗称大头菜。菲(fěi)：萝卜。以：用。下体：根。这两句是说，采葑采菲，就是因为它们的根可食。这里以根喻美德，以茎叶喻色衰；比喻丈夫对妻子不能只重颜色而不念她的德行好处。

〔6〕德音：好话，此指往日相爱时丈夫对她说的恩爱情话。莫违：不要背弃。

〔7〕及尔：跟随你。同死：同生死。

〔8〕迟迟：缓慢。此指女子被逐出门时，顾恋不舍、徘徊不前的样子。

〔9〕中心有违：心意和行动相违背。中心，心中。

〔10〕"不远"两句：弃妇离家时，丈夫不肯远送，只勉强送到门口。伊，语助词，无实义。迩，近。薄，语助词，无实义。畿(jī)，门槛。

〔11〕荼：苦菜。荠(jì)：甜菜。这两句是说，荼菜虽苦，在我来看也

是甜的,比喻自己的遭遇比荼还苦。

〔12〕宴尔:宴然,快乐的样子。昏:同"婚"。

〔13〕如兄如弟:丈夫另娶新人,如同手足一样亲密。

〔14〕泾、渭:二水名,源出甘肃,在陕西高陵合流。以:因。泾水清,渭水浊。弃妇自比泾水,以渭水比新人。新人到家,丈夫以我为浊而嫌弃我。

〔15〕湜(shí)湜:水清的样子。弃妇以水之清澈而比喻自己的品德纯洁无瑕。

〔16〕不我屑以:不屑与我相处。以,与。

〔17〕毋:勿。逝:往。梁:鱼梁,为捕鱼而筑的石堰。发:打开。笱(gǒu):竹编的捕鱼器具。

〔18〕"我躬"两句:我自身尚不被丈夫所容,哪有闲工夫忧虑走后的事。阅,容。遑(huáng),闲暇。恤(xù),忧念,顾惜。

〔19〕"就其"四句:是以渡水喻治家,无论遇到难事易事,都能想办法做好。就,遇到。深,深水。方,筏子。

〔20〕亡:无。

〔21〕求:求取,置办。

〔22〕民:人,指他人。丧:凶祸的事。

〔23〕匍匐:伏地爬行,此指竭力而为。

〔24〕慉(xù):爱。

〔25〕雠:同"仇"。以上两句是说,你不能爱我也罢,反而将我看作仇人。

〔26〕"既阻"两句:我的善意被你拒绝,就像商贾有货物而售不出去。阻,拒绝。德,善。贾(gǔ),商贾。用,货物。

〔27〕育恐:生活于恐惧、担心之中。育鞫(jū):生活于困穷之际。鞫,穷困。

〔28〕及尔：同你。颠覆：颠来倒去，此指挫折和困窘。

〔29〕既生既育：已经有了赖以生存和生活的资财。

〔30〕比予于毒：把我看作毒物，看成眼中钉、肉中刺。

〔31〕旨：味美。蓄：蓄存起来的菜，即干菜、腌菜之类。

〔32〕御：抵挡。

〔33〕"宴尔"两句：穷苦时娶我，生活好了就抛弃我，我就像御冬的菜一样，成了你们过好日子的贮备。御穷，抵御贫穷。

〔34〕有洸(guāng)有溃：洸洸、溃溃，形容大水涌出而四处奔流，此指丈夫对她发怒、动武。

〔35〕诒：同"贻"，给予。肄(yì)：劳苦之事。《毛传》："肄，劳也。"

〔36〕伊：发语词。来：语助词。墍(xì)：爱。

式微[1]

式微，式微，胡不归[2]？微君之故[3]，胡为乎中露[4]！

式微，式微，胡不归？微君之躬[5]，胡为乎泥中[6]！

〔1〕这是一首期盼亲人日暮归来的诗。她长久地立在风露之中、泥水之中，内心焦灼而忧惧。这首诗长短句间出，节奏紧迫，颇能传达出一种久等他人时的悲怨和急切的情绪。式：发语词，无实义。微：幽暗，指天色渐黑。

〔2〕胡：何，为什么。

〔3〕微：非，若不是。君：所等待的人。故：缘故。

〔4〕"胡为"句：我为什么长久地站立在露中。中露，露中。

〔5〕躬:身体,指所等待的人。

〔6〕泥中:泥水路里。

简兮〔1〕

简兮简兮,方将万舞〔2〕。日之方中〔3〕,在前上处〔4〕。硕人俣俣〔5〕,公庭万舞。

有力如虎,执辔如组〔6〕。左手执籥〔7〕,右手秉翟〔8〕。赫如渥赭〔9〕,公言锡爵〔10〕。

山有榛〔11〕,隰有苓〔12〕。云谁之思?西方美人〔13〕。彼美人兮,西方之人兮。

〔1〕这首诗赞美的是一位表演万舞的武士。在周代社会,文武兼修是对贵族男子的基本要求,跳舞是贵族子弟必学的功课,一般情况下表演的舞蹈也大多由贵族子弟来承担。在舞蹈表演中,最能展示一个人的体型之美,所以诗人通过跳舞的描写,生动地再现了一个贵族男子的英武形象,在《诗经》中具有一定的代表性。简:敲鼓声。《商颂·那》:"奏鼓简简。"

〔2〕方将:即将。万舞:古代大型舞蹈。文舞用羽毛、乐器,武舞用矛、盾等武器。场面壮观。

〔3〕方中:中午,万舞表演的时刻。

〔4〕上处:最前面,指领舞的人。

〔5〕硕:身材高大。俣(yǔ)俣:身材魁梧。

〔6〕辔(pèi):马缰绳。组:丝带。万舞表演中有驾驭战车的动作。古时战车有四匹马,每匹马有两条缰绳。舞蹈者身强力壮,手握八条缰绳毫不费力,就像舞动丝带一样。

〔7〕籥(yuè):古代的一种乐器,如笛,六孔或三孔。

〔8〕秉:拿。翟(dí):野鸡尾。

〔9〕渥(wò):面有光泽。赭(zhě):红色。

〔10〕公:观赏万舞的公侯。锡:赐。爵:古代的酒器,此处代指酒。

〔11〕榛:树名。

〔12〕隰(xí):下湿之地。苓:草名。

〔13〕西方美人:从西方来的美人。可能这个领舞的人是从西方来的,也就是从西周王室来的。

北风〔1〕

北风其凉,雨雪其雱〔2〕。惠而好我〔3〕,携手同行。其虚其邪〔4〕?既亟只且〔5〕!

北风其喈〔6〕,雨雪其霏〔7〕。惠而好我,携手同归。其虚其邪?既亟只且!

莫赤匪狐,莫黑匪乌〔8〕。惠而好我,携手同车〔9〕。其虚其邪?既亟只且!

〔1〕诗中抒写相好的人在风雪交加时携手奔亡之事。他们为何逃亡？一说是在卫国虐政下卫国人民相偕逃亡；一说是一对男女私爱而不为周围人所容而相携私奔。此两说皆有理。诗以寒风大雪起兴，喻环境的冷酷险恶。

〔2〕雨（yù）雪：下雪。雨，作动词。其：语助词，无实义。雱（páng）：雪下得很大的样子。

〔3〕惠而：惠然，仁爱。好我：喜欢我。

〔4〕"其虚"句：你为何动作缓慢而犹豫不决呢？虚，通"舒"。宋朱熹《诗集传》："虚，宽貌。"邪，通"徐"。郑玄《笺》曰："邪读如徐。"

〔5〕亟（jí）：急，情况已很紧急。只且（jū）：语尾助词，其作用与"也哉"相同。

〔6〕喈（jiē）：风声很大的样子。宋朱熹《诗集传》："喈，疾声也。"

〔7〕霏：形容大雪纷飞。

〔8〕"莫赤"二句：狐狸是赤色，乌鸦是黑色。意谓本色怎样即怎样，不管别人的议论。匪，非。

〔9〕同车：同乘一车（而出亡）。

静女〔1〕

静女其姝〔2〕，俟我于城隅〔3〕。爱而不见〔4〕，搔首踟蹰〔5〕。

静女其娈〔6〕，贻我彤管〔7〕。彤管有炜〔8〕，说怿女美〔9〕。

自牧归荑〔10〕，洵美且异〔11〕。匪女之为美，美人之贻〔12〕。

〔1〕这是一首描写情人幽会的诗。先写男子赴约,女子故意躲藏,害得男子不知所措。再写女子向男子赠物表情,男子转而为喜,赞美恭维,说物美是因为美人所赠。诗歌气氛欢快,情趣盎然。静女:安静文雅的姑娘。宋朱熹《诗集传》曰:"静者,闲雅之意。"

〔2〕姝(shū):美丽。

〔3〕俟(sì):等候。城隅:城角幽僻之处。

〔4〕爱:"薆"之借字,隐蔽,躲藏。《尔雅》:"薆,隐也。"不见:不露面。

〔5〕搔首:用手挠头。踟蹰:走来走去,徘徊不定,此指焦急惶惑、心情不安的神态。

〔6〕娈(luán):美好。

〔7〕贻(yí):赠送。彤管:红色管状小草,一说笛类乐器。

〔8〕有炜(wěi):红亮的样子。

〔9〕说怿:喜爱。说,同"悦"。女:同"汝",你。这句语涉双关,赞物是为了赞人。

〔10〕牧:牧野,郊外。宋朱熹《诗集传》:"牧,外野也。"归:同"馈",赠送。荑(tí):嫩白的茅草。

〔11〕洵:诚然,实在。异:奇异。

〔12〕"匪女"二句:彤管、荑草之美是因它们是美人所赠,表明物以情而重。匪,非,不是。女,同"汝",指所赠彤管、荑草。

《鄘风》三首

桑中[1]

爰采唐矣[2]？沬之乡矣[3]。云谁之思[4]？美孟姜矣[5]。
期我乎桑中[6]，要我乎上宫[7]，送我乎淇之上矣[8]。

爰采麦矣？沬之北矣。云谁之思？美孟弋矣。期我乎桑中，
要我乎上宫，送我乎淇之上矣。

爰采葑矣[9]？沬之东矣。云谁之思？美孟庸矣。期我乎桑
中，要我乎上宫，送我乎淇之上矣。

〔1〕这是一首写情人幽会的诗歌。诗以男子口吻抒情，用一问一
答的形式，表达了一对恋人的深情长意。章末复唱，道出"期我""要我"
"送我"的不能忘怀的情事。桑中：桑林之中。

〔2〕爰（yuán）：在何处。唐：又名蒙，野生植物。

〔3〕沬：卫地水名。乡：地方。

〔4〕云：发语词，无实义。谁之思：思念何人。

〔5〕美：美丽。孟姜：与后两章的孟弋、孟庸，皆是对美女的泛称。
这里代指歌者意中的美人。孟，排行居长。姜，姓。

〔6〕期:约会。乎:于。

〔7〕要:通"邀",约定。上宫:宫室房屋之名。

〔8〕淇(qí):卫地水名。

〔9〕葑(fēng):蔓菁菜。

相鼠〔1〕

相鼠有皮,人而无仪〔2〕。人而无仪,不死何为〔3〕?

相鼠有齿,人而无止〔4〕。人而无止,不死何俟〔5〕?

相鼠有体,人而无礼。人而无礼,胡不遄死〔6〕?

〔1〕这是一首讽刺诗。诗人以老鼠为比,讽刺那些寡廉鲜耻、不懂礼仪者,说他们连老鼠都不如,有何颜面活在世上。此诗语言辛辣,怒斥之声宛如耳闻。相:看。

〔2〕仪:威仪,指可供他人取法的端庄威严之态度、行为。

〔3〕何为:"为何"的倒文。

〔4〕止:节止,即行为合于礼。

〔5〕俟(sì):等待。

〔6〕胡:何。遄(chuán):快速。

载驰〔1〕

载驰载驱,归唁卫侯〔2〕。驱马悠悠〔3〕,言至于漕〔4〕。大夫

49

跋涉[5]，我心则忧。

既不我嘉[6]，不能旋反[7]。视尔不臧[8]，我思不远[9]。

既不我嘉，不能旋济[10]？视尔不臧，我思不閟[11]。

陟彼阿丘[12]，言采其蝱[13]。女子善怀[14]，亦各有行[15]。许人尤之[16]，众稚且狂[17]。

我行其野，芃芃其麦[18]。控于大邦[19]，谁因谁极[20]？大夫君子[21]，无我有尤[22]。百尔所思[23]，不如我所之[24]。

〔1〕这是贵族女子许穆夫人所作的诗歌。她本是卫君之女，出嫁于许穆公。狄人攻破了卫国，她心急如焚，决定亲自到漕地慰问卫君，并且计划向大国求援。但她遭到了许国大夫的反对和阻挠，在激愤深忧中，作了这首诗。此诗通过对诗人复杂而细腻的心理活动的描写，抒发了诗人深挚强烈、沉郁悲壮而又缠绵悱恻的爱国情怀，塑造了一个关切故国命运而有远见卓识的爱国女性形象。全诗感情忧愤，言辞急切，读来感人至深。载：语助词，有"乃""且"之意。驰：快马加鞭地赶路。

〔2〕归：归返卫国。唁（yàn）：吊唁，凭吊死者和哀悼亡国，皆可谓唁。

〔3〕悠悠：路途遥远的样子。

〔4〕言：语助词，无实义。漕：卫邑名。

〔5〕大夫：指许国诸臣。跋涉：跋山涉水远道而来，阻止许穆夫人去漕。

〔6〕既不我嘉:许国大夫皆不赞同我(许穆夫人)的主张。既,皆。嘉,赞同。

〔7〕旋反:回返。旋,回返。反,同"返"。此指许国大夫阻止许穆夫人返卫。

〔8〕尔:你们,指许国大夫。不臧(zàng):不善。

〔9〕不远:不迂阔。许穆夫人主张联齐救卫,这并非是不着边际之想。

〔10〕济:渡水,指渡河返回许国。

〔11〕閟(bì):闭塞不通。指她的救国主张,并非行不通。

〔12〕陟(zhì):登。阿(ē)丘:高高的山丘。

〔13〕蝱(méng):贝母,一种药草,据说可以治郁悒之症。宋朱熹《诗集传》曰:"蝱,贝母也。主疗郁结之病。"

〔14〕善怀:思念良多。指她对祖国的挂牵。

〔15〕行(háng):道,道理。《毛传》:"行,道也。"

〔16〕尤:怨恨,指责。

〔17〕众:指许国诸臣。稚:幼稚。狂:狂妄。

〔18〕芃(péng)芃:茂盛的样子。

〔19〕控:求告。大邦:大国。

〔20〕"谁因"句:卫国想要复国应该依靠哪个大国,应该去哪儿求援呢? 因,依靠、亲近。极,至。

〔21〕大夫君子:指许国群臣。

〔22〕无我有尤:即"无尤我",意谓不要埋怨我。无,同"毋",不要。

〔23〕百尔:凡尔,所有的。

〔24〕之:往。以上两句是说,你们所有的想法,都不如我自己的选择和决定。

《卫风》五首

淇奥[1]

瞻彼淇奥,绿竹猗猗[2]。有匪君子[3],如切如磋[4],如琢如磨[5]。瑟兮僴兮[6],赫兮咺兮[7]。有匪君子,终不可谖兮[8]。

瞻彼淇奥,绿竹青青。有匪君子,充耳琇莹[9],会弁如星[10]。瑟兮僴兮,赫兮咺兮。有匪君子,终不可谖兮。

瞻彼淇奥,绿竹如箦[11]。有匪君子,如金如锡[12],如圭如璧[13]。宽兮绰兮[14],猗重较兮[15]。善戏谑兮[16],不为虐兮[17]。

〔1〕这是卫国人赞美卫武公的诗。《毛诗序》曰:"《淇奥》,美武公之德也。有文章,又能听其规谏,以礼自防,故能入相于周,美而作是诗也。"诗以绿竹之婀娜多姿起兴,赞美他的仪表风度之美。又用象牙美玉的切磋琢磨来比喻他不断地进德修业。再从他的穿戴打扮和言谈举止两个方面赞美他的人品、性格,塑造了一个典型的周代君子形象。诗的语言生动优美,感情充沛,表达了对卫武公的由衷喜爱与赞扬。淇:卫国

52

河流。奥(yù):通"隩",河岸弯曲的地方。

〔2〕猗(yī)猗:秀美多姿的样子。竹子挺拔有节,冬夏常绿,喻人之品德高尚,故诗人以此起兴。

〔3〕匪:"斐"的借字,文采飞扬。

〔4〕切:古代加工骨器称切。磋:雕琢象牙称磋。

〔5〕琢:加工玉器为琢。磨:加工石器为磨。

〔6〕瑟:庄重的样子。僩(xiàn):威严的样子。

〔7〕赫:光明的样子。咺(xuǎn):显耀的样子。

〔8〕谖(xuān):忘记。

〔9〕充耳:古代在冠的两旁,悬挂美玉做装饰,正当两耳之际,故名叫充耳。琇(xiù):一种次于玉的美石。莹:晶光闪闪的样子。

〔10〕会(kuài):帽子的缝处。弁(biàn):皮帽,缝合处常镶以美玉。如星:像星光一样灿烂。

〔11〕箦(zé):竹林茂密的样子。

〔12〕如金如锡:比喻君子的品德经过陶冶锻炼,如金、锡一样精纯。

〔13〕如圭如璧:比喻君子像圭璧一样经过琢磨,已经成为美器。圭,长形玉版。璧,圆孔玉器。

〔14〕宽:胸襟开阔。绰:举止从容。

〔15〕猗:"倚"的借字,倚靠。重(chóng)较:较是古代车厢前横木,供人倚靠,左右各一,因称重较。

〔16〕戏谑:幽默,开玩笑。

〔17〕虐:无礼,粗野。

硕人[1]

硕人其颀[2],衣锦褧衣[3]。齐侯之子[4],卫侯之妻[5]。东宫之妹[6]，邢侯之姨[7]，谭公维私[8]。

手如柔荑[9]，肤如凝脂[10]，领如蝤蛴[11]，齿如瓠犀[12]，螓首蛾眉[13]，巧笑倩兮[14]，美目盼兮[15]。

硕人敖敖[16]，说于农郊[17]。四牡有骄[18]，朱帻镳镳[19]。翟茀以朝[20]。大夫夙退[21]，无使君劳[22]。

河水洋洋[23]，北流活活[24]。施罛濊濊[25]，鱣鲔发发[26]。葭菼揭揭[27]，庶姜孽孽[28]，庶士有朅[29]。

　　[1] 这是一首赞美卫庄公夫人庄姜的诗。《左传》隐公三年："卫庄公娶于齐，东宫得臣之妹，曰庄姜。美而无子，卫人所为赋《硕人》也。"诗中称赞庄姜出身高贵，容貌端庄美丽，出嫁时礼仪隆盛。诗用比喻和铺叙手法，描写庄姜的神态楚楚动人，尤其是"巧笑倩兮，美目盼兮"更得神韵。硕人：身体丰满的人，此指庄姜。
　　[2] 颀(qí)：修长秀美。
　　[3] 衣：穿，用作动词。锦：花色美丽的衣服。褧(jiǒng)衣：古时女子出嫁时在途中穿的罩衫，以蔽尘土，用细麻制成。
　　[4] 齐侯：齐庄公。子：女儿。
　　[5] 卫侯：卫庄公。
　　[6] 东宫：齐太子得臣。古时太子居于东宫，故东宫为太子的代称。
　　[7] 邢侯：邢国国君。邢国在今河北邢台境。姨：男方称妻的姊妹为姨。
　　[8] 谭公：谭国国君。谭国在今山东济南境，后为齐桓公所灭。私：

古时女方称姊妹的丈夫为私。《毛传》:"姊妹之夫曰私。"

〔9〕荑(tí):初生的白茅嫩草。

〔10〕凝脂:冻住的脂膏,形容皮肤白滑润泽。

〔11〕领:脖子。蝤蛴(qiú qí):天牛的幼虫,身长而白色。

〔12〕瓠犀(hù xī):葫芦籽,形容牙齿洁白整齐。

〔13〕螓(qín):借为"蜻",似蝉而小,额头广而方正,用以比喻美女庄姜之额头。蛾:蚕蛾,其触须细弯而长,用以比美女之眉。以上五句从形似方面描摹庄姜的美丽,它们在中国文学史上具有原型的作用。

〔14〕巧笑:灵巧的笑。倩(qiàn):笑时两颊出现的酒窝,很娇媚妍丽。

〔15〕盼:眼珠左右流动而现出黑白分明的样子。形容美目含情,顾盼生姿,所谓"回眸一笑百媚生"(白居易《长恨歌》)。

〔16〕敖敖:身材高高的样子。

〔17〕说:借为"税",停息。农郊:卫都郊外。车马暂停城郊,等待卫人迎入以举行婚礼。

〔18〕四牡:四马驾车。骄:形容马的高大健壮。

〔19〕朱幩(fén):红色绸带,拴在马嚼子两端上,装饰用。镳(biāo)镳:马饰盛美的样子。

〔20〕翟(dí):山鸡,此指山鸡羽毛。用翟羽饰车,表示华贵,为贵族女子乘。茀(fú):遮蔽车子的竹制屏障。古时女子乘车,要设障隐蔽,其蔽障称茀。朝:朝见,指与卫君相见。

〔21〕大夫:朝中的高官。夙退:早点退朝。

〔22〕君:卫君。这句是说,今日群臣早退,不要使卫君过于劳倦。

〔23〕河:黄河。洋洋:水势盛大的样子。

〔24〕活活:水奔腾的声音。

〔25〕施:设置。罛(gū):渔网。濊(huò)濊:撒网入水声。

〔26〕鳣鲔(zhān wěi)：鲟鱼和鳇鱼的古称。发发：鱼拨尾跳动的声音。

〔27〕葭(jiā)：蒹葭，芦苇。菼(tǎn)：荻草，芦苇类。揭揭：荻草修长而随风摇摆的样子。

〔28〕庶姜：齐国姓姜，陪庄姜出嫁来卫国的，都是庄姜的同姓女子。庶，众。孽孽：头饰华丽的样子。

〔29〕庶士：齐国护送庄姜的诸臣。揭(qiè)：英武强壮的样子。诗的末章，形容庄姜所经途中风景之美与随从众多、仪仗繁盛。

氓^{〔1〕}

氓之蚩蚩〔2〕，抱布贸丝〔3〕。匪来贸丝〔4〕，来即我谋〔5〕。送子涉淇〔6〕，至于顿丘〔7〕。匪我愆期〔8〕，子无良媒。将子无怒，秋以为期〔9〕。

乘彼垝垣〔10〕，以望复关〔11〕。不见复关，泣涕涟涟〔12〕。既见复关，载笑载言〔13〕。尔卜尔筮〔14〕，体无咎言〔15〕。以尔车来，以我贿迁〔16〕。

桑之未落，其叶沃若〔17〕。于嗟鸠兮〔18〕！无食桑葚〔19〕。于嗟女兮！无与士耽〔20〕。士之耽兮，犹可说也〔21〕。女之耽兮，不可说也。

桑之落矣，其黄而陨〔22〕。自我徂尔〔23〕，三岁食贫〔24〕。淇水汤汤〔25〕，渐车帷裳〔26〕。女也不爽〔27〕，士贰其行〔28〕。士也罔极〔29〕，二三其德〔30〕。

三岁为妇，靡室劳矣〔31〕。夙兴夜寐〔32〕，靡有朝矣〔33〕。言既遂矣〔34〕，至于暴矣〔35〕。兄弟不知〔36〕，咥其笑矣〔37〕。静言思之〔38〕，躬自悼矣〔39〕。

及尔偕老〔40〕，老使我怨。淇则有岸，隰则有泮〔41〕。总角之宴〔42〕，言笑晏晏〔43〕，信誓旦旦〔44〕，不思其反〔45〕。反是不思〔46〕，亦已焉哉〔47〕！

〔1〕这是一首弃妇的怨诗。诗中女主人公自叙了她与氓恋爱、结婚、受虐以及被遗弃的过程，表达了她悔恨悲愤的心情和决绝的态度，深刻地反映了古代社会妇女在恋爱婚姻上受压迫和损害的情形。诗将叙事、抒情和议论融为一体，将弃妇的怨情抒写得淋漓尽致，人物刻画得楚楚动人。诗多处用了比兴手法，不仅生动形象，而且切合人物的境遇，富于生活气息。氓（méng）：民，此指求婚的那个男子，即她的丈夫。

〔2〕蚩（chī）蚩，同"嗤嗤"，笑嘻嘻的样子。

〔3〕布：币。上古以布为货币。贸：交换，交易。

〔4〕匪：同"非"，不是。

〔5〕即：就，来我这里。谋：谋求，指谋求婚事。

〔6〕子：你，即氓。涉：渡过。淇（qí）：卫地水名。

〔7〕顿丘：卫国地名。

〔8〕愆（qiān）期：过了约定的日子。愆，延误。

〔9〕将（qiāng）:请。秋以为期:以秋天为婚期。

〔10〕乘:登上。垝垣（guǐ yuán）:墙。断墙,破墙。

〔11〕复关:指男子返回来迎娶女主人公的车。复,返也。关,车厢,代指车。

〔12〕涟涟:泪水不断的样子。

〔13〕载笑载言:又笑又说,表示高兴。

〔14〕尔:你。卜:用龟甲占卜吉凶。筮:用蓍（shī）草测算吉凶。

〔15〕体:卦象,即卜筮的结果。无咎言:没有不吉利的话。

〔16〕贿:财物,此指女子的嫁妆。迁:迁徙,指嫁到夫家。

〔17〕沃（wò）若:鲜嫩润泽的样子。比喻女子的年轻貌美。

〔18〕于嗟（xū jiē）:感叹词。于,同"吁"。

〔19〕桑葚（shèn）:桑果。传说斑鸠食桑葚多则醉,喻女子太恋于情而沉迷难拔。

〔20〕耽（dān）:迷恋,沉溺。士:男子。

〔21〕说:同"脱",摆脱,解脱。

〔22〕陨（yǔn）:桑叶凋落,喻女子年老容颜衰残。

〔23〕徂（cú）:往,指出嫁。

〔24〕三岁:泛指多年。食贫:过贫苦日子。

〔25〕汤（shāng）汤:水流滚滚的样子。

〔26〕渐（jiān）:浸湿。帷裳:车上的布幔。此句自叙被抛弃后返归娘家途中的情况。

〔27〕爽:差错,过失。

〔28〕贰（èr）:同"二",二其行,前后行事不一,指初时要好,后又变心,变化无常。

〔29〕罔极:反复无常,没有准则。

〔30〕二三其德:德行无常,前后不一。

58

〔31〕靡:无,不。室:家庭的事。劳:操劳。此句谓家庭的事无不是我来操劳。

〔32〕夙(sù)兴:早起。夜寐:晚睡。

〔33〕靡有朝:没有一天不是这样。

〔34〕言:语助词,无实义。既遂:婚姻已成事实。

〔35〕暴:暴戾,粗暴。指丈夫对她粗暴。

〔36〕不知:不理解,不谅解。

〔37〕咥(xì):讥笑,嘻笑。

〔38〕静言:冷静地。

〔39〕躬:自身。悼:悲伤。

〔40〕及尔:与你。偕老:同老,即白头到老。

〔41〕"淇则"两句:河水、湿地还有个岸边,而自己的苦处无边无际。隰(xí),低洼地。泮,同"畔",水边。

〔42〕总角:发髻,指男女未成年时。宴:欢乐。

〔43〕言笑:说说笑笑。晏晏:快活融洽的样子。

〔44〕信誓:诚恳的誓言。旦旦:明明白白。

〔45〕不思其反:我没有想到他会违反誓言而变心。反,违反、变心。

〔46〕反是不思:再不去想他变心的事了。是,指过去的誓言。

〔47〕已焉哉:算了吧。已,完了。焉、哉,二词连用,意在加重语气。那就算了吧,表示就此断绝夫妻关系。

伯兮〔1〕

伯兮朅兮〔2〕,邦之桀兮〔3〕。伯也执殳〔4〕,为王前驱〔5〕。

自伯之东[6]，首如飞蓬[7]。岂无膏沐[8]？谁适为容[9]！

其雨其雨[10]，杲杲出日[11]。愿言思伯[12]，甘心首疾[13]。

焉得谖草[14]？言树之背[15]，愿言思伯，使我心痗[16]。

〔1〕这是一首女子思念远征丈夫的诗。她为英武的丈夫而自豪，但又为离别而痛苦。自从丈夫离家后，她就无心梳妆打扮，以致因相思而生病。这首诗描写思妇怨思之苦，情意至深，对后世闺怨思远之作有很大的影响。清方玉润《诗经原始》曰："始则首如飞蓬，发已乱矣。然犹未至于病也。继则甘心首疾，头已痛矣，而心尚无恙也。至于使我心痗，则心更病矣。其忧思之苦何如哉！"这说出了此诗情感的层层递进。伯：哥哥，对丈夫的爱称。

〔2〕朅(qiè)：健武的样子。

〔3〕邦：邦国。桀：杰出，出众。

〔4〕殳(shū)：古代竹木制的一种长兵器。《毛传》："殳，长丈二而无刃。"

〔5〕前驱：前锋。

〔6〕之：往，到。

〔7〕飞蓬：被风吹起的蓬草。形容头发蓬松散乱。

〔8〕膏：润发油。沐：洗头。

〔9〕谁适为容：打扮了又取悦于谁呢？适，悦。为容，打扮。

〔10〕其：语助词，有期望的意思。宋朱熹《诗集传》："其者，冀其将然之辞。"

〔11〕杲(gǎo)杲：太阳明亮的样子。这句谓期望下雨而出日头，比喻事与愿违。

〔12〕愿言:眷念不忘。

〔13〕甘心:情愿。首疾:头痛。

〔14〕焉:何,此指何地。谖(xuān)草:一种草,古人称此草可以使人忘忧,俗称"忘忧草"。

〔15〕树:种植。背:通"北",此指北堂阶下。朱熹《诗集传》:"背,北堂。"

〔16〕心痗(mèi):因忧伤而成心病。痗,病。

木瓜〔1〕

投我以木瓜〔2〕,报之以琼琚〔3〕。匪报也〔4〕,永以为好也!

投我以木桃〔5〕,报之以琼瑶。匪报也,永以为好也!

投我以木李,报之以琼玖〔6〕。匪报也,永以为好也!

〔1〕这是一首男女相互赠答的定情诗。女赠男木瓜和桃李,男答女贵重的玉佩,投微报重,以见情深。其意原不在物,而在于表达爱慕之诚,以永结情好。回环往复,情真意浓,"投桃报李""永以为好"由此而成为后世表达爱情、友谊的名言警句。木瓜:落叶灌木,果实椭圆,可食,亦可赏玩。

〔2〕投:投掷。将礼物抛掷过去,表现情人传情时的含羞情态。

〔3〕报:报答,回赠。琼琚(jū):古时男女随身佩带的玉饰。下文琼瑶、琼玖皆是佩玉之名。

〔4〕匪:通"非",不是。

〔5〕木桃:落叶灌木。

〔6〕玖(jiǔ):黑色的玉。

《王风》三首

黍离〔1〕

彼黍离离〔2〕,彼稷之苗〔3〕。行迈靡靡〔4〕,中心摇摇〔5〕。知我者〔6〕,谓我心忧;不知我者,谓我何求〔7〕。悠悠苍天〔8〕,此何人哉〔9〕?

彼黍离离,彼稷之穗。行迈靡靡,中心如醉〔10〕。知我者,谓我心忧;不知我者,谓我何求。悠悠苍天,此何人哉?

彼黍离离,彼稷之实〔11〕。行迈靡靡,中心如噎〔12〕。知我者,谓我心忧;不知我者,谓我何求。悠悠苍天,此何人哉?

〔1〕《毛诗序》曰:"《黍离》,闵宗周也。周大夫行役至于宗周,过故宗庙宫室,尽为禾黍。闵周室之颠覆,彷徨不忍去,而作是诗也。"因此,"黍离之悲"就成为哀伤亡国之辞。诗以叠唱的形式,反复咏叹,把郁闷激愤的情绪抒发得酣畅淋漓。黍:谷物名,去皮后叫黄米。

〔2〕离离:茂盛的样子。

〔3〕稷(jì):高粱。

〔4〕行迈:远行。靡靡:行路缓慢的样子。

〔5〕中心:心中。摇摇:借为"愮愮",心忧而无告。这句意为,忧思郁积在心中无人可以诉说。

〔6〕知:理解。诗人过周之故城,感慨周室衰微,其内心之沉痛难为人所理解。

〔7〕求:奢求,非分之求。

〔8〕悠悠:高远的样子。苍天:犹言上苍,老天爷。

〔9〕此何人哉:这是谁造成的啊!

〔10〕如醉:心中愁闷,如醉酒一样精神恍惚而烦乱。

〔11〕实:黍稷结籽成熟。苗、穗、实递进,表示时间的绵延推移。

〔12〕如噎(yē):如咽喉塞物,令人喘不上气来。形容忧思沉重。摇摇、如醉、如噎递进,表示忧愁与日俱增,沉重难解。

君子于役〔1〕

君子于役,不知其期〔2〕。曷至哉〔3〕?鸡栖于埘〔4〕。日之夕矣,羊牛下来〔5〕。君子于役,如之何勿思!

君子于役,不日不月〔6〕。曷其有佸〔7〕?鸡栖于桀〔8〕。日之夕矣,羊牛下括〔9〕。君子于役,苟无饥渴〔10〕?

〔1〕这是一位乡村妇女的思夫诗。暮色苍茫,禽畜归巢回圈。面对此时此景,久别夫君的妻子不禁想念久役不归的丈夫,心中涌起一阵阵难以抑制的深情和怅惘。诗中的景物描写,质朴自然,情景交融,不仅增添了生活的气息,而且衬托了闺妇孤苦凄凉的心情。君子:古时对男子

的美称,这里指女子的丈夫。于役:从事兵役或劳役。

〔2〕期:归期。

〔3〕曷:何,何时。至:回家。这句是说,什么时候才能回家呢?

〔4〕埘(shí):墙壁上挖洞做成的鸡窝。

〔5〕"日之"二句:傍晚羊牛从山上放牧归来。东汉郑玄《笺》曰:"言畜产出入尚使有期节,至于行役者乃不反也。"

〔6〕"不日"句:不能以日月计算,即在外时间长久。

〔7〕佸(huó):相聚,相会。

〔8〕桀(jié):用竹木制的为鸡栖息的架子。

〔9〕括:至。《毛传》:"括,至也。"

〔10〕苟:且,或许。

采葛〔1〕

彼采葛兮〔2〕,一日不见,如三月兮!

彼采萧兮〔3〕,一日不见,如三秋兮〔4〕!

彼采艾兮〔5〕!一日不见,如三岁兮〔6〕!

〔1〕这是一首思念情人的诗。诗人用语夸张,写因思念而感到度日如年的痛苦心情。三章语言结构相同,只换了两个字,便有层层递进之效。用最简洁的语言,写最浓烈的感情,是这首诗的妙处。"一日不见,如三月兮""如三秋兮""如三岁兮",也成为脍炙人口的名言。葛:一

种藤本植物,纤维可以织布。

〔2〕彼采葛兮:那个采葛的姑娘啊。彼,那个。

〔3〕萧:一种蒿草,有香气,古时供祭礼之用。

〔4〕三秋:秋季的三个月。

〔5〕艾:又叫艾蒿,艾叶有香气,可供药用。

〔6〕岁:年。诗以夸张的手法,抒发不见情人、度日如年的相思之苦。三章以月、季、岁层层递进,表现了愈久弥深的感情。

《郑风》七首

将仲子[1]

将仲子兮,无逾我里[2],无折我树杞[3]。岂敢爱之?畏我父母[4]。仲可怀也[5],父母之言,亦可畏也。

将仲子兮,无逾我墙,无折我树桑。岂敢爱之?畏我诸兄。仲可怀也,诸兄之言,亦可畏也。

将仲子兮,无逾我园,无折我树檀。岂敢爱之?畏人之多言。仲可怀也,人之多言[6],亦可畏也。

〔1〕这是一个女子婉拒情人前来幽会的诗。她内心对他充满了爱,但是又担心被父母兄长和他人发觉,受到舆论的指责。人言可畏,语真情苦,简练的诗句将这位女子的心情表达得颇为尽致。将(qiāng):请。仲子:古时称兄弟排行第二个为"仲","子"是对男子的美称,仲子是很亲密的称呼。

〔2〕无:勿,不要。逾:越过。里:里墙。古代五家为邻,五邻为里,里有墙有门。

〔3〕折:折断。此指爬墙时攀折树木。杞:柳树的一种。

〔4〕"岂敢"两句:岂是爱惜那棵杞树啊,是害怕父母知道。

〔5〕怀:思念。

〔6〕人:家人以外的人。多言:多嘴多舌,说闲话。

叔于田〔1〕

叔于田,巷无居人〔2〕。岂无居人? 不如叔也。洵美且仁〔3〕。

叔于狩〔4〕,巷无饮酒〔5〕。岂无饮酒? 不如叔也。洵美且好〔6〕。

叔适野〔7〕,巷无服马〔8〕。岂无服马? 不如叔也。洵美且武〔9〕。

〔1〕一首女子的恋歌。她赞美她的恋人,长相英俊,仁爱有德,又是饮酒、打猎、驾车的高手。在她心中,无人能及。诗的语言朴素又夸张,感情浓烈,最符合恋爱心理。叔:古时用伯、仲、叔、季排行序列,叔是"老三",此指歌者所爱之人。于:往。田:田猎,即打猎。

〔2〕巷无居人:街巷中好像没有人居住。

〔3〕洵(xún):确实。仁:心地善良,品德良好。

〔4〕狩(shòu):打猎。

〔5〕巷无饮酒:街巷中没有人称得上能饮酒的了。

〔6〕好:酒量大,有豪气。

〔7〕适:到。野:郊野。

〔8〕巷无服马:街巷中没有人称得上能善骑的了。服马,驾马。

〔9〕武:勇敢英武。

女曰鸡鸣〔1〕

女曰鸡鸣,士曰昧旦〔2〕。子兴视夜〔3〕,明星有烂〔4〕。将翱将翔〔5〕,弋凫与雁〔6〕。

弋言加之〔7〕,与子宜之〔8〕。宜言饮酒,与子偕老〔9〕。琴瑟在御〔10〕,莫不静好〔11〕。

知子之来之,杂佩以赠之〔12〕。知子之顺之〔13〕,杂佩以问之〔14〕。知子之好之〔15〕,杂佩以报之〔16〕。

〔1〕这是一首描写理想的夫妻恩爱生活的诗。第一章写妻子催丈夫早起“弋凫与雁”;第二章写丈夫回来后妻子对他的馈劳;第三章写丈夫对妻子的赠答。全诗以对话的方式写来,暖意融融,温情无限。鸡鸣:雄鸡报晓。

〔2〕士:古代对男子的称谓。昧旦:天快亮未亮的时候。

〔3〕子:你。兴:起来。视夜:看看夜色。

〔4〕明星:启明星。有烂:灿烂,明亮。天将明时,众星隐微,唯启明星显得很明亮。

〔5〕翱、翔:鸟飞的样子。

〔6〕弋(yì):用丝绳系在箭上射鸟,用作动词。凫(fú):野鸭。

〔7〕言:语助词。加:射中。朱熹《诗集传》:"加,中也。"

〔8〕与子宜之:与你共同享用猎来的美味。宜,味之所宜,即美味。

〔9〕偕(xié)老:相伴终生,白头到老。

〔10〕琴瑟:弦乐器,古代常用琴瑟合奏象征夫妻生活的和美。御:用,这里是弹奏。

〔11〕静好:安详美好。

〔12〕杂佩:用几种玉石串成的佩饰。

〔13〕顺:顺从,柔顺。

〔14〕问:赠送。

〔15〕好:爱恋。

〔16〕报:报答。

褰裳〔1〕

子惠思我〔2〕,褰裳涉溱〔3〕。子不我思,岂无他人? 狂童之狂也且〔4〕!

子惠思我,褰裳涉洧〔5〕。子不我思,岂无他士〔6〕? 狂童之狂也且!

〔1〕这是一首女子抱怨、戏谑情人的诗。她嗔怪调侃她的情人:你若爱我想我,就过河来找我;你若不想我,难道就没有别人爱我? 这位女子的性格爽朗泼辣。整首诗洋溢着质朴真率的情调。褰(qiān):提起。

裳(cháng):下裙。古代上称衣,下称裳。

〔2〕子:你,女子称她的情人。惠:爱。

〔3〕溱(zhēn):郑国河水名。

〔4〕"狂童"句:你这个傻小子可真糊涂啊!狂,痴、愚蠢。也且(jū),犹"也哉",感叹词。

〔5〕洧(wěi):郑国河水名。

〔6〕岂无他士:难道就没有别的男子(爱我)?

出其东门〔1〕

出其东门,有女如云〔2〕。虽则如云,匪我思存〔3〕。缟衣綦巾〔4〕,聊乐我员〔5〕。

出其闉阇〔6〕,有女如荼〔7〕。虽则如荼,匪我思且〔8〕。缟衣茹藘〔9〕,聊可与娱〔10〕。

〔1〕这是一位男子表示对恋人忠贞不贰的诗。在如花如云的美女中,他只钟情于那位穿戴素朴的姑娘,并说只有跟她在一起才感到幸福快乐,可谓坦率而深情。东门:郑国都城的东门,是游人云集之处。清王先谦《三家义集疏》曰:"郑城西南门为溱洧二水所经,故以东门为游人所集。"

〔2〕如云:形容美女多而美。宋朱熹《诗集传》:"如云,美且众也。"古时青年男女常在规定的节日里出游聚会,这正是恋爱的好时光。

〔3〕匪:非,不是。思存:思念之所在。东汉郑玄《笺》:"我思所

71

存也。"

〔4〕缟(gǎo)衣:白色素绢制作的衣服。綦(qí)巾:暗青色的佩巾。白衣青巾,是当时女子很朴素的服饰,这里以女子的衣饰指代其人。

〔5〕聊:姑且。乐我:使我快乐。员:同"云",语助词。

〔6〕闉阇(yīn dū):外城的通口。闉,外城。

〔7〕如荼:形容美女像白茅花那样美丽众多。荼,白茅花。

〔8〕且(cú):同"徂"。《尔雅》:"徂,往也。"

〔9〕茹藘(rú lú):茜草,其根可作绛红染料,这里代指红色佩巾。

〔10〕与娱:同我一起欢乐。

野有蔓草〔1〕

野有蔓草,零露漙兮〔2〕。有美一人,清扬婉兮〔3〕。邂逅相遇〔4〕,适我愿兮〔5〕。

野有蔓草,零露瀼瀼〔6〕。有美一人,婉如清扬。邂逅相遇,与子偕臧〔7〕。

〔1〕这是一首恋歌。在春草青青、露珠晶莹的美景中,诗人遇到了一位佳人,一见钟情,欣喜万分。诗用青草露珠起兴,赞美姑娘的清秀水灵。蔓(màn):蔓延,指蔓生植物长长的藤条。

〔2〕零:落下。漙(tuán):露珠圆而多的样子。

〔3〕清扬:眉目秀美有神。婉:妩媚柔顺的样子。

〔4〕邂逅(xiè hòu):不期而遇,意外相会。

〔5〕适:适合。愿:心愿。

〔6〕瀼(ráng)瀼:露浓的样子。

〔7〕子:你,指遇到的女子。偕:共同。臧(zāng):美善,此指满意,各遂心愿。宋朱熹《诗集传》曰:"臧,美也。与子偕臧,言各得其所遇也。"

溱洧〔1〕

溱与洧,方涣涣兮〔2〕。士与女〔3〕,方秉蕳兮〔4〕。女曰:"观乎〔5〕?"士曰:"既且〔6〕。""且往观乎〔7〕?洧之外,洵讦且乐〔8〕。"维士与女〔9〕,伊其相谑〔10〕,赠之以勺药〔11〕。

溱与洧,浏其清矣〔12〕。士与女,殷其盈矣〔13〕。女曰:"观乎?"士曰:"既且。""且往观乎?洧之外,洵讦且乐。"维士与女,伊其将谑〔14〕,赠之以勺药。

〔1〕这是描写郑国三月上巳日(三月初三)青年男女在溱水、洧水两边游春的诗。据郑国风俗,每年三月上巳日,男女都到水边,行祓禊(fú xì)(祈求福佑)之礼。这正是青年男女聚会、定情的好日子。清人方玉润说:"每值风日融和,良辰美景,竞相出游,以至兰芍互赠,播为美谈,男女戏谑,恬不知耻。"所谓"恬不知耻"实是青年男女纯真情感的自然流露。这首诗有叙事,有对话,表情真挚,富有情趣。溱(zhēn)、洧(wěi):郑国二水名。

〔2〕方:正。涣(huàn)涣:春水漫漫的样子。宋朱熹《诗集传》曰:

"盖冰解而水散之时也。"

〔3〕士与女：春游的男男女女。

〔4〕秉：持，拿。萠(jiān)：兰草。

〔5〕观乎：去看看吗？

〔6〕既且(cú)：我已经去过了。且，同"徂"，往，去。

〔7〕"且往"句：姑且再去看看吧。且，姑且。

〔8〕洵(xún)：实在，真的。訏(xū)：大，广阔。乐：好玩，开心。

〔9〕维：语助词，无实义。

〔10〕伊：语助词，无实义。相谑：相互调笑逗趣。

〔11〕勺药(sháo yào)：即芍药，多年生草本植物，花大而美，根可入药。春天开放，男女互赠，以表情意，永结盟好。

〔12〕浏(liú)：河水清澈的样子。

〔13〕殷：众多的样子。盈：满。这里指挤满了人。

〔14〕将：应为"相"。宋朱熹《诗集传》曰："将，当作相，声之误也。"

《齐风》四首

鸡 鸣[1]

鸡既鸣矣，朝既盈矣[2]。匪鸡则鸣[3]，苍蝇之声。

东方明矣，朝既昌矣[4]。匪东方则明，月出之光。

虫飞薨薨[5]，甘与子同梦[6]。会且归矣[7]，无庶予子憎[8]。

〔1〕这是一首描写女子催促丈夫早起上朝的诗。天将亮了，女子催促男子起床，赶快上朝；男子却支吾搪塞，故意打岔，恋床不起。诗全用对话的形式，实境实情，富有情致。与《女曰鸡鸣》场景相仿而情趣各异。鸡鸣：雄鸡报晓。

〔2〕朝(cháo)：上朝，古代官员们早起到朝廷朝见君主议事。盈：满。朝既盈，言上朝的人都到了。这两句是女子所说的话。

〔3〕匪：非，不是。此下两句是男子答语。

〔4〕昌：盛，上朝的人已经很多。这章亦是上两句为女子的催促，下两句为男子的回答。

〔5〕薨(hōng)薨：昆虫群飞的声音。

75

〔6〕甘:甘心情愿。同梦:同入梦乡,即共枕同眠。以上两句是男子说的话。

〔7〕会:相会。且:姑且。归:回去。

〔8〕无:勿。庶:庶几,带有希望之意。予子:你,指男子。憎:憎恶,批评。这是倒装句。其意为,天已亮了,你还是赶快去上朝吧,不要因为晚了让人家批评你。

著〔1〕

俟我于著乎而〔2〕,充耳以素乎而〔3〕,尚之以琼华乎而〔4〕。

俟我于庭乎而〔5〕,充耳以青乎而,尚之以琼莹乎而〔6〕。

俟我于堂乎而〔7〕,充耳以黄乎而,尚之以琼英乎而〔8〕。

〔1〕此诗写新娘等待新郎亲迎时的欢快心情。古时结婚,需要新郎乘车到新娘家亲迎,由大门到中庭再到堂前,然后将新娘子接走。全诗三章分写新郎亲迎,他在"著""庭""堂"之间等待,新娘看见新郎打扮得衣冠楚楚,情不自禁唱出了幸福的歌。著:大门到庭前的屏风之间。

〔2〕俟:等待。乎而:语助词。用于句末,在此诗中有赞美的意味。

〔3〕充耳:古代男子的装饰物,在冠的两旁,悬挂美玉做装饰,正当两耳之际,故名叫充耳。素:白色。这里指悬挂充耳之玉的丝带是白色的。下文"青""黄"同指悬玉的丝带。

〔4〕尚:装饰上,加上。琼:红色的玉。华:光华。

〔5〕庭:庭院。

〔6〕莹:闪闪发亮。

〔7〕堂:宅中正房大屋。

〔8〕英:精美。

南山〔1〕

南山崔崔,雄狐绥绥〔2〕。鲁道有荡〔3〕,齐子由归〔4〕。既曰归止〔5〕,曷又怀止〔6〕?

葛屦五两〔7〕,冠绥双止〔8〕。鲁道有荡,齐子庸止〔9〕。既曰庸止,曷又从止〔10〕?

艺麻如之何〔11〕?衡从其亩〔12〕。取妻如之何〔13〕?必告父母。既曰告止,曷又鞠止〔14〕?

析薪如之何〔15〕?匪斧不克〔16〕。取妻如之何?匪媒不得〔17〕。既曰得止,曷又极止〔18〕?

〔1〕这是一首讽刺齐襄公与文姜淫乱的诗。文姜本是齐襄公的同父异母妹妹,却与襄公乱伦私通。后来文姜嫁给鲁桓公为妻,在归省时,继续与齐襄公私通,桓公发现了他们的奸情,斥责文姜。襄公恼羞成怒,竟然将鲁桓公害死(事见《左传·桓公十八年》)。诗的前两章讽刺襄公和文姜的私情不断,为人不齿。后两章指斥鲁桓公陪文姜去齐国,祸及

杀身,是咎由自取。南山:齐国山名,亦名牛山。

〔2〕崔崔:高峻的样子。绥绥:追逐匹偶的样子。第二句以善淫的雄狐比喻齐襄公追逐文姜。

〔3〕鲁道:通往鲁国的大道。有荡:荡荡,平坦。

〔4〕齐子:齐侯之子,指文姜。由归:由此路而嫁归鲁国。归,于归,嫁于鲁国。

〔5〕止:语助词,无实义。

〔6〕曷:何。怀:怀念不忘。以上两句是说,文姜既已出嫁,为何还与齐襄公私情不断呢?

〔7〕葛屦(jù):葛麻编织的鞋。五:借为"伍",行列。两:两只一对。宋朱熹《诗集传》:"两,二屦也。"

〔8〕冠緌(ruí):系帽的带子。这里以鞋成对、帽带成双比喻文姜已出嫁而有配偶。

〔9〕庸:用,指嫁给桓公。

〔10〕从:跟从,追求。文姜顺从襄公而恋恋不舍。

〔11〕艺:种植。

〔12〕衡从:通"横纵",东西为横,南北为纵。此以种田有章法,比喻婚姻也要守礼,遵守娶妻必禀告父母的礼节。

〔13〕取:通"娶"。

〔14〕鞠(jū):养,纵容姑息。此指桓公与文姜同去齐。

〔15〕析薪:劈柴。古代常以"析薪"指婚姻。

〔16〕匪:通"非"。克:能。

〔17〕不得:不能嫁娶。

〔18〕极:到。鲁桓公同文姜来到齐国。清方玉润《诗经原始》:"后二章言鲁桓公以父母命,凭媒妁言而成此昏配,非苟合者比,岂不有闻其兄妹事乎?既取而得之,则当礼以间之,俾勿归齐,则亦可以已矣,而又

曷从其入齐,至令得穷所欲而无止极,自取杀身祸乎。"

猗嗟〔1〕

猗嗟昌兮〔2〕,颀而长兮〔3〕。抑若扬兮〔4〕,美目扬兮〔5〕。巧趋跄兮〔6〕,射则臧兮〔7〕。

猗嗟名兮〔8〕,美目清兮〔9〕。仪既成兮〔10〕,终日射侯〔11〕,不出正兮〔12〕,展我甥兮〔13〕。

猗嗟娈兮〔14〕,清扬婉兮〔15〕。舞则选兮〔16〕,射则贯兮〔17〕,四矢反兮〔18〕,以御乱兮〔19〕。

〔1〕这首诗赞美的是一位英武的男子。诗人夸奖这位男子,说他不但身材颀长,双目有神,步履矫健,风度翩翩,而且武艺超群,善于射箭,堪称国家抵御外侮的栋梁之材。全诗采用三言的形式,以赞叹的语气词"猗嗟"开头,每句末尾再加上"兮"字,歌唱特征特别突出,一唱三叹,摇曳多姿。猗嗟:表示赞叹的语气词。

〔2〕昌:盛大的样子,形容人有超群之美。

〔3〕颀:身材修长。

〔4〕抑:同"懿",美。扬:神采飞扬。

〔5〕扬:双目流动,炯炯有神。

〔6〕巧趋跄:步伐灵活而有节奏。巧,灵巧。趋,步伐。跄,有节奏。

〔7〕臧:善,技术好。

〔8〕名:有名声。

〔9〕清:目光清澈。

〔10〕仪:仪式,这里指射礼。成:完成。

〔11〕侯:箭靶。

〔12〕正:靶心。

〔13〕展:诚然,确实。甥:外甥,泛指异姓亲属的晚辈。

〔14〕娈:美好的样子。

〔15〕清扬:眉清目秀。婉:美丽的样子。

〔16〕选:出类拔萃。

〔17〕贯:箭穿靶心。

〔18〕四矢反:四支箭连续射中靶心。反,重复。

〔19〕御乱:抵御外敌。

《魏风》三首

陟岵[1]

陟彼岵兮,瞻望父兮[2]。父曰:"嗟!予子行役,夙夜无已[3]。上慎旃哉[4],犹来无止[5]!"

陟彼屺兮[6],瞻望母兮。母曰:"嗟!予季行役[7],夙夜无寐。上慎旃哉,犹来无弃[8]!"

陟彼冈兮,瞻望兄兮。兄曰:"嗟!予弟行役,夙夜必偕[9]。上慎旃哉,犹来无死!"

〔1〕这是一首征人登高望乡、思念亲人的诗。诗的艺术手法很巧妙。诗人在役地思家,但他不直说自己的望乡之情,反而想象着父母兄长在家中思念、担忧他的情景,用笔曲折而情意深婉。清方玉润《诗经原始》:"人子行役,登高念亲,人情之常。若从正面直写己之所以念亲,纵千言万语,岂能道得尽?诗妙从对面设想,思亲所以念己之心与临行勖己之言,则笔以曲而愈达,情以婉而愈深,千载之下,犹足令羁旅人望白云而起思亲之念,况当日远离父母者乎?"唐白居易《至夜思亲》诗"料得家中深夜坐,还应说有无行人",正与此同义。陟(zhì):登上。岵(hù):

81

多草木的山。《说文解字》曰:"岵,山多草木也。"

〔2〕瞻望:远望。

〔3〕夙夜:早晚。已:停止。

〔4〕上:同"尚",希冀之词,表示希望。慎:谨慎。旃(zhān):之、焉的合音。这句是说,希望保重你自己啊!

〔5〕犹来:还是归来。无止:不要在外久留。宋朱熹《诗集传》曰:"犹可以来归,无止于彼而不来也。"

〔6〕屺(qǐ):没有草木的山。《说文解字》:"屺,山无草木也。"

〔7〕季:幼子。古人兄弟排行为伯、仲、叔、季。《毛传》谓:"季,少子也。"

〔8〕弃:弃尸在外,死于他乡。

〔9〕偕:偕同行动,不得自由。宋朱熹《诗集传》:"言与其侪同作同止,不得自如也。"

伐檀〔1〕

坎坎伐檀兮,置之河之干兮〔2〕。河水清且涟猗〔3〕。不稼不穑〔4〕,胡取禾三百廛兮〔5〕?不狩不猎〔6〕,胡瞻尔庭有县貆兮〔7〕?彼君子兮,不素餐兮〔8〕!

坎坎伐辐兮〔9〕,置之河之侧兮。河水清且直猗〔10〕。不稼不穑,胡取禾三百亿兮〔11〕?不狩不猎,胡瞻尔庭有县特兮〔12〕?彼君子兮,不素食兮!

坎坎伐轮兮,置之河之漘兮〔13〕。河水清且沦猗〔14〕。不稼不穑,胡取禾三百囷兮〔15〕? 不狩不猎,胡瞻尔庭有县鹑兮〔16〕? 彼君子兮,不素飧兮〔17〕!

〔1〕这是一首伐木者讽刺、斥责统治者不劳而获的诗歌。"不稼不穑,胡取禾三百廛兮? 不狩不猎,胡瞻尔庭有县狟兮?"诗人以反诘的句式,宣泄他心中愤怒的情绪。"彼君子兮,不素餐兮",冷嘲热讽,点明主旨。檀:檀树,木质坚硬,古时用以造车。

〔2〕坎坎:伐木的声音。置:放。干:河岸。

〔3〕涟:风吹水面而泛起的波纹。猗(yī):语气词,犹"兮"。

〔4〕稼、穑:耕种叫稼,收割叫穑,泛指农业劳动。

〔5〕"胡取禾"句:为何拿去三百夫所种田地的收获。胡,何,为什么。廛(chán),一夫居住、耕种的土地。三百廛,形容其多,不一定是确数。

〔6〕狩(shòu)、猎:泛指打猎。

〔7〕瞻:望见。庭:庭院。县:同"悬",挂着。狟(huān):兽名,猪獾。

〔8〕"彼君子"两句:那些君子啊,可不是白吃饭的啊! 素餐,白吃饭。这是反语相讥。

〔9〕伐辐:伐木制车辐。辐,车轴与轮间的直木。

〔10〕直:水面直形的波纹。

〔11〕亿:古人以十万为亿,形容禾把数目众多。郑玄《笺》:"十万曰亿,三百亿,禾秉之数。"

〔12〕特:三岁的兽,一说四岁。

〔13〕漘(chún):水边。

〔14〕沦:环形水纹。宋朱熹《诗集传》:"小风水成文,转如轮也。"

〔15〕囷(qūn):圆形粮仓,今称为囤。唐孔颖达《疏》:"方者为仓,故圆者为囷。"

〔16〕鹑(chún):鸟名,鹌鹑。

〔17〕飧(sūn):熟食。

硕 鼠〔1〕

硕鼠硕鼠,无食我黍〔2〕！三岁贯女〔3〕,莫我肯顾〔4〕。逝将去女,适彼乐土〔5〕。乐土乐土,爰得我所〔6〕。

硕鼠硕鼠,无食我麦！三岁贯女,莫我肯德〔7〕。逝将去女,适彼乐国。乐国乐国,爰得我直〔8〕。

硕鼠硕鼠,无食我苗！三岁贯女,莫我肯劳〔9〕。逝将去女,适彼乐郊。乐郊乐郊,谁之永号〔10〕?

〔1〕这是一首劳动者的反抗之歌。诗歌批判了那些不劳而获的剥削者,说他们就像吃得肥胖的大老鼠,一点也不体恤下层百姓的疾苦。诗人幻想逃脱这些人的剥削,到一个公平有理的社会中去。这是中国人最早的乌托邦理想,表达了下层人民的希望,是老子的"小国寡民"社会,陶渊明的"桃花源"的源头。宋朱熹《诗集传》解此诗谓:"民困于贪残之政,故托言大鼠害己而去之也。""言既往乐郊,则无复有害己者,当复为谁而永号乎?"诗的语言简洁明快,比喻生动形象。硕:肥大。

〔2〕无:通"毋",不要。黍:谷子。与下文"麦""苗"一样,泛指农

作物。

〔3〕三岁:多年。贯:事奉。

〔4〕顾:顾念。

〔5〕适:往。乐土:欢乐的地方。与下文"乐国""乐郊"同指没有剥削压迫的地方。

〔6〕爰得我所:那才是我的安居之处。爰,于是。所,处所。

〔7〕德:恩德,此处用作动词,指报恩。

〔8〕直:宜居的地方。

〔9〕劳:慰劳。

〔10〕永号:长久呼号。

《唐风》四首

蟋蟀〔1〕

蟋蟀在堂〔2〕,岁聿其莫〔3〕。今我不乐,日月其除〔4〕。无已大康〔5〕,职思其居〔6〕。好乐无荒,良士瞿瞿〔7〕。

蟋蟀在堂,岁聿其逝。今我不乐,日月其迈〔8〕。无已大康,职思其外〔9〕。好乐无荒,良士蹶蹶〔10〕。

蟋蟀在堂,役车其休〔11〕。今我不乐,日月其慆〔12〕。无已大康,职思其忧。好乐无荒,良士休休〔13〕。

〔1〕这是一首士人述怀之诗。蟋蟀在堂,又到岁暮,诗人深感光阴易逝,于是有及时行乐之想;但他想到自己的职守,又觉得应尽职尽责,最好是把这两者结合,既忠于职守,又不过于安逸,所谓乐而有节。这种矛盾的思想,正反映了几千年来一部分知识分子典型的心理状态。

〔2〕蟋蟀在堂:蟋蟀本在野外,随着天气严寒而躲进房屋。

〔3〕聿(yù):语助词。莫:同"暮"。

〔4〕除:过去,逝去。

〔5〕"无已"句:不要过分地追求享乐。无,通"毋",不要。已,过

度。大,太。康,安逸享乐。

〔6〕职:常。居:指自己担任的职位。

〔7〕"好乐"两句:行乐而不荒淫,像良士那样时时警诫自己。瞿(jù)瞿,警惕的样子。

〔8〕迈:远去,指光阴流逝。

〔9〕外:职务以外的事。

〔10〕蹶(jué)蹶:做事敏捷的样子。闻一多《风诗类钞》:"蹶蹶,跳起貌,言敏疾也。"

〔11〕役车:服役的车子。其休:将要休息,指行役者将回家。

〔12〕其慆(tāo):慆慆,借为"滔滔",指时间奔流不息。

〔13〕休休:悠闲心安的样子。朱熹《诗集传》:"休休,安闲之貌。乐而有节,不至于淫,所以安也。"

绸缪〔1〕

绸缪束薪〔2〕,三星在天〔3〕。今夕何夕〔4〕,见此良人〔5〕?子兮子兮,如此良人何〔6〕!

绸缪束刍〔7〕,三星在隅〔8〕。今夕何夕,见此邂逅〔9〕?子兮子兮,如此邂逅何?

绸缪束楚〔10〕,三星在户〔11〕。今夕何夕,见此粲者〔12〕?子兮子兮,如此粲者何?

〔1〕这是一首祝贺新婚的诗。风趣活泼,具有戏谑调侃的风格,可能是闹洞房一类的歌唱。章首以象征婚嫁的束薪、三星入景,章末以戏谑新妇新郎的呼告、设问作结,把婚礼上热闹的场面、贺客艳慕的情态描绘得栩栩如生。绸缪(chóu móu):紧密缠绕,喻情感之缠绵。

〔2〕束薪:与"束刍""束楚"同,皆以紧束柴草象征夫妇和合,情意缠绵。

〔3〕三星:参星。古人观星测时,根据星之位置的移动而测知时间。三星在天,冬季夜晚星空景象,正是新人结婚、贺客闹房的时候。

〔4〕今夕何夕:贺客闹洞房时故意戏问新娘:"今夜是什么夜晚呀?"

〔5〕良人:古代妇女称夫为良人。这章是戏谑新娘喜见新郎之辞。

〔6〕如此良人何:新娘面对良人,喜出望外,不知如何才好。

〔7〕刍(chú):喂牲畜的草。

〔8〕隅(yú):角落。

〔9〕邂逅(xiè hòu):会合,相遇。这章是戏谑新婚夫妇喜悦相见之辞。

〔10〕楚:荆条。

〔11〕在户:照着门户。

〔12〕粲(càn)者:美人。宋朱熹《诗集传》:"粲,美也。"这章是戏谑新郎喜见新娘之辞。

鸨羽〔1〕

肃肃鸨羽〔2〕,集于苞栩〔3〕。王事靡盬〔4〕,不能艺稷黍〔5〕。父母何怙〔6〕?悠悠苍天,曷其有所〔7〕?

肃肃鸨翼,集于苞棘〔8〕。王事靡盬,不能艺黍稷。父母何食?悠悠苍天,曷其有极〔9〕?

肃肃鸨行〔10〕,集于苞桑,王事靡盬,不能艺稻粱。父母何尝〔11〕?悠悠苍天,曷其有常〔12〕?

〔1〕这是一首征人控诉无休无止的繁重徭役给他们带来深重灾难的诗歌。征人远行,辗转奔波于徭役之途;家中田园荒芜,父母无人奉养。他们哀告无所,悲怨而呼天。"悠悠苍天,曷其有极"的惨痛呼告,给人们带来的震颤心魄的效果,千百年来还不曾褪色。鸨(bǎo):俗名野雁,其脚上无后趾,所以不能稳定地栖息在树上,多栖于平原或湖泊边。

〔2〕肃肃:鸟振动翅膀的声音。

〔3〕集:栖息。苞:丛生。栩(xǔ):柞树。鸨不惯于栖息于树上,这里用鸨止于树丛,不能稳居安息,以喻征人离家行役而不得其所。唐孔颖达《正义》:"鸨鸟连蹄,性不树止,树止则为苦,故以喻君子从征役为危苦也。"

〔4〕王事:征役之事。靡:无,没有。盬(gǔ):休止。

〔5〕艺:种植。稷黍:谷子,高粱。此泛指庄稼。

〔6〕怙(hù):依靠,凭恃。

〔7〕"悠悠"两句:悠悠苍天,何时才能有安居乐业之所!曷,同"何"。所,处所,安居的地方。

〔8〕棘:酸枣树。

〔9〕极:终点,尽头。

〔10〕行:行列。

〔11〕何尝:吃什么。尝,食。

〔12〕常:正常,指安居乐业的正常生活。

葛生〔1〕

葛生蒙楚〔2〕,蔹蔓于野〔3〕。予美亡此〔4〕,谁与〔5〕?
独处〔6〕!

葛生蒙棘〔7〕,蔹蔓于域〔8〕。予美亡此,谁与?独息〔9〕!

角枕粲兮〔10〕,锦衾烂兮〔11〕。予美亡此,谁与?独旦〔12〕!

夏之日,冬之夜〔13〕。百岁之后〔14〕,归于其居〔15〕。

冬之夜,夏之日。百岁之后,归于其室。

〔1〕这是一首悼念亡夫的诗。诗以"葛""蔹"在荒野蔓延起兴,一
则描写了丈夫长眠野外的凄凉,一则比喻自己的无依无靠。可谓见景生
情,哀思无限。想到自己与丈夫阴阳分隔,每日独处,更感日月的煎熬。
只盼百年之后两人归于一穴,同眠地下。无穷感伤,都在诗中。是中国
后世悼亡诗之祖。葛:葛藤,蔓生植物。

〔2〕蒙:覆盖。楚:荆条,灌木。葛为蔓生植物,本该攀附乔木,现在
却蔓延于灌木之上,喻女人的无依无靠。

〔3〕蔹(liǎn):多年蔓生草本植物。蔓:绵延生长。

〔4〕予美:我可爱的丈夫。亡:死亡。此:指死后葬于此处。

〔5〕谁与:谁和他在一起。与,相与。

〔6〕独处:独自一人居处。"谁与独处",既指死去的丈夫孤独无依,也暗指自己的处境同样如此。以下"独息""独旦"同。

〔7〕棘:酸枣树。

〔8〕域:指墓地。《广雅·释丘》:"茔、域,葬地也。"

〔9〕息:安息。

〔10〕角枕:古时用的方枕。粲:鲜明的样子。

〔11〕锦衾:用锦做的被褥。烂:灿烂。

〔12〕独旦:独处达旦。

〔13〕夏之日,冬之夜:夏季的白天,冬季的夜晚。夏天日长,冬天夜长,比喻日月难熬。

〔14〕百岁:指死去。

〔15〕其居:丈夫长眠的地方。下文"其室"同。

《秦风》四首

小戎[1]

小戎俴收[2]，五楘梁辀[3]。游环胁驱[4]，阴靷鋈续[5]。文茵畅毂[6]，驾我骐馵[7]。言念君子[8]，温其如玉[9]。在其板屋，乱我心曲[10]。

四牡孔阜[11]，六辔在手[12]。骐骝是中[13]，骝骊是骖[14]。龙盾之合[15]，鋈以觼軜[16]。言念君子，温其在邑[17]。方何为期[18]？胡然我念之[19]！

俴驷孔群[20]，厹矛鋈錞[21]。蒙伐有苑[22]，虎韔镂膺[23]。交韔二弓[24]，竹闭绲縢[25]。言念君子，载寝载兴[26]。厌厌良人[27]，秩秩德音[28]。

〔1〕这是一位妇女思念她远征西戎的丈夫的诗。此诗三章，每章前六句都用赋体，首章写战车，二章写战马，三章写兵器。笔意铺张，描绘细致，以见军容的威武雄壮，洋溢着阵阵阳刚之气。每章后四句写妻子的思念以及对丈夫德行的赞美，缠绵雅致，以见相思之深，透露出缕缕阴柔之情。小戎(róng)：小兵车，兵士所乘；大兵车称大戎或元戎，走在

前面,将帅所乘。

〔2〕伐(jiàn):浅。收:车后横木,即车轸(zhěn)。

〔3〕楘(mù):有花纹的皮条,用以捆扎车辕,使车辕坚固,亦有装饰作用。唐孔颖达《疏》曰:"五楘是辕上之饰。故以五为五束,言以皮革五处束之。"梁辀(zhōu):曲辕。马车有一辕木,形状弯曲,如房屋上的梁木,又像船,故称梁辀。

〔4〕游环:马具,皮革制成的,前后可以移动,故称游环。胁驱:马具,亦为皮革制成。两者均是节制骖马位置的用具。

〔5〕阴:车轼前面的横板。靷(yǐn):引车前行的皮带,前端系在马颈上,后端系在车轴下。鋈(wò)续:白铜制成的环。

〔6〕文茵:有花纹的虎皮制的车褥子。畅:长。毂(gǔ):车轮中心的圆木,周围与车辐的一端相接,中有圆孔,用以插轴。

〔7〕骐(qí):青黑色有花纹的马。异(zhù):左腿白色的马。

〔8〕言:语助词。君子:女子的丈夫。

〔9〕温:性情温和。如玉:纯洁润泽如玉之高贵华美。东汉郑玄《笺》曰:"念君子之性温然如玉。玉有五德(仁义礼智信)。"

〔10〕板屋:木板修建的房屋。丈夫出征在外,只能居住在临时简陋的房子里。乱:搅乱。心曲:内心深处。这两句关合上文之"言念"。

〔11〕四牡:指驾车的四匹公马。孔阜:十分肥大。孔,非常。

〔12〕六辔:六根缰绳。

〔13〕骝(liú):赤色黑鬃的马。中:中间的马,即服马。宋朱熹《诗集传》:"中,两服马也。"

〔14〕骐骊(guā lí):身白嘴黑的马称骐,黑色马称骊。骖(cān):四马驾车,两旁的马称为骖马。

〔15〕龙盾:画着龙的盾牌。合:合并在一起。

〔16〕觼(jué):马具,有舌的环。軜(nà):两骖马内侧的缰绳。觼

用来系纳,故称鑱纳。

〔17〕邑:指驻扎在外邑。

〔18〕"方何"句:将以何日为归期。方,将。期,归期。

〔19〕"胡然"句:为什么我这样想念他。胡然,为什么。

〔20〕伐驷:挂薄甲的四匹马。东汉郑玄《笺》:"伐,浅也。谓以薄金为介札。介,甲也。"孔群:很合群。

〔21〕厹(qiú)矛:三棱形的矛头。镦(duì):矛柄下边平底的金属套。

〔22〕蒙伐有苑:盾上画满了庞杂的花纹。蒙,庞杂。伐,盾的别名。苑,花纹。

〔23〕虎韔(chàng):虎皮弓袋。镂:雕刻。膺:系马之胸部的带子。朱熹《诗集传》曰:"镂膺,镂以饰马当金胸带也。"

〔24〕交韔二弓:把两张弓交叉地放入弓袋中。

〔25〕竹闭绲(gǔn)縢(téng):将竹闭用绳子捆扎在需要校正的弓上。竹闭,竹制的校正弓弩的器具。绲,绳子。縢,捆扎。

〔26〕载寝载兴:睡下又起来,起来又睡下,因思念丈夫而不能安稳入睡。载,语助词。

〔27〕厌厌:安静的样子,形容丈夫的文雅娴静。良人:好人,亲爱的人,指女子的丈夫。

〔28〕秩秩:有次序的样子,此表示丈夫进退合于礼节,很有教养。德音:美好的声音。

蒹葭〔1〕

蒹葭苍苍〔2〕,白露为霜。所谓伊人〔3〕,在水一方。溯洄从之〔4〕，道阻且长。溯游〔5〕从之，宛在水中央〔6〕。

蒹葭萋萋，白露未晞〔7〕。所谓伊人，在水之湄〔8〕。溯洄从之，道阻且跻〔9〕。溯游从之，宛在水中坻〔10〕。

蒹葭采采，白露未已〔11〕。所谓伊人，在水之涘〔12〕。溯洄从之，道阻且右〔13〕。溯游从之，宛在水中沚〔14〕。

〔1〕这是一首抒写思慕、追求意中人而不得的诗。深秋的早晨，诗人来到水边。他看到萋萋的芦苇已披上白霜。从春到夏，从夏到秋，他一往情深地思念、追寻自己的意中人。可是，路远水长而不能如愿，他的内心充满了期待和忧伤。在痴迷恍惚中，他仿佛看到伊人在水的一方，若有似无。这是由诗人痴情产生的梦幻所致。在这首诗中，诗人的悲思愁情与深秋的清冷萧瑟之景互相融合，渲染出一派凄迷惆怅、韵味悠长的意境。蒹葭（jiān jiā）：芦苇。

〔2〕苍苍：繁盛的样子，后两章"萋萋""采采"义同。

〔3〕伊人：诗人追慕思念的人。

〔4〕溯（sù）洄：逆流而上。从之：追寻她。

〔5〕溯游：顺流而下。

〔6〕宛：宛然，好像。清方玉润说："曰'伊人'，曰'从之'，曰'宛在'，玩其词，虽若可望不可即；味其意，实求之而不远，思之而即至者。"（《诗经原始》）

〔7〕晞（xī）：干。

〔8〕湄（méi）：水岸。

〔9〕跻（jī）：升，高。

〔10〕坻(chí):水中小洲。

〔11〕未已:露水尚没有被朝阳晒干。白露之"为霜""未晞""未已",体现了时间的推移,暗示了追求时间的绵长与追求者的执着。

〔12〕涘(sì):水边。伊人在"水一方""水之湄""水之涘",体现了空间的推移,暗示了意中人的飘忽难寻。

〔13〕右:迂回曲折。

〔14〕沚(zhǐ):水中沙滩。

黄鸟〔1〕

交交黄鸟〔2〕,止于棘〔3〕。谁从穆公〔4〕?子车奄息〔5〕。维此奄息,百夫之特〔6〕。临其穴,惴惴其慄〔7〕。彼苍者天〔8〕,歼我良人〔9〕!如可赎兮,人百其身〔10〕!

交交黄鸟,止于桑。谁从穆公?子车仲行。维此仲行,百夫之防〔11〕。临其穴,惴惴其慄。彼苍者天,歼我良人!如可赎兮,人百其身!

交交黄鸟,止于楚〔12〕。谁从穆公?子车鍼虎。维此鍼虎,百夫之御〔13〕。临其穴,惴惴其慄。彼苍者天,歼我良人!如可赎兮,人百其身!

〔1〕这是一首痛斥秦穆公,哀悼三良的诗。据《左传·文公六年》和《史记·秦本纪》,公元前621年,秦穆公死,遗嘱一百七十七人为他殉

葬,其中包括深受秦国人民喜爱的被称为"三良"的子车氏三人。人们痛恨秦穆公的这种暴行,为三良之死而叹惜。诗歌以黄鸟起兴,黄鸟尚且可以自由地飞翔鸣叫,适得其所,而三良却无辜地为秦穆公殉葬,其命运连小鸟都不如。可见诗人的感慨之深。诗的每段后四句呼叫苍天,正是这种怨恨、哀婉之情的最真切表现,有感动人心的力量。

〔2〕交交:黄鸟鸣叫的声音。

〔3〕棘:酸枣树。

〔4〕从:从死,殉葬。穆公:春秋时秦国国君,姓嬴,名任好,前659—前621年在位。

〔5〕子车奄息:人名。连同下文"子车仲行""子车鍼虎",即被杀的"三良"。

〔6〕百夫之特:百里挑一。特,杰出。

〔7〕惴惴:恐惧的样子。慄:战栗。

〔8〕彼苍者天:呼叫苍天,苍天在上。

〔9〕歼:杀害。良人:好人。

〔10〕"如可"两句:如果可以的话,愿意用百人之命来赎他之身。

〔11〕百夫之防:可以抵挡百人。防,抵挡。

〔12〕楚:荆树。

〔13〕御:抵御。

无衣〔1〕

岂曰无衣?与子同袍〔2〕。王于兴师〔3〕,修我戈矛〔4〕。与子同仇〔5〕!

岂曰无衣？与子同泽[6]。王于兴师，修我矛戟[7]。与子偕作[8]！

岂曰无衣？与子同裳[9]。王于兴师，修我甲兵[10]。与子偕行[11]！

〔1〕这是一首秦国的军中战歌。面对强敌的侵略，秦国军民上下同心同德，同袍同衣，同仇敌忾，慷慨从军，奋勇杀敌。全诗三章，重章叠唱，在反复咏叹中层层递进，展现出秦国将士共同杀敌的高昂爱国情绪。

〔2〕衣：上衣。袍：战袍。

〔3〕王：秦王。于：语助词。兴师：起兵打仗。

〔4〕戈矛：古代的两种长柄兵器。

〔5〕同仇：共同打击敌人。

〔6〕泽："襗"的借字，贴身的内衣。

〔7〕戟(jǐ)：古代的长柄兵器。

〔8〕偕作：一同奋起作战。

〔9〕裳(cháng)：下衣，战裙。

〔10〕甲兵：盔甲、兵器。

〔11〕偕行：同行，共赴战场。

《陈风》二首

宛丘[1]

子之汤兮,宛丘之上兮[2]。洵有情兮,而无望兮[3]。

坎其击鼓[4],宛丘之下。无冬无夏[5],值其鹭羽[6]。

坎其击缶[7],宛丘之道。无冬无夏,值其鹭翿[8]。

〔1〕诗中的主人公可能是一个以巫为职业的女子。因陈国风俗爱好跳舞而巫风盛行,故她不论冬夏都在街上为人们祝祷跳舞。诗人喜爱这位善舞的女子,但人神相隔而无望,唱出了这首充满深情的歌。全诗三章,首章抒情,"洵有情兮,而无望兮";后两章用白描手法,不着一情语。宛丘:陈国丘名,在陈国都城东南。

〔2〕子:你,指跳舞的巫女。汤:通"荡",形容舞姿婀娜。

〔3〕"洵(xún)有"两句:我对她有情而不敢抱任何奢望。洵,信、确实。

〔4〕坎:敲击鼓缶等乐器发出的声音。

〔5〕无冬无夏:没有冬夏,指一年到头跳舞。

〔6〕值:通"植",手持。鹭羽:白鹭羽毛制作的舞具。

〔7〕缶(fǒu):小口大腹的陶具,亦可作为敲击乐器。唐孔颖达《疏》

曰:"缶是瓦器,可以节乐,若今击瓯。又可盛水、盛酒,即今之瓦盆也。"

〔8〕鹭翿(dào):舞具,用鹭鸟羽毛编成,手持而舞。

月 出[1]

月出皎兮,佼人僚兮[2]。舒窈纠兮[3],劳心悄兮[4]。

月出皓兮[5],佼人懰兮[6]。舒忧受兮[7],劳心慅兮[8]。

月出照兮,佼人燎兮[9]。舒夭绍兮,劳心惨兮[10]。

〔1〕这是一首对月抒怀的诗歌。诗人望着天上皎洁的明月,遥想美人的绰约风姿,因而劳心满怀,惆怅不已。这首诗重视声韵效果,多用双声、叠韵词,旋律优美,情思婉转。

〔2〕佼(jiǎo):"姣"之借字,美好。僚(liáo):同"嫽",娇美。

〔3〕舒:缓慢,形容女子举止的从容安闲。窈纠(yǎo jiǎo):叠韵词,形容女子体态的苗条轻盈。

〔4〕劳心:忧思之心。悄(qiǎo):深忧的样子。

〔5〕皓:形容月光的明亮。

〔6〕懰(liú):"嬼"的借字,妩媚。

〔7〕忧受:叠韵词,其义与"窈纠"同,下"夭绍"亦同。

〔8〕慅(sāo):心神不安的样子。

〔9〕燎(liáo):明亮,形容女子容颜的光彩照人。

〔10〕惨:心中痛楚的样子。

《桧风》一首

隰有苌楚[1]

隰有苌楚,猗傩其枝[2],夭之沃沃[3]。乐子之无知[4]。

隰有苌楚,猗傩其华[5],夭之沃沃。乐子之无家[6]。

隰有苌楚,猗傩其实,夭之沃沃。乐子之无室。

〔1〕桧国在东周初年被郑国灭亡,此诗可能是桧将亡时的作品。诗人生处乱世,生活困顿,不堪其苦,因而睹物伤情。人之有思有虑,倒不如草木的无情无知;人之有妻室的牵挂,倒不如草木荣枯荒野的自由。隰(xí):低湿的洼地。苌(cháng)楚:植物名,又名羊桃。

〔2〕猗傩(ē nuó):同"婀娜",形容柔美多姿。

〔3〕夭:少好,嫩美。沃(wò)沃:肥美润泽的样子。

〔4〕乐:欢喜。子:苌楚。无知:没有知觉、情感而没有忧愁痛苦。

〔5〕华:同"花"。

〔6〕无家:没有家室之累而自由地生长于荒郊野外。下章之"无室"同义。

《曹风》一首

下泉[1]

冽彼下泉,浸彼苞稂[2]。忾我寤叹[3],念彼周京[4]。

冽彼下泉,浸彼苞萧[5]。忾我寤叹,念彼京周。

冽彼下泉,浸彼苞蓍[6]。忾我寤叹,念彼京师。

芃芃黍苗[7],阴雨膏之[8]。四国有王[9],郇伯劳之[10]。

〔1〕这是曹人赞美晋国大夫荀跞(luò)拥立周敬王于成周而作。诗的前三章一唱三叹,格调相当低沉。寒泉凛冽,叹念西周,真有不胜今昔盛衰之感。末章却将笔调一转,阴雨润苗,芃芃其盛,写出一派生气勃勃的景象。以此比喻荀跞拥立周敬王之功。下泉:地下涌出的泉水。

〔2〕冽(liè):寒冷。苞:丛生。稂(láng):莠草,生而不结实。这两句是说,地下流出寒冷的泉水,浸泡着稂根,使它湿腐而死。诗人以之兴西周衰微。

〔3〕忾(kài):叹息之声。寤(wù):醒着。

〔4〕周京:周之京都,此指西周盛世的明君。东汉郑玄《笺》:"念周

京者,思其先王之明者。"

〔5〕萧:蒿草。

〔6〕蓍(shī):蒿一类的草。又名筮草,古代以之占卜。

〔7〕芃(péng)芃:茂盛的样子。

〔8〕膏:润泽。

〔9〕四国:四方诸侯国。有王:以周天子为王。

〔10〕郇(xún)伯:周文王之后,封为郇国(今山西临猗境)之君。此处指晋国大夫荀跞。据《左传·昭公二十二年》周景王死,王子猛篡位,王子朝作乱,攻杀王子猛篡位,晋文公派大夫荀跞攻打王子朝,立周敬王。劳(lào):慰劳。之:各诸侯国。

《豳风》三首

七月[1]

七月流火[2]，九月授衣[3]。一之日觱发[4]，二之日栗烈[5]。无衣无褐，何以卒岁[6]？三之日于耜[7]，四之日举趾[8]。同我妇子[9]，馌彼南亩[10]。田畯至喜[11]。

七月流火，九月授衣。春日载阳[12]，有鸣仓庚[13]。女执懿筐[14]，遵彼微行[15]，爰求柔桑[16]。春日迟迟[17]，采蘩祁祁[18]。女心伤悲，殆及公子同归[19]。

七月流火，八月萑苇[20]。蚕月条桑[21]，取彼斧斨[22]。以伐远扬[23]，猗彼女桑[24]。七月鸣鵙[25]，八月载绩[26]。载玄载黄[27]，我朱孔阳[28]，为公子裳。

四月秀葽[29]，五月鸣蜩[30]。八月其获[31]，十月陨萚[32]。一之日于貉[33]，取彼狐狸，为公子裘。二之日其同[34]，载缵武功[35]。言私其豵[36]，献豜于公[37]。

五月斯螽动股〔38〕，六月莎鸡振羽〔39〕。七月在野，八月在宇，九月在户〔40〕，十月蟋蟀，入我床下。穹窒熏鼠〔41〕，塞向墐户〔42〕。嗟我妇子〔43〕，曰为改岁〔44〕，入此室处。

六月食郁及薁〔45〕，七月亨葵及菽〔46〕。八月剥枣〔47〕，十月获稻。为此春酒〔48〕，以介眉寿〔49〕。七月食瓜，八月断壶〔50〕，九月叔苴〔51〕。采荼薪樗〔52〕，食我农夫〔53〕。

九月筑场圃〔54〕，十月纳禾稼〔55〕。黍稷重穋〔56〕，禾麻菽麦。嗟我农夫，我稼既同〔57〕，上入执宫功〔58〕。昼尔于茅〔59〕，宵尔索绹〔60〕，亟其乘屋〔61〕，其始播百谷〔62〕。

二之日凿冰冲冲〔63〕，三之日纳于凌阴〔64〕。四之日其蚤〔65〕，献羔祭韭〔66〕。九月肃霜〔67〕，十月涤场〔68〕。朋酒斯飨〔69〕，曰杀羔羊〔70〕，跻彼公堂〔71〕，称彼兕觥〔72〕：万寿无疆！

〔1〕这是一首长篇农事诗，描写了当时农民一年四季的劳动生产过程和生活情况以及他们的艰辛悲苦，对研究西周社会具有重要的史料价值。诗人善于运用赋的表现手法铺写事物，描绘生活画面；还通过一系列鲜明的对比，客观上揭示出当时社会的不平等现象。七月：夏历七月。以下月份皆指夏历。

〔2〕流：往下移动。火：星名，大火星。每年夏历五月的黄昏，它出现在正南方，方向最正而位置最高；六月以后，就偏西下移，这里说"流

105

火",表示夏去秋来。

〔3〕授衣:把缝制寒衣的事交给妇女去做。

〔4〕一之日:周历正月,即夏历十一月。夏历比周历晚两个月。下文"二之日""三之日""四之日",皆指周历。觱发(bì bō):形容寒风劲吹,触物有声。

〔5〕栗烈:同"凛冽",寒气逼人。

〔6〕褐(hè):泛指粗布衣服。卒岁:终岁,过完这一年。

〔7〕于:为,从事,这里指修理。耜(sì):耕田翻土的农具。

〔8〕举趾:举步,开始下田耕种。宋朱熹《诗集传》:"举趾,举足而耕也。"

〔9〕妇子:老婆和孩子。

〔10〕馌(yè):送饭。南亩:向阳的土地,泛指田间。

〔11〕田畯(jùn):掌管农事的官吏。《毛传》:"田畯,田大夫也。"

〔12〕载阳:天气开始转暖。载,开始。阳,暖和。

〔13〕有:词头,无实义。仓庚:黄莺。

〔14〕女:采桑女。执:手提。懿筐:深筐。懿,深。

〔15〕遵:沿着。微行:小路。

〔16〕爰(yuán):于是。柔桑:嫩桑叶。

〔17〕迟迟:缓慢,此指春天昼长。

〔18〕蘩(fán):又名白蒿,据说可以煮酒在蚕卵上,促使蚕早出。祁祁:众多的样子。

〔19〕殆:害怕。及:与。公子:此处指女公子。《仪礼·丧服》:"诸侯之子称公子。"包括男子和女子。《春秋公羊传·庄公元年》:"群公子之舍则以卑矣。"何休注:"谓女公子也。"故此句有二解,一般解为男公子,意谓女子想到即将出嫁于公子而伤悲,但与"同归"一词语意不合。又一解则指为女公子,女子出嫁曰归。古代贵族女子出嫁往往会有随从

女子陪嫁。这句意为:采桑女怕和女公子一起出嫁(同归),因而伤悲。本书取后者。

〔20〕萑(huán)苇:芦苇,此指收割芦苇,供做蚕箔用。

〔21〕蚕月:养蚕的月份,即夏历三月。条桑:修剪桑枝。条,修剪。

〔22〕斨(qiāng):方孔斧。

〔23〕远扬:长得太高太长的枝条。

〔24〕猗(yǐ):"掎"的借字,攀拉。女桑:柔嫩的桑枝。

〔25〕鵙(jú):伯劳鸟。

〔26〕绩:纺织。

〔27〕载:语助词。玄:黑色。这里指丝织品所染的颜色。

〔28〕朱:红色。孔:很。阳:鲜艳。

〔29〕秀:生穗。葽(yāo):药草名,今名远志草,可入药。

〔30〕蜩(tiáo):蝉,俗名知了。

〔31〕其:语助词。获:收获。

〔32〕陨:落。蘀(tuò):落叶。

〔33〕于:为,此指猎取。貉(hé):兽名,形似狐,毛皮很珍贵。

〔34〕同:会合人众。

〔35〕缵(zuǎn):继续。武功:此指田猎之事。

〔36〕言:语助词。私:私得,个人所有。豵(zōng):一岁小猪,这里泛指小兽。

〔37〕献:献出。豜(jiān):大兽。公:王公贵族。

〔38〕斯螽(zhōng):蝗类昆虫。动股:摩擦大腿。斯螽本为振翅发声,古人误以为是两腿摩擦发声。

〔39〕莎(suō)鸡:昆虫名,今名纺织娘。振羽:振翅发声。

〔40〕宇:屋檐。户:门内。此指蟋蟀随天气渐寒,由野外迁入屋檐、室内。

〔41〕穹窒:指农夫冬天所住地窟式的房子。

〔42〕塞:遮堵。向:北面的窗子。《毛传》:"向,北出也。"墐(jìn)户:以泥涂柴门。墐,涂。

〔43〕嗟:叹息声,此处有"可怜"之意。

〔44〕曰:发语词。改岁:过年。

〔45〕郁:李子一类的果木,果实可吃。薁(yù):野葡萄。

〔46〕亨:同"烹",煮。葵:葵菜。菽(shū):豆类植物。

〔47〕剥(pū):打。

〔48〕春酒:冬天酿酒,春天始食用,故称春酒。

〔49〕介:助。眉寿:高寿。老年人眉上生有长毛,故称。

〔50〕断:摘。壶:同"瓠",葫芦。

〔51〕叔:拾取。苴(jū):麻子。《毛传》:"叔,拾也。苴,麻子也。"

〔52〕荼:一种苦菜。薪:柴,这里用作动词,即以樗为柴。樗(chū):臭椿树。

〔53〕食(sì):供养,养活。

〔54〕场圃:打谷场。圃,菜园。宋朱熹《诗集传》:"场圃同地,物生之时,则耕种以为圃而种菜茹;物成之际,则筑坚以为场而纳禾稼。"

〔55〕纳禾稼:把谷物装进仓。

〔56〕黍:小米。稷:高粱。重:同"穜",后熟作物。穋(lù):早熟作物。

〔57〕既同:已将各种谷物聚集入仓。同,聚集。

〔58〕上:同"尚",还要。执:从事。宫:此指统治者住的房屋。功:事。

〔59〕尔:语助词。于茅:采割茅草。于,为、割。

〔60〕索绹(táo):搓绳子。

〔61〕亟(jí):急,赶快。乘屋:登屋顶,指修理自己的草房。

〔62〕始:岁始,年初。

〔63〕冲冲:凿冰声。

〔64〕纳:藏入。凌阴:冰室,冰窖。

〔65〕蚤:同"早"。

〔66〕羔:羔羊。韭:韭菜。皆祭祖之物。

〔67〕肃霜:秋季天气开始清肃而降寒霜。宋朱熹《诗集传》:"肃霜,气肃而霜降也。"

〔68〕涤场:收完粮食后而打扫场院。

〔69〕朋酒:双樽酒。斯:语助词。飨:同"享",享用。

〔70〕曰:发语词。

〔71〕跻:登上。公堂:公众聚会的场所。

〔72〕称:举起。兕觥(sì gōng):犀牛角制成的酒杯。

鸱鸮〔1〕

鸱鸮鸱鸮,既取我子,无毁我室〔2〕。恩斯勤斯〔3〕,鬻子之闵斯〔4〕。

迨天之未阴雨〔5〕,彻彼桑土〔6〕,绸缪牖户〔7〕。今女下民〔8〕,或敢侮予〔9〕?

予手拮据〔10〕,予所捋荼〔11〕。予所蓄租〔12〕,予口卒瘏〔13〕,曰予未有室家〔14〕。

予羽谯谯〔15〕，予尾翛翛〔16〕，予室翘翘〔17〕。风雨所漂摇〔18〕，予维音哓哓〔19〕！

〔1〕这首诗以一只母鸟的口气，诉说猫头鹰抓走她的小鸟以及她育子修巢的辛勤劳苦和目前处境的艰难危险。这是一首寓言诗。旧说这是周公作给周成王的诗。西周初年，武王去世，周公摄政，管蔡和武庚叛乱。周成王不理解周公，对他产生了怀疑，于是周公作了这首诗。《尚书·金縢》有记载。新出土的清华简也有一篇文章与此有关。全诗连用十个"予"字，一句一呼，深切感人。鸱鸮(chī xiāo)：俗名猫头鹰。古人认为是猛禽恶鸟，这首诗的产生，说明那时的诗人已经可以用禽言物语来寓事言情，诗歌创作达到了很高水平。

〔2〕室：居室，这里指鸟巢。

〔3〕恩：恩爱。勤：辛勤。斯：语助词。

〔4〕鬻(yù)：借为"育"，养育。子：雏鸟。闵(mǐn)：怜悯，疼爱。

〔5〕迨(dài)：趁着。

〔6〕彻：剥取。土：同"杜"，根。桑树根的皮可以用来筑巢。

〔7〕绸缪(chóu móu)：缠缚。牖(yǒu)户：窗门，这里指巢穴洞口。

〔8〕女：汝，你。下民：树下之人。

〔9〕或敢侮予：谁还敢来欺侮我？

〔10〕拮据：双声，过度疲劳而手指僵硬。

〔11〕捋(luō)：取。荼：荼茅，一种开白花的茅台草，垫巢用。

〔12〕蓄：积聚。租：同"苴"(jū)，茅草。

〔13〕卒：同"悴"，过度劳累。瘏(tú)：生病。

〔14〕曰：发语词。未有室家：巢还没有营造好。

〔15〕谯(qiáo)谯：羽毛脱落稀疏的样子。

〔16〕翛(xiāo)翛：羽毛干枯的样子。

〔17〕翘翘:高而危险的样子。

〔18〕漂:水冲击。摇:风摇动。

〔19〕哓(xiāo)哓:鸟惊恐而发出的叫声。

东山〔1〕

我徂东山,慆慆不归〔2〕。我来自东,零雨其濛〔3〕。我东曰归,我心西悲〔4〕。制彼裳衣〔5〕,勿士行枚〔6〕。蜎蜎者蠋〔7〕,烝在桑野〔8〕。敦彼独宿〔9〕,亦在车下。

我徂东山,慆慆不归。我来自东,零雨其濛。果蠃之实〔10〕,亦施于宇〔11〕。伊威在室〔12〕,蟏蛸在户〔13〕。町畽鹿场〔14〕,熠耀宵行〔15〕。不可畏也〔16〕,伊可怀也〔17〕。

我徂东山,慆慆不归。我来自东,零雨其濛。鹳鸣于垤〔18〕,妇叹于室〔19〕。洒扫穹窒〔20〕,我征聿至〔21〕。有敦瓜苦〔22〕,烝在栗薪〔23〕。自我不见,于今三年。

我徂东山,慆慆不归。我来自东,零雨其濛。仓庚于飞〔24〕,熠耀其羽〔25〕。之子于归〔26〕,皇驳其马〔27〕。亲结其缡〔28〕,九十其仪〔29〕。其新孔嘉〔30〕,其旧如之何〔31〕?

〔1〕《毛诗序》曰:"《东山》,周公东征也。周公东征,三年而归。劳

111

归士,大夫美之,故作是诗也。"学者多认为此诗未必是大夫赞美周公之作,但此诗的背景与周公东征是有关的。诗中抒写了一位远征士卒在归家途中的深切感受和对家乡、妻子的思念之情,表现了他对长期征战的厌恶与对和平生活的向往。"我徂东山,慆慆不归。我来自东,零雨其濛"四句,在每一章的章首重复出现,形成了感伤主题的反复咏叹。东山:诗人远征之地。

〔2〕徂:往。慆(tāo)慆:同"滔滔",形容日子久长。

〔3〕零雨:细雨。其濛:濛濛,形容雨天迷茫的样子。

〔4〕西悲:想起西方而悲伤。西方是诗人的家乡,他在东山听说要归家,不禁遥望家乡,心中一片酸楚。这是一种悲喜交集的复杂感情。

〔5〕制:缝制。裳衣:普通便服。指诗人脱下军装。

〔6〕士:同"事",从事。行(héng)枚:横枚。古代行军,口中横衔着一根小木棍,以防出声。以上两句是说,不再过军旅生活了。

〔7〕蜎(yuān)蜎:虫子蠕动的样子。蠋(zhú):野蚕。

〔8〕烝(zhēng):放置。

〔9〕敦:本为一种圆形器具,这里形容身体蜷成一团。此上四句极言从军之苦。

〔10〕果臝(luǒ):蔓生科植物,即瓜蒌。

〔11〕施(yì):蔓延,爬满。宇:屋檐。

〔12〕伊威:土鳖虫。

〔13〕蟏蛸(xiāo shāo):一种长脚的小蜘蛛。这里指门上结满了蛛网。

〔14〕町畽(tǐng tuǎn):宅旁空地。鹿场:野鹿出没的地方。宋朱熹《诗集传》:"町畽,舍旁隙地也。无人焉,故鹿以为场也。"

〔15〕熠耀:光亮闪烁的样子。宵行:即荧火,俗称鬼火。闻一多《风诗类钞》曰:"宵行,火也。"以上六句极言家园的荒凉景象,是征人的想象

之辞。

〔16〕畏:可怕。

〔17〕伊:此,是。怀:怀念。这两句是说,家园荒芜是不可怕的,它值得我深深地怀念。

〔18〕鹳(guàn):一种水鸟,形似鹤,喜阴雨,食鱼。东汉郑玄《笺》:"鹳,水鸟也。将阴雨则鸣行者。"垤(dié):蚂蚁洞口的小土堆。《毛传》:"垤,蚁冢也。"

〔19〕妇:指征人的妻子。

〔20〕洒扫穹室:妻子洒扫收拾屋子,准备迎接回家的丈夫。穹室,当时所住的地窟式的房子。

〔21〕我征:我的征人。聿(yù):语助词,有"将"之意。这是想象中妻子的言语。

〔22〕敦:团团的样子。瓜苦:瓠瓜。苦,借为"瓠"。古代礼俗,结婚时要将瓠瓜剖为两半,夫妻各执一瓢,舀酒漱口,称合卺之礼。

〔23〕烝:放置。栗薪:栗木柴堆。以上两句是说,结婚时用过的那圆圆的瓠瓜瓢还放在柴堆上。此上八句是征人想象妻子在家想念他的情景。

〔24〕仓庚:黄莺。

〔25〕熠耀其羽:飞时翅膀闪闪发光。

〔26〕之子:指征人的妻子。于归:出嫁。

〔27〕皇:黄色。驳:杂色。

〔28〕亲:指妻子的母亲。结:系上。缡(lí):佩巾。古时女子出嫁时,母亲要亲自给她系上佩巾。

〔29〕九十:虚数,形容结婚时礼节很多,极言其庄重。仪:仪式、礼节。

〔30〕新:新婚,指女子做新娘时。孔:很,非常。嘉:美好。

〔31〕旧:婚后多年已成旧人。如之何:不知变成什么样子了。以上八句是征人回忆与妻子结婚时的美好情景。

《小雅》二十首

鹿鸣[1]

呦呦鹿鸣，食野之苹[2]。我有嘉宾[3]，鼓瑟吹笙。吹笙鼓
簧[4]，承筐是将[5]。人之好我[6]，示我周行[7]。

呦呦鹿鸣，食野之蒿[8]。我有嘉宾，德音孔昭[9]。视民不
恌[10]，君子是则是效[11]。我有旨酒[12]，嘉宾式燕
以敖[13]。

呦呦鹿鸣，食野之芩[14]。我有嘉宾，鼓瑟鼓琴。鼓瑟鼓琴，
和乐且湛[15]。我有旨酒，以燕乐嘉宾之心[16]。

〔1〕这是君王宴饮群臣宾客的诗，周代礼仪燕飨诗中的代表作。
《毛诗序》曰："燕群臣嘉宾也。既饮食之，又实币帛筐篚，以将其厚意，
然后忠臣嘉宾得尽其心矣。"全诗三章，首章言奏乐，二章言饮酒，末章并
奏乐、饮酒而言之，情绪、气氛逐渐热烈，最终达到"和乐且湛"的高潮。
全诗语言文雅，韵律和谐，情调欢快，韵味深长，鲜明地体现了周代社会
的礼乐文化精神。

〔2〕呦(yōu)呦：鹿的鸣叫声。苹：一种野生植物。据说，鹿觅得食

114

物后,即呼叫同类,一起享用。这两句以鹿鸣起兴,表示诚恳招饮之情。

〔3〕嘉宾:贵客。

〔4〕鼓簧:鼓动笙簧。簧,笙管中发声的舌片。

〔5〕承:用手捧举。东汉郑玄《笺》:"承犹举也。"筐:指盛币、帛礼品的竹器,亦称作筐。《毛传》曰:"筐,筐属,所以行币帛也。"是:此。将:送。这句是说,捧着盛币帛的筐筐送给宾客。

〔6〕人:指群臣嘉宾。好我:爱我。

〔7〕示:告诉。周行:大道,引申为治国的道理、途径。

〔8〕蒿:青蒿,有香味。

〔9〕德音:美誉。孔:很,非常。昭:昭著。这两句是赞美群臣宾客有光明的品德和言行。

〔10〕视:同"示"。恌(tiāo):同"佻",轻薄,轻浮。

〔11〕则:法则,指取法。效:仿效。宋朱熹《诗集传》曰:"嘉宾德音甚明,足以示民使不偷薄,而君子所当法则。"

〔12〕旨酒:美酒。

〔13〕式:语助词。燕:同"宴",宴饮。敖:同"遨",游玩。

〔14〕芩(qín):蒿类植物。

〔15〕和乐:和谐快乐。湛(chén):深,长久。

〔16〕"以燕"句:以宴饮愉悦嘉宾之心。

四牡〔1〕

四牡騑騑〔2〕,周道倭迟〔3〕。岂不怀归?王事靡盬〔4〕,我心伤悲。

四牡骒骒,啴啴骆马〔5〕。岂不怀归? 王事靡盬,不遑启处〔6〕。

翩翩者雏〔7〕,载飞载下〔8〕,集于苞栩〔9〕。王事靡盬,不遑将父〔10〕。

翩翩者雏,载飞载止,集于苞杞〔11〕。王事靡盬,不遑将母。

驾彼四骆,载骤骎骎〔12〕。岂不怀归? 是用作歌,将母来谂〔13〕。

〔1〕这首诗是出使在外的官吏,写他劳苦奔波、怀归思亲的诗。诗的前两章用马的疲惫不堪写自己在外从事劳役之苦。中间两章以鸟尚可休息,反衬自己常年在外,不能回家孝敬父母。最后一章写对母亲的思念。全诗反复咏唱"王事靡盬",写出了征人的无限悲伤,情真意切。四牡:四匹公马驾车。牡,公马。

〔2〕骒(fēi)骒:马疲惫不堪的样子。

〔3〕周道:大道。倭(wēi)迟:迂回遥远。

〔4〕王事:王家之事,官差。靡盬(gǔ):没有止息。

〔5〕啴(tān)啴:马喘息的样子。骆马:白色黑鬃的马。

〔6〕不遑:没有闲暇的时间。启处:指休息。启,跪。处,坐。

〔7〕雏(zhuī):斑鸠。

〔8〕载:或。

〔9〕集:栖息。苞:茂盛的样子。栩(xǔ):柞树。

〔10〕将:奉养。

〔11〕杞:杞树。

〔12〕骎:奔驰。骎(qīn)骎:奔驰的样子。

〔13〕谂(shěn):思念。

常棣〔1〕

常棣之华,鄂不韡韡〔2〕。凡今之人,莫如兄弟。

死丧之威〔3〕,兄弟孔怀〔4〕。原隰裒矣,兄弟求矣〔5〕。

脊令在原〔6〕,兄弟急难〔7〕。每有良朋,况也永叹〔8〕。

兄弟阋于墙〔9〕,外御其务〔10〕。每有良朋,烝也无戎〔11〕。

丧乱既平,既安且宁。虽有兄弟,不如友生〔12〕。

傧尔笾豆〔13〕,饮酒之饫〔14〕。兄弟既具〔15〕,和乐且孺〔16〕。

妻子好合,如鼓瑟琴。兄弟既翕〔17〕,和乐且湛〔18〕。

宜尔室家,乐尔妻帑〔19〕。是究是图,亶其然乎〔20〕?

〔1〕这是一首歌咏兄弟情义的诗。诗中以棠棣之花萼相依相托,

117

比喻兄弟亲密而同荣;又通过与良朋的对比,说明手足之情更要珍视。"凡今之人,莫如兄弟"点明主题,是一篇动人的兄弟友爱之歌。常棣(dì):棠棣树,开红色小花。常,借为"棠"。

〔2〕华:同"花"。鄂:借为"萼",花萼。不(fū):"柎"之本字,花蒂。韡(wěi)韡:鲜明的样子。以上两句是说,棠棣之花开在鲜明的花蒂之上。此是比兴。

〔3〕威:威胁。

〔4〕孔:很,最。怀:关怀,关切。以上二句是说,遭受死亡、丧乱的威胁时,只有兄弟相互关怀。

〔5〕"原隰(xí)"两句:高平之地为原,低湿之地为隰。裒(póu),聚土为坟丘。兄弟求矣,人死之后,只有兄弟前来坟前祭奠,表示怀念。

〔6〕脊令:鹡鸰鸟,喜相呼同飞。

〔7〕急难(nàn):遇难急忙相救。

〔8〕每:虽。况:增加。永叹:长叹。这二句是说,遇有急难,朋友仅长叹而已。

〔9〕阋(xì):争斗。于墙:墙内,家中。此指兄弟在家互相争斗。

〔10〕御:抵抗。务:借为"侮"。此句指兄弟一致对外、同心抵抗外来的欺侮。

〔11〕烝:终究。无戎:不来相助。戎,助。宋朱熹《诗集传》:"戎,助也。"

〔12〕友生:友人。以上四句是说,平安无事时,反觉兄弟不如朋友亲。

〔13〕傧(bìn):陈列。尔:你。笾(biān):盛肉菜的篾制器具。豆:盛肉菜的木制器具。二者皆是古人宴飨或祭祀所用的食器。

〔14〕饫(yù):满足,吃饱喝足。

〔15〕既具:已一齐来到。

〔16〕孺:相亲。

〔17〕翕(xī):合,聚。

〔18〕湛(zhàn):深情。

〔19〕宜:安适。室家:家庭。帑(nú):同"孥",子女。

〔20〕亶(dǎn):诚然,确实。然:这样。

伐木〔1〕

伐木丁丁〔2〕,鸟鸣嘤嘤〔3〕。出自幽谷,迁于乔木。嘤其鸣矣,求其友声〔4〕。相彼鸟矣〔5〕,犹求友声。矧伊人矣〔6〕,不求友生?神之听之,终和且平〔7〕。

伐木许许〔8〕,酾酒有藇〔9〕!既有肥羜〔10〕,以速诸父〔11〕。宁适不来〔12〕,微我弗顾〔13〕。於粲洒扫〔14〕,陈馈八簋〔15〕。既有肥牡〔16〕,以速诸舅〔17〕。宁适不来,微我有咎〔18〕。

伐木于阪〔19〕,酾酒有衍〔20〕。笾豆有践〔21〕,兄弟无远〔22〕。民之失德〔23〕,乾餱以愆〔24〕。有酒湑我〔25〕,无酒酤我〔26〕。坎坎鼓我〔27〕,蹲蹲舞我〔28〕。迨我暇矣〔29〕,饮此湑矣〔30〕。

〔1〕这是一首宴请亲友、歌颂亲情和友谊的诗。《毛诗序》曰:"《伐木》,燕朋友之故旧也。"诗的开头以伐木和鸟鸣求友起兴,呼唤真挚的友情,有一种自然纯朴的气息。诗中的"伐木丁丁,鸟鸣嘤嘤""出自幽谷,迁于乔木"等对偶句,结构整齐,变化和谐。排比的句式将朋友欢宴

的气氛渲染得很热闹。

〔２〕丁（zhēng）丁：砍伐树木的声音。

〔３〕嘤（yīng）嘤：鸟相应和鸣的声音。宋朱熹《诗集传》："嘤嘤：鸟声之和也。"

〔４〕求其友声：呼求朋友的声音。以上六句以鸟迁乔木而不忘幽谷之鸟，兴君子居高位而不忘下位之朋友。

〔５〕相：视，看。

〔６〕矧（shěn）：何况。伊：是，这。

〔７〕"神之"两句：凝神听之，声音是那么和谐动听。

〔８〕许（hǔ）许：锯树发出的声音。

〔９〕酾（shī）酒：滤酒，用草或竹器滤酒，去掉酒漕。有衧（xù）：衧衧，形容酒味纯美甘甜。

〔１０〕羜（zhù）：出生五个月的小羊，指羊羔。

〔１１〕速：召，邀请。诸父：同姓长辈的通称。

〔１２〕宁：宁可。适：凑巧。这句意为，宁可我请他们，他们凑巧不能来。

〔１３〕微：不是。顾：顾念。这句是说，而不是我不顾念他们。郑玄《笺》曰："宁召之适自不来，无使言我不顾念也。"

〔１４〕於（wū）：感叹词。粲：明净的样子。洒扫：清扫屋宇，洗净用具。

〔１５〕陈：陈设。馈：食物。八簋（guǐ）：极言食物的丰盛。簋，古代的食器，宴享、祭祀用。

〔１６〕牡：公羊羔。

〔１７〕诸舅：异姓长辈的通称。宋朱熹《诗集传》："诸舅，朋友之异姓而尊者也。"

〔１８〕咎：过失，即失礼之处。

120

〔19〕阪(bǎn):山坡。

〔20〕有:语助词。衍:溢出的样子。

〔21〕笾(biān):竹编的食器。豆:一种高脚木制食器。践:陈列整齐有序。《毛传》:"践,行列貌。"

〔22〕兄弟:同辈的亲友。无远:不要疏远。

〔23〕民之失德:民丧失亲友的道德。

〔24〕乾餱(hóu):干粮,这里指普通的食品。愆(qiān):过失,过错。这里指为一些极平常的事反目失和而至于有过失。

〔25〕湑(xǔ):义同"醑",滤酒使清。

〔26〕酤:同"沽",买酒。

〔27〕坎坎:击鼓的声音。鼓我:击鼓给我助兴。

〔28〕蹲(cún)蹲:踩着鼓点跳舞的姿态。舞我:跳舞给我助兴。

〔29〕迨:及,趁着。暇:闲暇。

〔30〕湑:清醇美酒。宋朱熹《诗集传》:"故我于朋友,不计有无,但及闲暇,则饮酒以相乐也。"

采薇〔1〕

采薇采薇,薇亦作止〔2〕。曰归曰归〔3〕,岁亦莫止〔4〕。靡室靡家〔5〕,猃狁之故〔6〕。不遑启居〔7〕,猃狁之故。

采薇采薇,薇亦柔止〔8〕。曰归曰归,心亦忧止。忧心烈烈〔9〕,载饥载渴。我戍未定,靡使归聘〔10〕。

采薇采薇,薇亦刚止[11]。曰归曰归,岁亦阳止[12]。王事靡盬[13],不遑启处。忧心孔疚[14],我行不来[15]!

彼尔维何[16]?维常之华[17]。彼路斯何[18]?君子之车[19]。戎车既驾[20],四牡业业[21]。岂敢定居?一月三捷[22]。

驾彼四牡,四牡骙骙[23]。君子所依[24],小人所腓[25]。四牡翼翼[26],象弭鱼服[27]。岂不日戒[28]?玁狁孔棘[29]!

昔我往矣[30],杨柳依依[31]。今我来思[32],雨雪霏霏[33]。行道迟迟[34],载渴载饥。我心伤悲,莫知我哀!

〔1〕这是一位戍边兵士的思乡之诗。诗的前三章回忆久戍不归的思家之苦。四、五章回忆奔走沙场的战斗之劳。末章杨柳雨雪数句,以景物烘托感情,情景交融。清王夫之说:"'昔我往矣,杨柳依依。今我来思,雨雪霏霏。'以乐景写哀,以哀景写乐,一倍增其哀乐。"(《薑斋诗话》)诗用薇之生长的三个阶段:作、柔、刚,表现时间的流逝、季节的推移、心绪的变化。薇:野生的豌豆苗,嫩叶可食。

〔2〕作:初生,发芽。止:用于句尾的语气助词。

〔3〕曰:说。归:回家。

〔4〕莫:同"暮",年末。

〔5〕靡:无。

〔6〕玁狁(xiǎn yǔn):北方的少数民族。

〔7〕遑(huáng):闲暇。启居:跪坐,这里指休息、修整。下"启处"

122

同义。

〔8〕柔:柔嫩。

〔9〕烈烈:忧心如焚的样子。

〔10〕靡使归聘:没法使人带回问候家人的音讯。聘,问候家人的音讯。

〔11〕刚:薇长得粗硬,将要老了。

〔12〕阳:夏历十月。

〔13〕盬(gǔ):止息。

〔14〕孔疚(jiù):非常苦痛。

〔15〕行:出征远行。不来:不能归来。

〔16〕彼尔维何:那盛开着的花是什么花。尔,同"薾",花盛开的样子。维,是。

〔17〕维常之华:是棠棣之花。常,棠棣。华,同"花"。

〔18〕路:同"辂",形容战车的高大。

〔19〕君子之车:将帅的车。

〔20〕戎车:战车,兵车。既驾:已经驾好,准备出征。

〔21〕四牡:四匹驾车的公马。业业:形容马匹的高大强壮。

〔22〕捷:通"接",交战。三捷指多次与敌人交战。

〔23〕骙(kuí)骙:战马强壮的样子。

〔24〕依:依靠,乘坐。

〔25〕小人:士卒。腓(féi):隐蔽。清方玉润《诗经原始》曰:"言此车乃君子所处,小人则从而动也。"

〔26〕翼翼:形容驾车的战马行列整齐。

〔27〕象弭(mǐ):用象牙镶嵌弓的两端。鱼服:用沙鱼皮制成的箭袋。

〔28〕岂不:怎能不。日:每日,时时刻刻。戒:戒备,警惕。

〔29〕孔:非常。棘:通"急",敌情非常紧急。

〔30〕昔:昔日出征时。往:前往,出征。

〔31〕依依:形容春日柳条随风飘拂的样子。

〔32〕来:归来。思:语尾助词。

〔33〕雨(yù)雪:落雪。雨,落,用作动词。霏霏:大雪纷飞的样子。

〔34〕行道迟迟:慢慢地走在归途上。

杕杜〔1〕

有杕之杜,有睍其实〔2〕。王事靡盬〔3〕,继嗣我日〔4〕。日月阳止〔5〕,女心伤止〔6〕,征夫遑止〔7〕。

有杕之杜,其叶萋萋〔8〕。王事靡盬,我心伤悲。卉木萋止〔9〕,女心悲止,征夫归止!

陟彼北山〔10〕,言采其杞〔11〕。王事靡盬,忧我父母。檀车幝幝〔12〕,四牡痯痯〔13〕,征夫不远〔14〕!

匪载匪来〔15〕,忧心孔疚〔16〕。期逝不至〔17〕,而多为恤〔18〕。卜筮偕止〔19〕,会言近止〔20〕,征夫迩止〔21〕!

〔1〕这是一首女子思夫的诗。征夫行役在外经年不归,妻子在家中翘首以盼。整篇诗以景物起兴,以时间为线索,既从征夫的角度切入,又悬想思妇的相思之情,就这样在交替的抒写中,将征夫与思妇细腻的

心理变化,层层递进地展示出来。在一次次的失望当中又一次次地企盼,结尾还留下了一个美好的愿望,真是委婉有致又曲尽人情。杕(dì):树木孤生。杜:棠梨树。

〔2〕睆(huàn):果实圆圆的样子。实:果实。

〔3〕靡盬:没有尽头。

〔4〕继嗣:继续增加。日:行役的时间。

〔5〕日月阳止:又到十月了。阳,十月。

〔6〕女:征夫的妻子。

〔7〕征夫遑止:这是妻子的揣测之词,征夫应该有空闲回家了吧?遑,闲暇。

〔8〕萋萋:茂盛的样子。

〔9〕卉木:草木。卉,草的总称。

〔10〕陟:登上。

〔11〕杞:枸杞。

〔12〕檀车:檀木做的兵车。檀木坚硬,古人用做兵车。幝(chǎn)幝:破败的样子。

〔13〕痯(guǎn)痯:战马疲惫的样子。

〔14〕征夫不远:思妇的猜想之词,征夫的归期不远了吧?

〔15〕匪载匪来:征夫没有载车归来。

〔16〕孔疚:非常痛苦。

〔17〕期逝:约定的日期已经过去。

〔18〕而多为恤:我的忧愁不断增加。恤,忧愁。

〔19〕卜:用龟甲占卜。筮:用筮草占卦。偕:结果相同。止:语助词。

〔20〕会:相会的日期。言:语助词。近:临近。

〔21〕迩:近,身边。以上两句是说卜筮的结果:相会的日期就要到

125

了,征人就要回到我的身旁了。

沔水[1]

沔彼流水,朝宗于海[2]。鴥彼飞隼[3],载飞载止[4]。嗟我
兄弟[5],邦人诸友。莫肯念乱[6],谁无父母[7]?

沔彼流水,其流汤汤[8]。鴥彼飞隼,载飞载扬[9]。念彼不
迹[10],载起载行[11]。心之忧矣,不可弭忘[12]。

鴥彼飞隼,率彼中陵[13]。民之讹言[14],宁莫之惩[15]?我
友敬矣[16],谗言其兴[17]。

〔1〕这是一首伤时悯乱的诗。作者是位朝臣,他深感社会之动荡
混乱将至,父母也将遭受苦难,因而忧心忡忡,劝诫兄弟友人,要时时提
防那些不遵法度的奸佞谗言的中伤。全诗三章,初恐世乱之不止而忧虑
父母,继以国事不安宁而忧念不止,终以忧馋畏讥而告诸友。沔
(miǎn):流水漫漫的样子。《毛传》:"沔,水流满也。"

〔2〕朝宗:本义是诸侯朝见天子,这里指百川入海。

〔3〕鴥(yù):鸟飞迅速的样子。隼(sǔn):鹰类猛禽。

〔4〕载:语助词,有"则""又"之意。以上四句是兴,诗人见流水可
归于大海,飞隼尚有所止,兴自己无所依归之处境。

〔5〕嗟:哀叹词。

〔6〕莫肯:不肯。念乱:忧念国事之乱。

〔7〕谁无父母:乱之将生,更加忧念、哀悯自己的父母,他们将遭受颠沛流离之苦。

〔8〕汤(shāng)汤:水流浩大的样子。

〔9〕扬:高飞。

〔10〕彼:当权的坏人。不迹:不循法度,不能正道直行。《毛传》谓:"不迹,不循道也。"

〔11〕载起载行:诗人因忧愁祸乱而坐立不安,彷徨无主。

〔12〕弭(mǐ):消除,停止。

〔13〕率:沿着。中陵:即陵中。陵,山陵。这里指沿着山陵高飞。

〔14〕讹言:胡言乱语,即小人挑拨离间的话。

〔15〕宁:为什么。惩:制止。宋朱熹《诗集传》:"惩,止也。"

〔16〕敬:借为"警",警戒,警惕。

〔17〕其兴:将要兴起。其,时间副词,将。以上几句是诗人劝诫朋友的话。

黄鸟〔1〕

黄鸟黄鸟,无集于榖〔2〕,无啄我粟。此邦之人,不我肯榖〔3〕。言旋言归〔4〕,复我邦族〔5〕。

黄鸟黄鸟,无集于桑,无啄我梁。此邦之人,不可与明〔6〕。言旋言归,复我诸兄。

黄鸟黄鸟,无集于栩〔7〕,无啄我黍。此邦之人,不可与

127

处〔8〕。言旋言归，复我诸父。

〔1〕这是一首流亡异国者的悲歌。宋朱熹《诗集传》曰："民适异国，不得其所，故作此诗。"诗人背井离乡去异国谋生，却遭受欺凌和压榨，于是思归乡土。黄鸟：黄雀，好吃粮食，以之喻掠夺者。

〔2〕集：栖息。榖（gǔ）：楮（chǔ）树。《毛传》曰："榖，恶木也。"

〔3〕不我肯榖："不肯榖我"的倒文。榖，善待。《毛传》曰："榖，善也。"

〔4〕言：语助词，无实义。旋：回转。归：归去。

〔5〕复：返回。邦：国家。族：家族。

〔6〕明：音义同"盟"，信用。这句话是说，这个国家的人，不可与他们讲信用。

〔7〕栩（xǔ）：柞（zuò）树。

〔8〕处：相处。

斯干〔1〕

秩秩斯干，幽幽南山〔2〕。如竹苞矣〔3〕，如松茂矣。兄及弟矣，式相好矣〔4〕，无相犹矣〔5〕。

似续妣祖〔6〕，筑室百堵〔7〕，西南其户〔8〕。爰居爰处〔9〕，爰笑爰语。

约之阁阁〔10〕，椓之橐橐〔11〕。风雨攸除〔12〕，鸟鼠攸去〔13〕，君子攸芊〔14〕。

如跂斯翼〔15〕,如矢斯棘〔16〕,如鸟斯革〔17〕,如翚斯飞〔18〕,君子攸跻〔19〕。

殖殖其庭〔20〕,有觉其楹〔21〕。哙哙其正〔22〕,哕哕其冥〔23〕。君子攸宁。

下莞上簟〔24〕,乃安斯寝。乃寝乃兴〔25〕,乃占我梦〔26〕。吉梦维何〔27〕?维熊维罴〔28〕,维虺维蛇〔29〕。

大人占之:维熊维罴,男子之祥;维虺维蛇,女子之祥〔30〕。

乃生男子,载寝之床〔31〕。载衣之裳〔32〕,载弄之璋〔33〕。其泣喤喤〔34〕,朱芾斯皇〔35〕,室家君王〔36〕。

乃生女子,载寝之地。载衣之裼〔37〕,载弄之瓦〔38〕。无非无仪〔39〕,唯酒食是议〔40〕,无父母诒罹〔41〕。

〔1〕这是歌颂周王宫室落成的诗。诗中描述了营筑之状和屋宇之美,整座建筑规模宏大,檐脊高耸,飞动如鸟,庭堂宽敞,居室幽深,表现了我国古代建筑艺术之美。诗之后半则祝祷宫室主人家族和乐,子孙繁衍,男孩长大为君为王,女孩长大深达礼仪。这首诗的语言,多用叠字,准确、生动、形象,有声有色,增加了诗歌的魅力。斯:此。干:通"涧",

山涧流水。

〔2〕秩秩:水流的样子。幽幽:深远的样子。南山:终南山,在周都镐京以南。

〔3〕苞:同"茂",茂盛。

〔4〕式:语助词。相好:和睦相爱。

〔5〕犹:通"猷(yóu)",欺诈。此章叙述宫室地势风景的美好,其目的在于家族的和睦共处。

〔6〕似续妣祖:继续始祖所开创的基业。似,借为"嗣",继。妣(bǐ),女性祖先。祖,男性祖先。

〔7〕百堵:古代筑墙成室,方丈称堵。这里指宫室面积、规模很大。

〔8〕西南其户:门户有的向西开,有的向南开。西、南,用作动词。

〔9〕爰:于是。处:居住。

〔10〕约:捆扎。阁阁:象声词,用绳索捆缚筑版而发出的声音。

〔11〕椓(zhuō):敲击。橐(tuó)橐:夯(hāng)土声。

〔12〕攸:语助词。除:除掉。

〔13〕去:离去。以上两句是说,风雨鸟鼠之害都可以除去。

〔14〕芋:"宇"之借字,居住。

〔15〕如跂斯翼:屋宇端正严肃如人直立在那里。跂(qì),通"企",踮起脚后跟站着。斯,语助词。翼,端庄的样子。

〔16〕矢:箭。棘:棱角。这里形容宫室像箭头一样有棱有角。

〔17〕革:翅膀。《说文解字》:"革,翅也。"这句形容屋宇伸展如鸟翅。

〔18〕翚(huī):野鸡,羽毛有彩色,故亦名锦鸡。这里形容宫室华丽高峻,如锦鸡那样展翅高飞。

〔19〕跻(jī):登。

〔20〕殖殖:平正的样子。庭:庭院。

130

〔21〕有觉:高大的样子。楹(yíng):柱子,指堂前的两楹。

〔22〕哙(kuài)哙:明亮的样子。正:白天。东汉郑玄《笺》:"正,昼也。"

〔23〕哕(huì)哕:幽暗的样子。冥:夜晚。

〔24〕莞(guān):草席。簟(diàn):竹席。

〔25〕兴:早晨起来。

〔26〕占梦:占卜梦的吉凶。

〔27〕维:是。

〔28〕罴(pí):兽名,似熊而高大,猛而多力。

〔29〕虺(huǐ):毒蛇。

〔30〕大人:指占梦之官。祥:吉祥的征兆。

〔31〕载:语助词,有"则"义。

〔32〕衣(yì):穿,用作动词。裳(cháng):下裙。

〔33〕弄:玩。璋(zhāng):用玉制成的礼器。

〔34〕喤喤(huáng huáng):洪亮的哭声。

〔35〕朱芾(fú):红色的蔽膝。皇:通"煌",辉煌。

〔36〕君:诸侯国君。王:天子。此言所生男孩将来成为周室的君王。

〔37〕裼(tì):包婴儿的被子。

〔38〕瓦:陶土制的(纺锤)。

〔39〕无非无仪:不要不守礼仪,即长大后不要违背父母、丈夫之命。

〔40〕酒食:操持酒食之事。是议:讲究,讨论。是,复指代词。强调前置的宾语。

〔41〕无父母诒罹:不要因出嫁后有过失而使父母担忧。诒,通"贻",留给。罹(lí),忧愁。

131

节 南 山 [1]

节彼南山,维石岩岩[2]。赫赫师尹[3],民具尔瞻[4]。忧心
如惔[5],不敢戏谈[6]。国既卒斩[7],何用不监[8]!

节彼南山,有实其猗[9]。赫赫师尹,不平谓何[10]。天方荐
瘥[11],丧乱弘多[12]。民言无嘉[13],憯莫惩嗟[14]。

尹氏大师,维周之氐[15];秉国之均[16],四方是维[17]。天
子是毗[18],俾民不迷[19]。不吊昊天[20],不宜空我师[21]。

弗躬弗亲[22],庶民弗信[23]。弗问弗仕[24],勿罔君子[25]。
式夷式已[26],无小人殆[27]。琐琐姻亚[28],则无膴仕[29]。

昊天不佣[30],降此鞠讻[31]。昊天不惠[32],降此大戾[33]。
君子如届[34],俾民心阕[35]。君子如夷,恶怒是违[36]。

不吊昊天,乱靡有定[37]。式月斯生[38],俾民不宁[39]。忧
心如酲[40],谁秉国成[41]?不自为政,卒劳百姓[42]。

驾彼四牡,四牡项领[43]。我瞻四方,蹙蹙靡所骋[44]。

方茂尔恶〔45〕,相尔矛矣〔46〕。既夷既怿〔47〕,如相酬矣〔48〕。

昊天不平,我王不宁!不惩其心,覆怨其正〔49〕。

家父作诵〔50〕,以究王讻〔51〕。式讹尔心〔52〕,以畜万邦〔53〕。

〔1〕这是周大夫家父斥责执政者尹氏的诗。此诗揭露了当时政治的黑暗混乱以及周王、太师尹氏的误国殃民,表现了诗人忧国伤时、直言敢谏的精神。节:山势高峻的样子。南山:镐京以南的终南山。

〔2〕岩岩:山石重叠的样子。以上两句是兴,喻尹氏地位的高贵显赫。

〔3〕赫赫:地位显赫的样子。师:太师,周代三公(太师、太傅、太保)中最高的官。尹:尹氏,时任太师之职。

〔4〕具:俱。瞻:仰视,表示尊重敬慕。

〔5〕惔(tǎn):"炎"的借字,火烧。

〔6〕戏谈:戏谑谈论。

〔7〕国既卒斩:周的国运将尽了,即亡国在即。国,周王朝。卒,尽。斩,断绝。

〔8〕何用:何以。不监:不察知。监,通"鉴"。

〔9〕有实:广大的样子。猗:当为"阿",山坡。

〔10〕"不平"句:尹氏为政不公平,有目共见,已不用说了。谓何,还有什么可说。

〔11〕方:正。荐:加。瘥(cuó):瘟疫疾病。

〔12〕丧乱:死丧祸乱。弘多:大而多。

〔13〕民言:百姓的议论。无嘉:没有好话。

〔14〕憯(cǎn):"晉"的借字,曾,还。《说文解字》:"晉,曾也。"惩:

惩戒,儆戒。

〔15〕维:是。氐:同"柢",根柢,根本。这里喻指周王朝的重臣。

〔16〕秉:掌握,执掌。均:同"钧",制陶模子下的转盘,陶人要掌握陶钧,喻治国者运用政柄。

〔17〕维:维系。是:这,指四方。

〔18〕毗(pí):辅佐。

〔19〕俾(bì):使。迷:迷惑。

〔20〕不吊:不善,不淑。昊(hào)天:上天。这是怨天之词。

〔21〕"不宜"句:不应该将困苦加给我们众民。空,困乏。师,众民。

〔22〕躬、亲:亲自管理国事。

〔23〕弗信:不信从。

〔24〕问:咨询。弗仕:不办理政事。

〔25〕罔(wǎng):欺骗。

〔26〕式:语助词,无实义。夷:平,消除。已:止,制止。

〔27〕无小人殆:不要因小人弄权而使国家陷于险境。殆,危险。

〔28〕琐琐:形容卑微渺小。姻亚:这里指亲属裙带关系。

〔29〕膴(wǔ)仕:高官厚禄。膴,厚。这句意为,尹氏不要弄权让无能的亲属享受高官厚禄。

〔30〕佣:公平。

〔31〕鞫:同"鞠",穷,极。讻:凶,祸害。

〔32〕惠:仁爱。

〔33〕戾:恶。

〔34〕如:如果。届:至,来临。

〔35〕民心:民众怨愤之心。阕(què):平息。

〔36〕夷:平,此指为政公平。违:远离,消除。

〔37〕靡:无,没有。定:止。

〔38〕式:语助词。斯:指祸乱。

〔39〕宁:安宁。

〔40〕酲(chéng):醉酒而不醒。

〔41〕国成:平治国政。成,平治。

〔42〕不自:不亲自。卒:借为"瘁",劳苦。

〔43〕四牡:四匹公马。项领:马颈肥大。领,颈。

〔44〕蹙(cù)蹙:局缩不伸的样子。以上两句说,马颈肥大而跑不起来,喻贤才不能施展才能。

〔45〕茂:盛。尔:尹氏之流。恶:互相交恶。

〔46〕相:视。矛:戈矛。以上两句说,当尹氏之流互相交恶时,就拿起戈矛等武器互相争斗。

〔47〕夷:平,指心平气和。怿:喜悦。

〔48〕酬:劝酒。以上两句意为,有时双方和好如初,在一起饮酒相酬。以上四句表明尹氏之流喜怒无常,致使政教荒乱。

〔49〕"不惩"两句:尹氏不惩戒其邪恶之心,反而怨恨正谏他的人。惩,惩戒。覆,反。

〔50〕家父:又称嘉父、嘉甫,周大夫,即作诗的人。诵:讽诵,指作诗讽谏。

〔51〕究:追究。王:王左右的凶恶之人,指尹氏。

〔52〕讹:改变。尔:周王。

〔53〕畜:养。万邦:各诸侯国,即天下。

正月〔1〕

正月繁霜〔2〕,我心忧伤。民之讹言,亦孔之将〔3〕。念我独兮,忧心京京[4]。哀我小心[5],癙忧以痒[6]。

父母生我,胡俾我瘉[7]? 不自我先,不自我后[8]。好言自口,莠言自口[9]。忧心愈愈,是以有侮[10]。

忧心惸惸,念我无禄[11]。民之无辜,并其臣仆。哀我人斯,于何从禄[12]? 瞻乌爰止[13]? 于谁之屋[14]?

瞻彼中林,侯薪侯蒸[15]。民今方殆,视天梦梦[16]。既克有定[17],靡人弗胜。有皇上帝,伊谁云憎[18]?

谓山盖卑,为冈为陵[19]。民之讹言,宁莫之惩[20]。召彼故老,讯之占梦[21]。具曰予圣[22],谁知乌之雌雄[23]。

谓天盖高,不敢不局。谓地盖厚,不敢不蹐[24]。维号斯言[25],有伦有脊[26]。哀今之人,胡为虺蜴[27]?

瞻彼阪田,有菀其特[28]。天之扤我,如不我克[29]。彼求我则,如不我得[30]。执我仇仇,亦不我力[31]。

心之忧矣,如或结之[32]。今兹之正[33],胡然厉矣[34]? 燎之方扬,宁或灭之? 赫赫宗周,褒姒灭之[35]!

136

终其永怀[36]，又窘阴雨[37]。其车既载，乃弃尔辅[38]。载
输尔载，将伯助予[39]！

无弃尔辅，员于尔辐[40]。屡顾尔仆，不输尔载[41]。终逾绝
险，曾是不意[42]。

鱼在于沼，亦匪克乐[43]。潜虽伏矣[44]，亦孔之炤[45]。忧
心惨惨，念国之为虐[46]！

彼有旨酒，又有嘉肴[47]。洽比其邻，昏姻孔云[48]。念我独
兮，忧心殷殷[49]。

佌佌彼有屋[50]，蔌蔌方有谷[51]。民今之无禄，天夭是
椓[52]。哿矣富人，哀此惸独[53]。

〔1〕这是一首政治咏怀诗。作者是一位周王朝的官吏。他悯时念
乱，深刻地揭露了西周将亡之际政治混乱、社会动荡、人民苦难的现实，
抒发了愤世嫉俗、忧国忧民之情，表现了诗人独清独醒的理性批判精神。
诗中多用比喻，含义大都深婉丰赡；亦多用对比手法，形成忧患诗人与猖
獗群小的鲜明对照。正月：“正阳之月”的简称，指周历六月，夏历四月，
此时阳气正盛，故称“正阳”。

〔2〕繁霜：多霜，即屡降大霜。此乃反常现象，古人以为是灾祸将临
的凶兆。

〔3〕讹言：谣言。孔：很。将：盛。

〔4〕"念我"两句:当想到忧虑国事的仅我一人,我更心忧不止。京京,忧心不止的样子。

〔5〕小心:惊惧不安。

〔6〕瘋(shǔ):郁闷。以:而。痒:病。

〔7〕胡:为何。俾:使。瘉(yù):病,痛苦。

〔8〕"不自"二句:自己生不逢时,正遇上亡国之祸。

〔9〕"好言"两句:好话坏话皆可以从口中说出。说明人言可畏,反复无常。莠言,恶言、坏话。

〔10〕愈愈:日益加重之意。有侮:遭人欺侮。

〔11〕惸(qióng)惸:忧心忡忡的样子。无禄:不幸。

〔12〕从禄:从仕,做官。作者是周士大夫,因乱亡国后,他也失官无禄,难以为生。

〔13〕瞻:看。爱:语助词。止:停落。

〔14〕于谁之屋:(乌鸦)不知栖息在谁家屋上。

〔15〕侯:维,是。薪:粗柴。蒸:细柴。这二句以林中无成材之木,皆是些薪柴,喻朝中无贤但聚小人。

〔16〕天:指周幽王。梦梦:昏昧不明。

〔17〕克:能够。定:平定。

〔18〕有皇:皇皇,光明的样子,指上帝无所不知。伊、云:皆是语助词。憎:憎恶。

〔19〕"谓山"两句:高山何曾变低,它依然高大。盖,同"盍",何。卑,低。冈,山脊。陵,大陵。

〔20〕宁:乃。惩:戒止。

〔21〕召:指周王召见。故老:老臣。讯:问。占梦:掌管占梦的官。

〔22〕具:同"俱"。予圣:自己是圣人,最高明。

〔23〕谁知乌之雌雄:不辨乌鸦的雌雄,喻故老和占梦官各执己见、

138

是非纷纭。

〔24〕盖:"盍"之借字,如何。局:曲,此指弯着腰。蹐(jí):小步走路。这四句是说,虽然天高地厚,但不敢直身迈大步,喻环境险恶。

〔25〕号:呼叫。斯言:指上面"谓天盖高"四句话。

〔26〕伦:条理。脊:道理。

〔27〕虺(huǐ):毒蛇。蜴(yì):四脚蛇。

〔28〕阪(bǎn)田:山坡上的田。菀(wǎn):茂盛的样子。特:长得突出的禾苗。

〔29〕"天之"两句:上天有意摧残我,唯恐不能制胜我。扤(wù),摧残折磨。如,唯恐。克,制胜。

〔30〕彼:指周王。则:语尾助词。如不我得:唯恐不能得到我。

〔31〕执:掌握。仇仇:坚固,牢固。亦不我力:又不重用我。

〔32〕或:有人。结:结疙瘩,形容忧心郁结之状。

〔33〕正:通"政"。

〔34〕胡然:何以如此。厉:暴厉,残暴。

〔35〕燎:野火。扬:旺盛。宁:乃。灭:熄灭。赫赫:兴盛的样子。褒姒:西周末幽王的宠妃,幽王为博她一笑而诓骗诸侯,最终导致国亡。这四句是说,燎原大火,乃可以扑灭;周室虽盛,亦能亡在褒姒之手。

〔36〕终:既。永怀:长久忧伤。

〔37〕窘:困窘,窘迫。阴雨:比喻多难。

〔38〕载:装载货物。弃:抛弃。辅:大车两旁的栏板。诗人用车喻国,用载物喻治国,用辅喻贤臣。

〔39〕载:前是语助词,后指所盛载之物。输:堕,掉下来。将(qiāng):请求。伯:对男子的称呼。这两句是说,载物之车,弃辅之后,物将掉下来,只有再求人来帮助了。言外之意是,大祸降临了,才想起贤者。

〔40〕员(yún):增益,指加粗、加固。辐:车辐。

〔41〕仆:赶车的人。不输:不落下。载:车载之物。

〔42〕逾:度过。绝险:极大的危险。不意:不放在心上。

〔43〕沼:水池。匪:非,不。克:能够。

〔44〕潜虽伏:即"虽潜伏"。潜伏,深藏水底。

〔45〕孔:很。炤:同"昭",明白易见。

〔46〕"忧心"两句:想到国政的暴虐,不禁忧虑不安。惨惨,同"懆(cǎo)懆",深忧不安的样子。虐,黑暗暴虐。

〔47〕旨酒:美酒。嘉肴:美味的菜肴。

〔48〕"洽比"两句:当权者既享受美酒佳食,又勾结亲眷,往来周旋,朋比为奸。洽,和谐融洽。比,亲近。邻,意趣相投的同类人。昏姻,亲戚。云,周旋。

〔49〕殷殷:心痛的样子。

〔50〕仳(cǐ)仳:渺小猥琐的样子。

〔51〕蔌(sù)蔌:卑陋的样子。

〔52〕无禄:无生活之资。天夭:自然灾害。椓(zhuó):打击,残害。

〔53〕哿(kě):快乐。惸(qióng)独:无依无靠的人。惸,同"茕",孤独。

十月之交〔1〕

十月之交,朔月辛卯〔2〕。日有食之〔3〕,亦孔之丑〔4〕。彼月而微〔5〕,此日而微〔6〕;今此下民,亦孔之哀〔7〕。

日月告凶,不用其行〔8〕。四国无政,不用其良〔9〕。彼月而食,则维其常〔10〕;此日而食,于何不臧〔11〕。

烨烨震电〔12〕,不宁不令〔13〕。百川沸腾〔14〕,山冢崒崩〔15〕。高岸为谷〔16〕,深谷为陵〔17〕。哀今之人〔18〕,胡憯莫惩〔19〕?

皇父卿士〔20〕,番维司徒〔21〕,家伯维宰〔22〕,仲允膳夫〔23〕,聚子内史〔24〕,蹶维趣马〔25〕,楀维师氏〔26〕。艳妻煽方处〔27〕。

抑此皇父〔28〕,岂曰不时〔29〕?胡为我作〔30〕,不即我谋〔31〕?彻我墙屋〔32〕,田卒汙莱〔33〕。曰"予不戕〔34〕,礼则然矣〔35〕。"

皇父孔圣〔36〕,作都于向〔37〕。择三有事〔38〕,亶侯多藏〔39〕。不慭遗一老〔40〕,俾守我王〔41〕。择有车马〔42〕,以居徂向〔43〕。

黾勉从事〔44〕,不敢告劳〔45〕。无罪无辜〔46〕,谗口嚣嚣〔47〕。下民之孽〔48〕,匪降自天。噂沓背憎〔49〕,职竞由人〔50〕。

悠悠我里〔51〕,亦孔之痗〔52〕。四方有羡〔53〕,我独居忧〔54〕。民莫不逸〔55〕,我独不敢休〔56〕。天命不彻〔57〕,我不敢效我友自逸〔58〕。

〔1〕这首诗作于周幽王六年(前776)。这一年发生了日蚀,这在古人看来是不祥之兆,作者是一位正直清醒的官吏,他有感而发,以日食、月食、地震等灾异来指责朝廷的种种弊政,揭露了奸邪专权、乱政祸国、灾异频仍、人民遭难的现实。表现了诗人疾恶如仇和正直大胆的政治态度。十月:周历十月,即夏历八月。交:日与月相会,指日食或月食。

〔2〕朔月:月之朔,初一日。辛卯:古人以干支纪日,幽王六年十月初一,为辛卯日。

〔3〕食:即"蚀"字。辛卯日发生了日食,这是我国历史上关于日食的最早记载,与现代天文学家推算的结果相合。

〔4〕亦孔之丑:这是很凶恶的征兆。孔,很。丑,凶恶。

〔5〕月而微:月昏暗无光,指月食。

〔6〕日而微:指日食。

〔7〕下民:天下百姓。哀:可悲,指将遭灾祸而陷于悲惨境地。

〔8〕告凶:预示凶兆,指日食、月食。不用:不由,不遵循。行:轨道。

〔9〕四国:四方之国,指诸侯。无政:没有善政,即政治混乱。良:贤良的官吏。

〔10〕"彼月"两句:月食的发生是常事。则维,乃是。

〔11〕"此日"两句:日食更为不祥。于何,如何。臧(zāng),善,吉利。

〔12〕烨(yè)烨:电光闪闪的样子。这里指地震之前发出的地声和地光。

〔13〕不令:不善,不是好兆头,指下文将发生的大地震之灾。

〔14〕百川:众河流。沸腾:翻腾激荡如沸水。

〔15〕山冢:山顶。崒:借为"碎",碎裂崩塌。

〔16〕高岸为谷：高崖崩陷而成深谷。

〔17〕深谷为陵：深谷隆起为丘陵。

〔18〕哀：可叹。今之人：今之当权者，即下章所说的皇父等人。

〔19〕胡憯莫惩：当权者为何不引起警戒？胡憯，何曾。惩，警戒。

〔20〕皇父：人名。卿士：官名，掌管朝政。

〔21〕番：姓。维：是。司徒：官名，掌管土地、人口。

〔22〕家伯：人名。宰：官名，掌管王室内部事务。

〔23〕仲允：人名。膳夫：掌管国王的饮食。

〔24〕聚（zōu）子：人名。内史：掌管爵禄、赏罚等。

〔25〕蹶：姓。趣马：官名，掌管王的马。

〔26〕楀（jǔ）：姓。师氏：官名，掌管监察之职。

〔27〕艳妻：美妻，指受幽王宠幸的褒姒。煽：炽盛，指正得势，气焰嚣张。方处：并处，指与上面七人勾结一起，同居高位，把持国政。

〔28〕抑：叹词，同"噫"。

〔29〕岂曰：难道说。不时：不使民以时。宋朱熹《诗集传》："时，农隙之时也。"这句话是说，皇父作为一个执政者，难道不知道役民以时的道理？

〔30〕胡为：为何，为什么。我作：派我去做事。

〔31〕不即我谋：不前来跟我商量。即，就。

〔32〕彻：同"撤"，拆毁。

〔33〕田卒汙莱：皇父强迫我服劳役，故使我的田地荒芜。卒，尽，完全。汙，同"洿"，积水。莱，长草。

〔34〕予：指皇父。戕（qiāng）：残害。

〔35〕礼：礼法，制度。然：如此。这两句是皇父的话。他说："不是我想加害你，这是按礼法做的。"

〔36〕孔圣：很圣明，是反语。

〔37〕作:修建。都:封邑中的都城。向:地名。

〔38〕择:选用。三有事:三个有司。《毛传》:"有事,有司,国之三卿。"

〔39〕亶(dǎn):信,确实。侯:维,是。多藏:有很多财货。

〔40〕不慭(yìn):不肯。遗一老:留用一个老臣。遗,留下。

〔41〕俾:使。守:守护,辅佑。我王:我周天子。

〔42〕有车马:有车有马的贵族。

〔43〕以居徂向:迁往新都向地去居住。徂,往、到。

〔44〕黾(mǐn)勉:努力。

〔45〕告劳:自诉劳苦。

〔46〕辜:过失,罪过。

〔47〕谗口:进谗言、说坏话的人。嚣嚣:众口毁谤攻击的样子。

〔48〕孽:灾难。

〔49〕噂沓(zūn tà):当面谈笑。背憎:背后憎恨。东汉郑玄《笺》:"噂噂沓沓,相对谈语,背则相憎逐。"

〔50〕职竞:专力争做。竞,争。由人:由谗人所为。

〔51〕悠悠:忧思深长的样子。里:借为"悝",忧愁。

〔52〕孔之痗(mèi):内心痛苦得很。痗,痛苦。

〔53〕四方:四方之人。羡:富裕有财。《毛传》:"羡,余也。"

〔54〕居忧:陷于忧苦之中。

〔55〕逸:安逸,舒适快乐。

〔56〕休:休息。

〔57〕不彻:不公平。

〔58〕"我不敢"句:我不敢效法我的朋僚那样自求安逸。效,效法。

小宛[1]

宛彼鸣鸠,翰飞戾天[2]。我心忧伤,念昔先人[3]。明发不寐[4],有怀二人[5]。

人之齐圣[6],饮酒温克[7]。彼昏不知[8],壹醉日富[9]。各敬尔仪[10],天命不又[11]。

中原有菽[12],庶民采之[13]。螟蛉有子,蜾蠃负之[14]。教诲尔子,式穀似之[15]。

题彼脊令[16],载飞载鸣[17]。我日斯迈[18],而月斯征[19]。夙兴夜寐[20],毋忝尔所生[21]。

交交桑扈[22],率场啄粟[23]。哀我填寡[24],宜岸宜狱[25]。握粟出卜[26],自何能穀[27]?

温温恭人[28],如集于木[29]。惴惴小心[30],如临于谷[31]。战战兢兢,如履薄冰。

〔1〕这是一首兄弟相诫以免祸的诗。宋朱熹《诗集传》:"此大夫遭时之乱,而兄弟相诫以免祸之诗。"诗人遭逢乱世,忧生惧祸,告诫自己的

弟弟要谨慎处事。末章连用三个比喻,写自己处乱世而惧祸的心情,尤为形象生动。宛:小的样子。

〔2〕翰飞:高飞。翰,高。戾天:至天。

〔3〕先人:祖先。

〔4〕明发不寐:直到天亮也没有睡着。明发,天已放亮。

〔5〕有怀二人:怀念父母二人。

〔6〕齐圣:正直而明智。齐,正。

〔7〕温克:能够保持温文恭谨。克,自我克制。

〔8〕彼昏不知:那些昏庸之辈是无知的。

〔9〕壹醉:一经醉酒。日富:整日放纵骄恣,夸耀富有。东汉郑玄《笺》:"饮酒一醉,自谓日益富,夸淫自恣,以财骄人。"

〔10〕敬:敬重。仪:仪容举止。

〔11〕又:复,再。

〔12〕中原:田野之中。菽(shū):豆类的总称。

〔13〕庶民:众民。

〔14〕螟蛉:桑树上螟蛾的幼虫。蜾蠃(guǒ luǒ):一种细腰的土蜂。负之:背负螟蛉。土蜂捕螟蛉来喂其幼虫,古人误以为土蜂代养螟蛉为子,故称养子为螟蛉子。

〔15〕式穀似之:以善教子,使他像你。式,发语词。穀,善,善道。似之,像你。

〔16〕题:借为"睇",视。脊令:鹡鸰,一种小鸟名,古人以鹡鸰比兄弟(参见《小雅·常棣》),此诗以鹡鸰之飞鸣,喻兄弟之远行。

〔17〕载飞载鸣:边飞边鸣叫。

〔18〕我日斯迈:我天天在远行。迈,远行。

〔19〕而月斯征:你月月在奔波。而,尔,你,指兄弟。

〔20〕夙兴夜寐:早起晚睡,日夜服役奔波。

〔21〕毋忝尔所生:不要辱没父母。忝(tiǎn),辱没。尔所生,指父母。

〔22〕交交:鸟鸣声。桑扈:鸟名。

〔23〕率:循,沿着。场:打谷场。啄粟:啄食谷子。

〔24〕填寡:穷苦寡财的人。填,通"疢",病苦。

〔25〕宜:乃。岸:通"犴(àn)",牢狱。狱:公事。

〔26〕握粟出卜:用粮米享神,继以问卜。

〔27〕自何:从何,怎么。能穀:能得吉利。穀,善,吉利。

〔28〕温温:性情和柔的样子。恭:恭谨。

〔29〕如集于木:如鸟之栖于木,恐怕掉下来。

〔30〕惴(zhuì)惴:恐惧戒慎的样子。

〔31〕临:临近。谷:深谷。

小弁〔1〕

弁彼鸒斯,归飞提提〔2〕。民莫不穀〔3〕,我独于罹〔4〕。何辜于天〔5〕?我罪伊何〔6〕?心之忧矣,云如之何〔7〕?

踧踧周道〔8〕,鞫为茂草〔9〕。我心忧伤,惄焉如捣〔10〕。假寐永叹〔11〕,维忧用老〔12〕。心之忧矣,疢如疾首〔13〕。

维桑与梓〔14〕,必恭敬止〔15〕。靡瞻匪父〔16〕,靡依匪母〔17〕。不属于毛〔18〕?不罹于里〔19〕?天之生我,我辰安在〔20〕?

147

菀彼柳斯[21]，鸣蜩嘒嘒[22]，有漼者渊[23]，萑苇淠淠[24]。
譬彼舟流[25]，不知所届[26]，心之忧矣，不遑假寐[27]。

鹿斯之奔[28]，维足伎伎[29]。雉之朝雊[30]，尚求其雌[31]。
譬彼坏木[32]，疾用无枝[33]。心之忧矣，宁莫之知[34]？

相彼投兔[35]，尚或先之[36]。行有死人[37]，尚或墐之[38]。
君子秉心[39]，维其忍之[40]。心之忧矣，涕既陨之[41]。

君子信谗，如或酬之[42]。君子不惠[43]，不舒究之[44]。伐
木掎矣，析薪扡矣[45]。舍彼有罪[46]，予之佗矣[47]。

莫高匪山，莫浚匪泉[48]。君子无易由言，耳属于垣[49]。无
逝我梁[50]，无发我笱[51]。我躬不阅[52]，遑恤我后[53]。

〔1〕这是一首遭父弃逐的怨诗。《孟子·告子下》："《小弁》之怨，
亲亲也。亲亲仁也。"诗中的"君子"（父亲）听信谗言，加罪于子。儿子
蒙冤遭逐，怨情莫伸。诗人怨"君子"居心冷酷，听信谗言，不辨是非，自
伤命运不济。诗中多用比喻，反复倾诉，哀怨幽深。弁（pán）：快乐的
样子。

〔2〕鸒（yù）：乌鸦。斯：语助词。提提：悠闲的样子。宋朱熹《诗集
传》："提提，群飞安闲之貌。"这两句是比兴，诗人以乌鸦尚能快乐地归
飞，而自己无罪放逐，连乌鸦都不如。

〔3〕民莫不穀：他人生活无不幸福美好。穀，善。

148

〔4〕罹(lí):遭受忧患。

〔5〕何辜于天:难道我有什么地方冒犯了上天吗？辜,罪,冒犯。

〔6〕伊:是。

〔7〕云:发语词。如之何:怎么办。

〔8〕踧(dí)踧:道路平坦的样子。周道:大道。

〔9〕鞫(jū):生满。

〔10〕惄(nì):忧虑。如捣:像杵一样在舂捣。

〔11〕假寐:和衣而卧,打瞌睡。

〔12〕维忧用老:因忧而衰老。维,发语词。用,因。

〔13〕疢(chèn)如:疢然,病苦的样子。

〔14〕桑与梓:这两种树古人常栽于庭中,以供养蚕、作器具之用,故古人常用"桑梓"喻家园、故乡。

〔15〕必恭敬止:桑梓是父母栽种,所以必定敬重这些树。止,语气词。

〔16〕靡瞻匪父:没有儿子不敬仰父亲的。靡,没有。瞻,敬仰。匪,非,不。

〔17〕靡依匪母:没有儿子不依恋母亲的。

〔18〕属(zhǔ):连着。毛:肌肤毛发,外在形体。

〔19〕罹:通"丽",附着。里:和毛相对,指内在气血、五脏。以上两句说,难道我不连着父母的肌肤,难道我不附着父母的气血五脏吗？

〔20〕辰:时辰,这里指时运。安在:何在,在什么地方？

〔21〕菀(wǎn):茂盛的样子。

〔22〕蜩(tiáo):蝉。嘒(huì)嘒:蝉鸣的声音。

〔23〕漼(cuǐ):水深的样子。渊:深潭,这里指苇溥。

〔24〕萑(huán)苇:芦苇。淠(pì)淠:草木繁密茂盛的样子。

〔25〕譬彼舟流:好像小船随水漂流。

149

〔26〕届:至,止。

〔27〕不遑:无暇,顾不上。

〔28〕奔:奔跑,指觅群。

〔29〕伎伎:疾速奔跑的样子。

〔30〕雉:山鸡。朝雊(gòu):早晨鸣叫。

〔31〕尚求其雌:尚且寻求配偶。

〔32〕坏木:伤病的树。

〔33〕疾用:用疾,因为伤病。无枝:没有枝条。

〔34〕宁:乃。莫之知:莫知之,没人知道我心忧。

〔35〕相:看。投兔:投入网中的兔子。

〔36〕尚:尚且。或:有人。先之:开网放掉它。

〔37〕行:路上。

〔38〕墐(jìn):掩埋。

〔39〕君子:指父亲。秉心:持心,居心。

〔40〕维其:何其,有多么。忍:残忍,狠心。

〔41〕陨(yǔn):坠,落下。

〔42〕如或:好像有人。酬:敬酒。这句是说,就如同有人向他敬酒一样乐于接受。

〔43〕惠:爱护。

〔44〕舒究:仔细慢慢地考察。舒,慢慢。

〔45〕掎(jǐ):牵引,拉引。用绳拉住树梢,使树砍断后慢慢倒下。析薪:劈木柴。扡(chǐ):顺着木材的纹理劈。这二句比喻做事要顺乎情合乎理。

〔46〕舍:抛开,放过。有罪:真正有罪者。

〔47〕予之佗:即"佗之于予",加罪在我的身上。佗(tuó),加。

〔48〕匪:非,不是。浚(jùn):深。这二句用山高、水深,喻君子应该

150

严峻、深沉。

〔49〕"君子"两句:君子不要轻易地发言,倘若墙外有窃听的人,就会成为他们献媚或进谗的资料。易,轻易、轻率。由言,随口而言。属,贴着。垣(yuán),墙。

〔50〕无逝:不要去。梁:鱼梁,为拦水捕鱼而设的堤坝。

〔51〕无发:不要打开。笱(gǒu):捕鱼的竹篓,口细肚大,鱼游进去出不来。

〔52〕我躬不阅:即"不阅我躬"。不阅,不容。躬,自身。

〔53〕遑:闲暇。恤:忧虑,顾及。后:以后的事。以上四句,见于《邶风·谷风》,意谓自己不能见容,遭馋见逐,哪有时间忧念走后的事。

谷风〔1〕

习习谷风,维风及雨〔2〕。将恐将惧〔3〕,维予与女〔4〕。将安将乐,女转弃予。

习习谷风,维风及颓〔5〕。将恐将惧,寘予于怀〔6〕。将安将乐,弃予如遗。

习习谷风,维风崔嵬〔7〕。无草不死,无木不萎〔8〕。忘我大德,思我小怨〔9〕。

〔1〕这是一首弃妇的怨诗。从主题内容来讲,与《邶风·谷风》同。二诗同以"谷风"起兴,可见,这是《诗经》时代一个常用的比兴意象。概

以谷风兴起阴雨来比喻生活所遭受的苦难。诗人用此意象说明,夫妻二人曾经共御苦难,风雨同舟。不料风雨过后,丈夫却变了心,把自己遗弃了。诗共三章,层层递进,言简意深。谷风:山谷中的大风。

〔2〕习习:连续不断的风声。维:发语词。风及雨:连风带雨。以上两句是兴,诗人见风雨交加,回想自己生活的突变。

〔3〕将恐将惧:在那担惊受怕的日子里。将,又。

〔4〕女:同"汝",你。马瑞辰《通释》:"'与'与'弃'对言。恐惧时独我好汝,以见昔之厚。安乐时汝转弃予,以见今之薄。"

〔5〕颓(tuí):摧毁性的暴风。

〔6〕寘:同"置",放。

〔7〕崔嵬(cuī wéi):山高峻的样子。

〔8〕"无草"两句:草木受风雨的摧残,没有不死枯萎的。比喻受丈夫的摧残。

〔9〕大德:大好处,指能与丈夫共患难。小怨:小过失。

蓼莪〔1〕

蓼蓼者莪,匪莪伊蒿〔2〕。哀哀父母,生我劬劳〔3〕。

蓼蓼者莪,匪莪伊蔚〔4〕。哀哀父母,生我劳瘁〔5〕。

瓶之罄矣,维罍之耻〔6〕。鲜民之生〔7〕,不如死之久矣〔8〕。无父何怙〔9〕?无母何恃〔10〕?出则衔恤〔11〕,入则靡至〔12〕。

父兮生我,母兮鞠我〔13〕。拊我畜我〔14〕,长我育我〔15〕,顾我复我〔16〕,出入腹我〔17〕。欲报之德,昊天罔极〔18〕!

南山烈烈〔19〕,飘风发发〔20〕。民莫不穀〔21〕,我独何害〔22〕!

南山律律〔23〕,飘风弗弗〔24〕。民莫不穀,我独不卒〔25〕!

〔1〕这是一首儿子痛悼父母的诗。诗以"蓼莪"起兴,喻自己不成其材,令父母失望,辜负了父母的期待。因而深切地感念父母的劳苦,回忆他们的种种恩德,内心充满了哀痛和悔恨。"哀哀父母,生我劬劳",令人感伤落泪。蓼(lù):长大的样子。莪(é):莪蒿,多年生蒿类草本植物。茎抱根丛生,亦称抱娘蒿,嫩叶可食。

〔2〕匪:不是。伊:是。蒿:一般的青蒿。这里以不是莪蒿而是青蒿为喻,表示自己长大之后,辜负了父母的期望而悔恨自责。

〔3〕哀哀:可怜可叹。劬(qú)劳:辛苦劳累。

〔4〕蔚:蒿的一种。

〔5〕劳瘁(cuì):劳累憔悴。

〔6〕罄(qìng):尽,空。罍(léi):大肚小口的酒器,亦可盛水。这两句是说,小瓶空空的,罍什么也没有。喻儿子未能赡养父母,使之缺衣少食,备尝艰辛痛苦。

〔7〕鲜(xiǎn)民:失去父母的孤子。《毛传》:"鲜,寡。"生:活着。

〔8〕"不如"句:不如早死好了。

〔9〕怙(hù):依靠。

〔10〕恃:依靠。以上两句说,没有父母,孩子如何有依靠。

〔11〕出:出门。衔恤:含忧,怀着忧伤。

153

〔12〕入:回家。靡:无。至:亲人。

〔13〕鞠(jū):养育。

〔14〕拊(fǔ):通"抚"。畜:喜爱。

〔15〕长、育:哺养长大。

〔16〕顾:看顾。复:借为"覆",庇护。

〔17〕腹:抱在怀里。

〔18〕"欲报"两句:苍天不公正而降灾祸,使我不能终养父母。昊(hào)天,苍天。罔极,无极,没有准则。

〔19〕烈烈:山高峻的样子。

〔20〕飘风:暴风。发发:大风呼啸的声音。

〔21〕民莫不穀(gǔ):人人没有不赡养父母的。穀,善、幸福,此指赡养父母。

〔22〕我独何害:唯独我为何遭受这样的祸害。害,灾害。宋朱熹《诗集传》:"民莫不善,而我独何为遭此害也哉!"

〔23〕律律:突兀高耸的样子。

〔24〕弗弗:大风声。

〔25〕不卒:不得终养父母。宋朱熹《诗集传》:"卒,终也。言终养也。"

大东〔1〕

有饛簋飧,有捄棘匕〔2〕。周道如砥〔3〕,其直如矢〔4〕。君子所履〔5〕,小人所视〔6〕。睠言顾之〔7〕,潸焉出涕〔8〕。

小东大东[9]，杼柚其空[10]。纠纠葛屦，可以履霜[11]。佻佻公子[12]，行彼周行[13]。既往既来，使我心疚[14]。

有冽氿泉[15]，无浸获薪[16]。契契寤叹[17]，哀我惮人[18]。薪是获薪[19]，尚可载也[20]。哀我惮人，亦可息也。

东人之子，职劳不来[21]。西人之子[22]，粲粲衣服[23]。舟人之子[24]，熊罴是裘[25]。私人之子[26]，百僚是试[27]。

或以其酒[28]，不以其浆[29]。鞙鞙佩璲[30]，不以其长[31]。维天有汉[32]，监亦有光[33]。跂彼织女[34]，终日七襄[35]。

虽则七襄，不成报章[36]。睆彼牵牛[37]，不以服箱[38]。东有启明[39]，西有长庚[40]。有捄天毕[41]，载施之行[42]。

维南有箕[43]，不可以簸扬[44]。维北有斗[45]，不可以挹酒浆[46]。维南有箕，载翕其舌[47]。维北有斗，西柄之揭[48]。

〔1〕这是东方诸侯国臣民怨刺周王室的诗。此诗深刻揭露了周王室对东方诸侯国的掠夺剥削和奴役压迫，讽刺了周王室的昏聩无用和贪婪本性，表现了周王室与东方诸国的矛盾冲突。诗人仰观天象，展开了幻想的翅膀。这些天上的繁星，都成了地上统治者的投影。这是幻想式的、浪漫式的。陈子展说："盖先有《诗》人之小《天问》而后有《骚》人之大《天问》乎？"（《诗经直解》）大东：东方大国。

〔2〕有饛(méng):饛饛,食物盈满的样子。簋(guǐ):古代一种食器。飧(sūn):熟食。这句是说,簋中装着满满的食物。有捄(qiú):捄捄,长而弯曲的样子。棘匕:用酸枣木制成的勺。食物本已很多,但还用长勺不停地舀,喻周王室的贪心和掠夺。

〔3〕砥(dǐ):磨刀石。形容大道平坦。

〔4〕其直如矢:形容道路像箭一样直。

〔5〕君子:西周贵族。履:行走。

〔6〕小人:东方人民。视:注视。

〔7〕睠言:眷然,眷恋的样子。顾:反顾。

〔8〕潸(shān):流泪的样子。涕:眼泪。

〔9〕小东大东:东方的大小诸侯国。

〔10〕杼(zhù)柚其空:东国的布帛被西人搜刮空空。杼,织布机上的梭子。柚,借为“轴”,织布机上卷布的大轴。其空,空空。

〔11〕纠纠:绳索缠绕的样子。葛屦(jù):葛麻编成的草鞋。可以:何以,怎能。履:踩。这句谓东人贫困,深秋还穿着夏天的破草鞋。

〔12〕佻(tiāo)佻:轻狂而安逸的样子。宋朱熹《诗集传》曰:“佻,轻薄不耐劳苦之貌。”公子:周的贵族子弟。

〔13〕行彼周行:行走在大道上。周行(háng):大道。

〔14〕疚:忧虑不安。

〔15〕有冽:冽冽,冰冷的样子。氿(guǐ)泉:从侧面涌出的泉水。

〔16〕无浸获薪:不要弄湿砍下来的柴薪,喻东人遭受摧残。浸,湿。获薪,已砍下来的柴薪。

〔17〕契契:忧愁痛苦的样子。寤叹:不寐而叹,即愁得睡不着觉而叹息。

〔18〕哀:哀叹。惮人:疲病劳苦的人。惮,借为“瘅”,劳苦。

〔19〕薪:烧,这里用作动词。是:这。

〔20〕尚可载也:还可以用车载走获薪。

〔21〕职劳:专门从事劳役。来:借为"勑",慰劳。

〔22〕西人:周王室贵族。

〔23〕粲(càn)粲:鲜明华丽的样子。

〔24〕舟人:供西人役使的船夫。《毛传》:"舟人,舟楫之人。"

〔25〕罴(pí):兽名,似熊而体大,俗称人熊。这里指穿着熊罴皮制成的皮衣。

〔26〕私人:西周贵族的家奴。

〔27〕百僚:各种官位。试:任用。

〔28〕或以其酒:有人(指东人)馈之以酒。

〔29〕不以其浆:西人竟不以为浆。浆,薄酒。

〔30〕鞙(xuàn)鞙:形容玉佩的绶带很长。璲(suì):瑞玉。

〔31〕不以其长:西人曾不以为长。

〔32〕汉:云汉,即天上的银河。

〔33〕监:同"鉴",照。天河之光亦可照人。

〔34〕跂:通"歧",分歧,分叉。织女:织女三星,成三角状。

〔35〕终日:从朝到暮。七襄:七次变更位置。襄,移动。

〔36〕"虽则"两句:织女星空有织女之名,终日不能成章。报,反复,指梭引线反复织布。章,花纹,布帛的花纹,代指布帛。

〔37〕睆(huǎn):星光明亮的样子。牵牛:牵牛星。

〔38〕不以服箱:牵牛星空有牵牛之名,不能驾车载物。服,驾。箱,车厢,这里代指车。

〔39〕启明:启明星,即金星,又名太白星,日出之前在东方出现。

〔40〕长庚:长庚星,是金星别名。傍晚日落之后出现在西方。古人误认为启明与长庚是二星。

〔41〕有捄(qiú):捄捄,弯而长的样子。毕:星宿名,共八星,形状像

古代捕兔的网。

〔42〕载:则。施:张设。行:道路。这句是说,把网张设在道路上。

〔43〕箕:星宿名,共四星,排列成簸箕状。

〔44〕不可以簸扬:不能以之簸扬谷糠。

〔45〕斗:北斗星,共七星,排列成斗形。斗是古代一种带柄的酒器。

〔46〕挹(yì):取,舀取。以上十二句,借天上星辰的有名无实,谴责周王室的官员尸位素餐,徒有虚名。

〔47〕"维南"两句:箕星的形状口大底小,状如缩舌吸引,有吞噬之状。翕(xī),用力吸取的样子。

〔48〕"维北"两句:北斗星的斗柄向西方高举,有向东挹取之状。西柄,斗柄指西方。揭,高举。以上四句暗示西方周人贪婪地掠夺东人的财物。

北 山〔1〕

陟彼北山,言采其杞〔2〕。偕偕士子〔3〕,朝夕从事。王事靡盬〔4〕,忧我父母〔5〕。

溥天之下,莫非王土〔6〕;率土之滨,莫非王臣〔7〕。大夫不均〔8〕,我从事独贤〔9〕。

四牡彭彭,王事傍傍〔10〕。嘉我未老,鲜我方将〔11〕。旅力方刚〔12〕,经营四方〔13〕。

或燕燕居息〔14〕，或尽瘁事国〔15〕；或息偃在床〔16〕，或不已于行〔17〕。

或不知叫号〔18〕，或惨惨劬劳〔19〕；或栖迟偃仰〔20〕，或王事鞅掌〔21〕。

或湛乐饮酒〔22〕，或惨惨畏咎〔23〕；或出入风议〔24〕，或靡事不为〔25〕。

〔1〕这是一位下层士人独受忧劳而怨愤劳逸不均的诗。他为王事奔走四方，不分朝夕，忧思父母。而大夫宠臣们却过着养尊处优的生活。这首诗末三章连用十二个"或"字，通过六个对比，把下层士人与大夫之间苦乐不等、劳逸不均的情况，充分显示出来，有力地表现了作者的怨愤难平之情。清沈德潜《说诗晬语》："《北山》连用十二或字。情至，不觉音之繁、辞之复也。"北山，泛指北方之山。

〔2〕陟(zhì)：登上。言：发语词。杞：枸杞，子可食，入药。这两句以登山采杞，兴从事的辛苦。

〔3〕偕偕：强壮的样子。《说文解字》："偕，强也。"

〔4〕靡盬(gǔ)：无休止，没完没了。

〔5〕忧我父母：因不能侍奉父母而忧念不止。

〔6〕溥：同"普"，整个。莫非：莫不是。

〔7〕率：自。土：土地。滨：水边。古人认为大地四周是海洋。王臣：王的臣民。

〔8〕大夫：高层官吏，指当政者。不均：不公平。

〔9〕独贤：唯独我最劳苦。贤，劳苦。《毛传》："贤，劳也。"

〔10〕彭彭:马不休息的样子。傍傍:人不休息的样子。《毛传》:"彭彭然不得息,傍傍然不得已。"

〔11〕"嘉我"两句:当政者夸我不老,赞美我正壮,可以奔走四方。嘉,嘉许、称赞。鲜,善。东汉郑玄《笺》:"嘉、鲜,皆善也。"将,壮。

〔12〕旅:通"膂"。膂力,力气。刚:强健。

〔13〕经营:往来奔走劳作。

〔14〕或:有人。燕燕:安逸的样子。居息:居家休息。

〔15〕尽瘁:竭尽身心,不留馀力。瘁,劳。

〔16〕偃(yǎn):躺卧。

〔17〕已:止。行(háng):道路。指在路上奔走不停。

〔18〕或不知叫号:深居安逸者不知人间有痛苦之事、哀号之声。

〔19〕惨惨:忧虑不安的样子。劬(qú)劳:辛苦操劳。

〔20〕栖迟:居息。偃仰:仰卧,舒服而卧。

〔21〕鞅掌:仓皇忙乱的样子。

〔22〕湛(dān)乐:沉溺,过度享乐。

〔23〕畏咎:怕犯错误。咎,罪责。

〔24〕风议:空发议论而不做实事。

〔25〕靡事不为:什么劳苦的事都要做。

车舝〔1〕

间关车之舝兮〔2〕,思娈季女逝兮〔3〕。匪饥匪渴〔4〕,德音来括〔5〕。虽无好友〔6〕?式燕且喜〔7〕。

160

依彼平林〔8〕,有集维鷮〔9〕。辰彼硕女〔10〕,令德来教〔11〕。式燕且誉〔12〕,好尔无射〔13〕。

虽无旨酒?式饮庶几〔14〕。虽无嘉肴?式食庶几。虽无德与女〔15〕?式歌且舞。

陟彼高冈,析其柞薪〔16〕。析其柞薪,其叶湑兮〔17〕。鲜我觏尔〔18〕,我心写兮〔19〕。

高山仰止〔20〕,景行行止〔21〕。四牡骓骓〔22〕,六辔如琴〔23〕。觏尔新昏〔24〕,以慰我心。

〔1〕这是一首迎亲的诗。诗中写一个小伙子备好了车马,去迎娶新娘。想到新娘的美丽和贤淑,想到结婚的幸福,抑制不住心头的喜悦。虽说没有好酒,也要开怀畅饮。虽说没有嘉肴,美味任你享受。虽无恩惠与你,也要尽情地歌舞。最后一章尤其精彩,写小伙子在迎亲的大路上心情的欢快,四匹大马在飞快地奔跑,六条缰绳把琴曲奏响,幸福之情溢于言表。据《左传·昭公二十五年》,"叔孙如宋迎女,赋《车辖》"。可见,此诗在当时就有可能是贵族结婚的迎娶乐歌。"高山仰止,景行行止"两句,在此诗中本为赞美女子的德行。后来被引申为对道德功业高尚之人的推崇。司马迁在《史记·孔子世家》中表达对孔子的敬仰之情就说:"诗有之:'高山仰止,景行行止。'虽不能至,然心乡往之。"辖(xiá):同"辖",穿在车轴两端的铁键。

〔2〕间关:车轮转动的声音。

〔3〕思:思慕。娈:美好。季女:少女,此处指新娘。逝:往,指前去

161

迎亲。

　　〔4〕匪饥匪渴:从此不再饥渴,比喻终于实现了愿望。

　　〔5〕德音:美誉,指季女有美好的名声。来括(huó):指成亲。括,相会。

　　〔6〕虽无:岂无。《广雅·释诂》:"虽,岂也。"

　　〔7〕式燕且喜:既宴乐又欢喜。"式……且……",《诗经》中常用句式,等于"既……又……"。

　　〔8〕依:树林茂盛的样子。

　　〔9〕集:栖息。鵃(jiāo):长尾雉。

　　〔10〕辰:时辰,正当时。硕女:健壮丰满的美女。

　　〔11〕令德:美德。来:是。教:教育。此句是说这个美女从小受过很好的品德教育。

　　〔12〕燕:宴喜。誉:通"豫",快乐。

　　〔13〕好尔:喜欢你。无射(yì):不厌。

　　〔14〕式饮庶几:希望多喝点。

　　〔15〕德:恩爱。与女:给予你。

　　〔16〕析:砍伐。柞薪:柞树的薪柴,比喻婚礼。古时结婚时于晚上点薪柴以举行婚礼。

　　〔17〕湑(xǔ):茂盛。

　　〔18〕鲜我觏(gòu)尔:今生与你相会,多么美好。鲜,美好。觏,遇见。

　　〔19〕写:舒畅,快乐。

　　〔20〕仰:仰望。止:语气词。

　　〔21〕景行(háng):大道。行(xíng):行走。

　　〔22〕骓(fēi)骓:马不停息的样子。

　　〔23〕六辔:六条马缰绳。如琴:像琴弦一样。

〔24〕昏:通"婚"。

何草不黄〔1〕

何草不黄？何日不行〔2〕？何人不将〔3〕？经营四方〔4〕。

何草不玄〔5〕？何人不矜〔6〕？哀我征夫〔7〕,独为匪民〔8〕。

匪兕匪虎〔9〕,率彼旷野〔10〕。哀我征夫,朝夕不暇。

有芃者狐〔11〕,率彼幽草〔12〕。有栈之车〔13〕,行彼周道〔14〕。

〔1〕这是一首征夫苦于劳役的怨诗。宋朱熹《诗集传》曰:"周室将亡,征役不息,行者苦之,故作此诗。"诗以野草的枯萎喻征人的劳瘁。他们像野兽一样,常年辗转奔走于外,过着非人的生活。这首诗情景相融,生动地表现了征人役夫的怨愤之情。何草不黄:无草不枯萎。

〔2〕行:奔走。

〔3〕将:行。宋朱熹《诗集传》:"将,亦行也。"以上两句是以"何草不黄"比兴"何人不将"。

〔4〕经营四方:往来奔走于四方。经营,往来。

〔5〕玄:黑色,形容草枯烂的颜色。

〔6〕矜(guān):通"鳏",无妻之人。这里指因为行役在外而不能成家,过着无妻无室的生活。

〔7〕哀我征夫:可怜我这个征夫。哀,可怜。

〔8〕独:唯独。匪民:非人,此指过着非人的生活。

〔9〕匪:非。兕(sì):犀牛。

〔10〕率:循着,沿着。旷野:空旷荒野。

〔11〕有芃(péng):芃芃,狐毛蓬松的样子。

〔12〕幽草:深草,密草丛。

〔13〕有栈:栈栈,高高的样子。车:役车。

〔14〕周道:大道。此章展示了一幅意味深长的图画:尾毛蓬松的狐狸出没于荒野草丛中,征夫坐在高高的役车之上,渐渐消失在漫长大道的尽头。

《大雅》六首

文王[1]

文王在上,於昭于天[2]。周虽旧邦[3],其命维新[4]。有周不显[5],帝命不时[6]。文王陟降[7],在帝左右。

亹亹文王[8],令闻不已[9]。陈锡哉周[10],侯文王孙子[11]。文王孙子,本支百世[12]。凡周之士[13],不显亦世[14]。

世之不显,厥犹翼翼[15]。思皇多士[16],生此王国[17]。王国克生[18],维周之桢[19];济济多士[20],文王以宁。

穆穆文王[21],於缉熙敬止[22]。假哉天命[23],有商孙子[24]。商之孙子,其丽不亿[25]。上帝既命[26],侯于周服[27]。

侯服于周,天命靡常[28]。殷士肤敏[29],祼将于京[30]。厥作祼将,常服黼冔[31]。王之荩臣[32],无念尔祖[33]。

无念尔祖,聿修厥德〔34〕。永言配命〔35〕,自求多福。殷之未丧师〔36〕,克配上帝〔37〕。宜鉴于殷〔38〕,骏命不易〔39〕!

命之不易,无遏尔躬〔40〕。宣昭义问〔41〕,有虞殷自天〔42〕。上天之载〔43〕,无声无臭〔44〕。仪刑文王〔45〕,万邦作孚〔46〕。

〔1〕这是颂扬文王德业的诗。宋朱熹《诗集传》:"周公追述文王之德,明周家所以受命而代商者,皆由于此。……文王既没,而其神在上,昭明于天。"诗中赞美了文王的高尚品格、不凡的功业,他因此受到了上帝的福佑,赐福子孙,让殷人臣服。诗中谆谆告诫文王子孙,要知道天命维艰,要继承文王遗志,以他为法,才会使国家长治久安。全诗词句调畅,用韵流利,尤其是采用了"蝉联格"(亦称"顶真格")的修辞手法,回环往复而又一气贯注。文王:姬姓,名昌,是武王之父。文王执政约五十年,虽未灭商,但天下归心于周,周人把文王看作是开国之君。

〔2〕於(wū):语气词,表示赞叹。昭:明。这二句是说,文王死后升天,光明显耀于天上。

〔3〕旧邦:古老之国。周始祖后稷发明农业,后传至太王迁岐开始定居建国,到文王时已有悠久的历史。

〔4〕命:受天之命。维:是。新:新兴,指取代商建立新的王国。

〔5〕有:词头,无义。不显:显耀。不,通"丕",大。

〔6〕帝:天帝。不:通"丕"。时:美好而伟大。

〔7〕陟(zhì):升。

〔8〕亹(wěi)亹:勤勉的样子。

〔9〕令闻:美好的声誉。不已:不止,永世留传。

〔10〕陈:借为"申",重复。锡:赐。哉:通"在"。宋朱熹《诗集传》曰:"令闻不已,是以上帝敷赐于周。"

〔11〕侯:同"维",是。孙子:子孙后代。

〔12〕本:本宗。支:支庶。百世:百世绵延。

〔13〕士:指周的臣子。

〔14〕不显亦世:周之臣子世代显贵。世,世代。

〔15〕厥:其,指周的臣子。犹:同"猷"(yóu),谋略。翼翼:谨慎勤勉的样子。

〔16〕思:语助词。皇:美好。多士:众多之士。

〔17〕生:生长,出现。王国:周国。

〔18〕王国克生:周国能够产生众多贤士。克,能。

〔19〕维:是。桢:本指墙柱,这里指国家的骨干、支柱。

〔20〕济济:形容众多而美好。

〔21〕穆穆:庄严和善的样子。

〔22〕於:语气词,表示赞叹。缉熙:光明,形容文王品德之美。止:语气词。

〔23〕假:大。

〔24〕"有商"句:天命曾保佑过商,使其子孙有国。

〔25〕丽:数目。《毛传》:"丽,数也。"不:语助词。亿:周代以十万为亿,形容非常多。

〔26〕既命:已经降命。

〔27〕侯于周服:乃臣服于周。侯,乃。

〔28〕靡常:无常。这句是说,天命可以变换改易(说明周之代殷的合理性)。

〔29〕殷士:殷朝归服的臣子。肤敏:勤勉努力。

〔30〕裸(guàn)将:"将裸"的倒文。将,举行。裸,古代的一种祭礼。王在祭祀时,在神主面前用玉制的酒器盛酒,再把酒洒在白茅上,表示神在饮酒。京:京师。

〔31〕常:通"尚",仍然。服:穿戴。黼(fǔ):殷商礼服,有黑白相间的花纹。冔(xǔ):殷商礼冠。

〔32〕王:周成王。荩(jìn)臣:进用之臣。荩,进用。

〔33〕尔祖:你们的祖先,此指商人先祖。这句告诫成王所进用的殷商之臣,应弃旧图新,不要再怀念其先祖。

〔34〕聿:发语词。这句是说,修养你们的美好品德。

〔35〕永:长,常。言:语助词。配命:配合天命。

〔36〕丧师:失去民心。师,众,指人民。

〔37〕克配:能配合上帝之命。

〔38〕宜:应该。鉴:镜子,引申为借鉴,即以殷亡为鉴戒。

〔39〕骏命:大命,天命。不易:不容易,指周之受天命不容易。

〔40〕"命之"两句:天命是不容易长久保有的,只是不要在你们身上就中断了。遏(è),停止,中断。

〔41〕宣昭:宣明,发扬光大。义问:好名誉。义,善。问,孔《疏》:"问,声闻也。"

〔42〕有:又。虞:度,审察。以上两句是说,应发扬光大你的好声誉,而事事揣度天意以求合之。

〔43〕载:事,行事。

〔44〕无声无臭(xiù):天道没有声息而难以认知。臭,气味、气息。

〔45〕仪刑:效法。仪,法度。刑,故"型"字,典范。

〔46〕万邦:各诸侯国。作:就,则。孚:相信,指心悦诚服。以上两句是说,只要好好效法文王,就能得到万国诸侯的信服。

绵〔1〕

绵绵瓜瓞,民之初生〔2〕,自土沮漆〔3〕。古公亶父〔4〕,陶复陶穴〔5〕,未有家室〔6〕。

古公亶父,来朝走马〔7〕。率西水浒〔8〕,至于岐下〔9〕。爰及姜女〔10〕,聿来胥宇〔11〕。

周原膴膴〔12〕,堇荼如饴〔13〕。爰始爰谋〔14〕,爰契我龟〔15〕。曰止曰时〔16〕,筑室于兹〔17〕。

乃慰乃止〔18〕,乃左乃右〔19〕,乃疆乃理〔20〕,乃宣乃亩〔21〕。自西徂东〔22〕,周爰执事〔23〕。

乃召司空〔24〕,乃召司徒〔25〕,俾立室家〔26〕。其绳则直〔27〕,缩版以载〔28〕,作庙翼翼〔29〕。

捄之陾陾〔30〕,度之薨薨〔31〕,筑之登登〔32〕,削屡冯冯〔33〕。百堵皆兴〔34〕,鼛鼓弗胜〔35〕。

乃立皋门〔36〕,皋门有伉〔37〕。乃立应门〔38〕,应门将将〔39〕。乃立冢土〔40〕,戎丑攸行〔41〕。

肆不殄厥愠〔42〕,亦不陨厥问〔43〕。柞棫拔矣〔44〕,行道兑矣〔45〕。混夷駾矣〔46〕,维其喙矣〔47〕!

虞芮质厥成〔48〕,文王蹶厥生〔49〕。予曰有疏附〔50〕,予曰有先后〔51〕,予曰有奔奏〔52〕,予曰有御侮〔53〕!

〔1〕这是周民族的史诗之一。诗从周族祖先古公亶父迁到岐山开始,叙述他开国奠基的功业;从相看地址,治理田亩,建立宗庙宫室,一直写到文王继承古公遗烈,平定夷狄,外结邻邦,内用贤臣,使周族日益强大,叙事简明而生动形象。《毛诗序》曰:"《绵》,文王之兴,本由太王也。"

〔2〕绵绵:绵延不绝的样子。瓜:大瓜。瓞(dié):小瓜。民:周民族。初生:周民族开始兴起的时候,即公刘之世。这两句以瓜藤绵绵不绝比兴周族由小到大、子孙众多而延续不断。

〔3〕土:通"杜",古水名。沮(cú):借为"徂",往。漆:古水名。杜、漆皆在豳地(今陕西旬邑西)。周族从杜水迁到漆水流域。

〔4〕古公亶(dǎn)父:公刘的十世孙,周文王的祖父。初居豳,后遭狄人侵略,迁至岐山之下,定国号曰周。武王伐纣定天下,追尊他为太王。古公是号,亶父是名。

〔5〕陶:通"掏",掘土。复:从旁边掏洞。穴:从地面向地下掏洞。

〔6〕"未有"句:只是掏穴而居,尚未建筑房舍。

〔7〕来朝:清早。走马:驱马快跑。

〔8〕率:循,沿着。西:漆水以西。浒(hǔ):水边。

〔9〕岐下:岐山之下。岐山在今陕西岐山东北。

〔10〕爰:于是。及:与。姜女:姜姓之女,指古公的妻子太姜。

〔11〕聿(yù):语助词。胥:相,看,察视。宇:屋宇。

〔12〕"周原"句:岐周的原野,土地肥沃。膴(wǔ)膴:形容土地肥沃。

〔13〕堇(jǐn):一种苦味的野菜。荼(tú):又名苦菜。饴(yí):麦芽

170

糖。以上两句是说,周原土地肥美,生长的苦菜亦很甜美。

〔14〕始:开始计议。谋:谋划。

〔15〕契:凿刻。古人用龟甲占卜,先在龟甲上钻小孔,用火烧灼,以出现的裂纹形状断定凶吉。

〔16〕曰:发语词,无实义。止:居住。时:借为"是",善,正确。

〔17〕于兹:在此。

〔18〕慰:安心。

〔19〕左、右:安排居民或左或右地住下来。

〔20〕疆:划分地界。理:治理农田。

〔21〕宣:发,开垦田地。亩:作动词用,整治田亩。

〔22〕自西徂东:从西到东。

〔23〕周:普遍,周遍。执事:从事劳作。

〔24〕司空:古代掌管营造事务的官吏。

〔25〕司徒:古代掌管土地、劳役、徒隶之类事务的官吏。

〔26〕俾(bì):使。立:建立。室家:由掏穴居住到建筑房舍。

〔27〕绳:施工用的墨绳。

〔28〕缩:束,捆缚。版:古代筑墙时用来夹土的木板。载:同"栽",竖立。

〔29〕庙:宗庙,用来祭祀祖先的宫室。翼翼:庄严恭敬的样子。

〔30〕捄(jū):装土于筐。陾(réng)陾:装土的声音。

〔31〕度(duó):向筑版内填土。薨(hōng)薨:填土的声音。

〔32〕筑:捣土使墙坚实。登登:捣土声。

〔33〕削:削平。屡:借为"娄",土墙隆起之处。冯(píng)冯:削平土墙之声。

〔34〕百堵:许多土墙,百是虚数。兴:修建起来。

〔35〕鼛(gāo)鼓:大鼓,专用于建筑工程中鼓动干劲。

〔36〕皋门:城门。

〔37〕有伉(kàng):伉伉,形容城门高大。

〔38〕应门:正门。《毛传》:"王之正门曰应门。"

〔39〕将将:形容正门庄严高大。

〔40〕冢土:大土丘,即大社,祭祀土地神的神坛。冢,大。

〔41〕戎丑攸行:大众前去祭祀社神。戎,大。丑,众。《毛传》:"丑,众也。"攸,所。行,前往祭社神。

〔42〕肆不殄厥愠:自周先祖至文王都未能消除夷狄的怨恨。肆,故,所以。殄(tiǎn),消除,灭绝。厥,其,指狄人。愠,怒,怨恨。

〔43〕陨:损失。问:通"闻",指名声、声誉。这句承上句表示转折,但也未损伤周王朝的声誉。

〔44〕柞、棫:皆是灌木类的树。拔:拔除。

〔45〕行道兑(duì)矣:道路畅通无阻。兑,通畅。《毛传》:"兑,成蹊也。"

〔46〕混夷:又作"昆夷",古民族的名称。骏(tuì):突奔,仓皇逃跑。

〔47〕维:语气词。喙(huì):疲惫困顿。《毛传》:"喙,困也。"

〔48〕虞、芮:二古国名。质:公正评断。成:平,讲和。

〔49〕蹶(guì):动,感动。厥:其,指虞、芮两国君。生:同"性",指善性。这句意谓文王之德感动了他们的善性,以致他们讲和。

〔50〕予:我们,周人自称。曰:语助词。疏附:率下亲上,使疏者亲附之臣。

〔51〕先后:前后左右的辅佐之臣。

〔52〕奔奏:奔赴四方奔走宣传之臣。

〔53〕御侮:捍卫国土、抵御外侮之臣。

生民[1]

厥初生民，时维姜嫄[2]。生民如何？克禋克祀[3]，以弗无
子[4]。履帝武敏歆[5]，攸介攸止[6]。载震载夙[7]，载生载
育[8]，时维后稷[9]。

诞弥厥月[10]，先生如达[11]。不坼不副[12]，无菑无害[13]。
以赫厥灵[14]，上帝不宁。不康禋祀，居然生子[15]。

诞寘之隘巷[16]，牛羊腓字之[17]。诞寘之平林，会伐平
林[18]。诞寘之寒冰，鸟覆翼之。鸟乃去矣，后稷呱矣[19]。
实覃实讦[20]，厥声载路[21]。

诞实匍匐[22]，克岐克嶷[23]，以就口食[24]。艺之荏菽[25]，
荏菽旆旆[26]。禾役穟穟[27]，麻麦幪幪[28]，瓜瓞唪唪[29]。

诞后稷之穑，有相之道[30]。茀厥丰草[31]，种之黄茂[32]。
实方实苞[33]，实种实褎[34]，实发实秀[35]，实坚实好[36]，
实颖实栗[37]。即有邰家室[38]。

诞降嘉种[39]，维秬维秠[40]，维穈维芑[41]。恒之秬秠[42]，
是获是亩[43]。恒之穈芑，是任是负[44]，以归肇祀[45]。

诞我祀如何？或舂或揄[46]，或簸或蹂[47]。释之叟叟[48]，烝之浮浮[49]。载谋载惟[50]，取萧祭脂[51]，取羝以軷[52]，载燔载烈[53]，以兴嗣岁[54]。

卬盛于豆[55]，于豆于登[56]。其香始升，上帝居歆[57]，胡臭亶时[58]。后稷肇祀，庶无罪悔，以迄于今[59]。

〔1〕这是一首带有始祖神话色彩的周族史诗。记述了周民族的始祖后稷的诞生及其在农业发展中的功绩，客观上也赞颂了古代人民的勤劳智慧。此诗主要取材于历史传说，塑造了一个神话式的古代英雄形象。全诗描写生动，想象力丰富，具有浓厚的浪漫色彩。

〔2〕"厥初"两句：起初诞生周民族始祖的是姜嫄。时，这。维，是。姜嫄(yuán)，周始祖后稷的母亲。姜是姓，嫄是谥号，亦作"原"，取本原之义。

〔3〕克：能够。禋(yīn)：祭天祀神之礼。

〔4〕以弗无子：祭祀上帝以求生子。弗，借为"祓(fú)"，祭祀以除去不祥。

〔5〕履：踩。帝：天帝。武：脚印。敏：借为"拇"，足大拇趾。歆(xīn)：同"欣"，欣然有所动。这句谓姜嫄因踩天帝脚印的大拇趾而感应怀孕。

〔6〕攸：于是。介：借为"愒"(qì)，休息。止：止息。

〔7〕载：语助词。震：借为"娠"(shēn)，怀孕。夙：同"肃"，生活肃谨，不再和男子交往。

〔8〕生：分娩。育：哺育。

〔9〕后稷:周民族的始祖,名弃。他发明了农业,故尊称"后稷"。稷,谷类。

〔10〕诞:发语词。弥厥月:怀孕足月。弥,满。

〔11〕先生:头胎生。如:同"而"。达:顺达,指胎儿生得很顺利。

〔12〕不坼(chè)不副(pì):分娩时产门没有破裂。坼,破裂。副,裂开。

〔13〕菑:古"灾"字,此句是说母子都平安。

〔14〕赫:显示。厥:其,指后稷。灵:灵异。

〔15〕"上帝"三句:莫非上帝不悦,没有安享我的祭祀,而让我这样顺利地生了一个儿子?这是姜嫄自疑之辞。不宁,不安,此指不悦。康,安,安享。居然,徒然。

〔16〕诞:发语词。寘:同"置",弃置。隘巷:狭窄的小巷。

〔17〕腓(féi):庇护。字:哺乳。

〔18〕"诞寘"两句:准备弃之树林,正好碰上有人在砍树,不便丢弃。会,恰好碰上。

〔19〕呱:小儿啼哭声。

〔20〕"实覃"句:后稷的哭声又长又洪亮。实,同"是",这样。覃(tán),长。讦(xū),大。

〔21〕载路:哭声闻于路。

〔22〕匍匐:伏地爬行。

〔23〕岐:知意,会解人意。嶷(nì):识别事物。《毛传》:"岐,知意也;嶷,识也。"

〔24〕以就口食:后稷能自己寻找食物。就,趋往。

〔25〕艺:种植。荏菽:大豆。

〔26〕旆(pèi)旆:枝叶茂盛的样子。

〔27〕禾役:借为"禾颖",禾穗。穟(suì)穟:禾穗沉甸下垂的样子。

〔28〕幪(měng)幪:茂密的样子。

〔29〕瓞(dié):小瓜。唪(běng)唪:果实累累的样子。

〔30〕"诞后稷"两句:后稷种植庄稼有助其生长的方法。穑,种植庄稼。相,助。道,方法。

〔31〕茀(fú):拔除。丰草:长得很茂盛的杂草。

〔32〕黄茂:嘉谷。

〔33〕方:通"放",刚萌芽出土。苞:禾苗丛生。

〔34〕种(zhǒng):禾苗出土时短而粗壮。褎(yòu):禾苗渐渐长高。

〔35〕发:禾茎发育拔节。秀:禾苗吐穗开花。

〔36〕坚:谷粒灌浆饱满。好:谷粒形色美好。

〔37〕颖:禾穗下垂。栗:谷粒繁多。

〔38〕即:就,往。邰(tái):地名,在今陕西武功西南。家室:安家定居。这句说,后稷在邰定居。相传后稷在舜时,因佐禹有功,而始封于邰。

〔39〕降:天降,天赐。嘉种:优良的品种。

〔40〕秬(jù):黑黍。秠(pī):黍的一种,一个黍壳中育有两个米粒。

〔41〕穈(mén):谷子的一种,初生时叶赤。芑(qǐ):一种白苗的高粱。

〔42〕恒之秬秠:田里种满了秬秠。恒,通"亘",遍,满。

〔43〕获:收割。亩:庄稼收割后堆放在田里。

〔44〕任:抱。东汉郑玄《笺》:"任,犹抱也。"负:背。

〔45〕归:把谷物收回家。肇:开始。祀:祭祀。

〔46〕或:有人。舂(chōng):舂米。揄(yóu):把舂好的米从臼(jiù)中舀出。

〔47〕簸:扬去米中的糠皮。蹂(róu):通"揉",揉搓,使米更精细。

〔48〕释:淘米。叟叟:淘米声。

176

〔49〕烝:同"蒸"。浮浮:蒸煮时热气升腾的样子。

〔50〕谋:计划。惟:思虑。

〔51〕取萧祭脂:祭祀时以香蒿和牛肠脂合烧,香气缭绕。萧,香蒿,今名艾。脂,牛肠脂油。

〔52〕羝(dī):公羊。軷(bá):祭祀路神之礼。古人在郊祀上帝前,先祭路神。

〔53〕燔(fán):烧。烈:烤。这句是说,把萧、脂、羝羊放在火上烧烤,以供神享。

〔54〕兴:兴旺。嗣岁:来年。

〔55〕卬(áng):我。豆:一种高脚食器,祭祀时用以盛各种祭品。

〔56〕登:一种食器,似豆而浅。

〔57〕上帝居歆(xīn):上帝安然享受祭品。居,安。歆,享用。

〔58〕胡臭(xiù):浓烈的香气。胡,大。臭,气味。亶(dǎn):确实。时:善,好。

〔59〕庶:幸而。迄:至。以上三句是说,后稷始创的祭祀礼仪,幸而没有获罪于天,一直延续至今。

桑柔〔1〕

菀彼桑柔〔2〕,其下侯旬〔3〕。捋采其刘,瘼此下民〔4〕。不殄心忧〔5〕,仓兄填兮〔6〕。倬彼昊天〔7〕,宁不我矜〔8〕?

四牡骙骙,旟旐有翩〔9〕。乱生不夷〔10〕,靡国不泯〔11〕。民靡有黎〔12〕,具祸以烬〔13〕。於乎有哀〔14〕,国步斯频〔15〕。

177

国步蔑资[16]，天不我将[17]。靡所止疑[18]，云徂何往[19]？君子实维[20]，秉心无竞[21]。谁生厉阶，至今为梗[22]？

忧心殷殷，念我土宇[23]。我生不辰[24]，逢天僤怒[25]。自西徂东，靡所定处。多我觏痻[26]，孔棘我圉[27]。

为谋为毖，乱况斯削[28]。告尔忧恤[29]，诲尔序爵[30]。谁能执热，逝不以濯[31]？其何能淑[32]，载胥及溺[33]。

如彼溯风[34]，亦孔之僾[35]。民有肃心[36]，荓云不逮[37]。好是稼穑[38]，力民代食[39]。稼穑维宝，代食维好？

天降丧乱，灭我立王[40]。降此蟊贼[41]，稼穑卒痒[42]。哀恫中国[43]，具赘卒荒[44]。靡有旅力[45]，以念穹苍[46]。

维此惠君[47]，民人所瞻[48]。秉心宣犹[49]，考慎其相[50]。维彼不顺[51]，自独俾臧[52]。自有肺肠[53]，俾民卒狂[54]。

瞻彼中林[55]，甡甡其鹿[56]。朋友已谮，不胥以穀[57]。人亦有言：进退维谷[58]。

维此圣人，瞻言百里[59]。维彼愚人，覆狂以喜[60]。匪言不能[61]，胡斯畏忌[62]？

维此良人，弗求弗迪[63]。维彼忍心[64]，是顾是复[65]。民之贪乱，宁为荼毒[66]。

大风有隧，有空大谷[67]。维此良人，作为式穀[68]。维彼不顺，征以中垢[69]。

大风有隧，贪人败类。听言则对[70]，诵言如醉[71]。匪用其良，复俾我悖[72]。

嗟尔朋友，予岂不知而作[73]。如彼飞虫，时亦弋获[74]。既之阴女[75]，反予来赫[76]。

民之罔极，职凉善背[77]。为民不利，如云不克[78]。民之回遹，职竞用力[79]。

民之未戾[80]，职盗为寇[81]。凉曰不可[82]，覆背善詈[83]。虽曰匪予，既作尔歌[84]！

〔1〕这是周大夫芮良夫讥刺、哀伤周厉王暴虐昏庸、任用小人而终遭灭国亡身的诗。此诗忧时伤乱，情思低沉。全诗十六章，反复描述国事纷乱而不可收拾，申诉自己心情的忧痛而无能为力，反映了厉王施行暴政而民不聊生的社会现实。诗的开端，以桑树繁荫和凋残作比，慨叹国势的衰败。

〔2〕菀(wǎn)：枝叶茂繁的样子。桑柔：桑树枝叶柔嫩。

〔3〕侯:维,是。旬:树荫遍布。此喻周王朝盛时荫庇众民。

〔4〕"捋采"两句:捋光桑叶而害苦了在下面庇荫的人。这比喻周王朝衰败而众民失去了庇护。刘,树叶剥落而凋残。瘼(mò),病苦。

〔5〕不殄(tiǎn):不绝,不断。宋朱熹《诗集传》:"殄,绝也。"

〔6〕仓兄:借为"怆怳"(chuàng huáng),凄凉冷落、怅恨失意的样子。填:填塞,即滞塞于怀。

〔7〕倬(zhuō):光明的样子。

〔8〕宁:何。矜(jīn):哀怜。这句是"宁不矜我"的倒文,即为何不怜悯我?

〔9〕四牡:驾车的四匹公马。骙骙:马强壮的样子。旟旐(yú zhào):古代的旗帜。旟上画有乌隼,旐上画有龟蛇。有翩:翩翩,形容旗帜在空中翻飞飘动。这二句是写王室贵族们纷纷奔逃。

〔10〕夷:平定,平息。

〔11〕靡国不泯:没有一国不乱。靡,无,没有。泯,乱。

〔12〕民靡有黎:即"靡有黎民",人口大量减少,没有什么人民了。

〔13〕"具祸"句:民俱遭祸殃,生灵涂炭。具,俱,全部。烬,灰烬。

〔14〕於乎(wū hū):即"呜呼",感叹声。

〔15〕国步:国家的命运。斯:这样,如此。频:危急。

〔16〕蔑:无,没有。资:帮助,依靠。

〔17〕我将:即"将我",扶助我。

〔18〕靡所:无处。止疑:停止,定息。疑,安。《毛传》:"疑,定也。"

〔19〕云:语助词。徂(cú):行。

〔20〕实:是。维:通"惟",想,思考。

〔21〕秉心:存心。无竞:无争,即不争权夺利。

〔22〕"谁生"两句:是谁兴起祸端,至今还在为害作梗?厉阶,祸

患、祸端。梗,为害作梗。

〔23〕殷殷:心痛的样子。土宇:土地房屋,指家园。

〔24〕不辰:不时,即生不逢时。

〔25〕倬(dàn)怒:大怒,盛怒。倬,借为"惮"。

〔26〕多我:即"我多"。覯(gòu):遭受。痻(mín):病苦,患难。

〔27〕孔:很。棘:通"急",危急。圉(yǔ):边陲。这句谓边疆也非常危急,此指夷狄外侵。

〔28〕"为谋"两句:在乱象环生之中,只有谋划得当,戒慎警惧,才能削平祸乱。谋,谋划。毖(bì),戒慎。斯,则。削,削平。

〔29〕告:告诉,劝说。尔:你们,指周王及执政的大臣。忧恤:忧虑国事,体恤下民。

〔30〕诲:教诲,教导。序爵:计功授爵。序,作动词,排序。

〔31〕执:救治。热:炎热,比喻国家遭受的灾难。逝:发语词。濯(zhuó):洗涤,这里指用水浇。这二句以救治炎热用水浇,比喻治理国家要用合理的办法。

〔32〕其:他们,指周王及执政的大臣。何能淑:如何能变好。淑,善。

〔33〕载:则。胥:相,相率。溺:淹死。宋朱熹《诗集传》引苏辙曰:"贤者之能已乱,犹濯之能解热耳。不然,则其何能善哉?相与入于险溺而已。"

〔34〕如彼:像那。溯(sù)风:逆风。比喻朝政之倒行逆施。

〔35〕孔:很。僾(ài):气噎而喘不上气。

〔36〕肃心:向善之心。东汉郑玄《笺》:"进于善道之心。"

〔37〕芇(pīng):使。《毛传》:"芇,使也。"云:语助词。不逮:不及。

〔38〕好:喜好。是:这。稼穑:春种秋收的农事,这里泛指从事农业生产。

181

〔39〕力民:使民出力。代食:民代耕养活统治者。

〔40〕灭我立王:灭掉我们所立之王。

〔41〕蟊(máo)贼:吃谷物的害虫。

〔42〕卒:尽,完全。瘁:病,害。

〔43〕哀恫(tōng):哀痛。中国:西周王畿(jī)之地。

〔44〕具:俱,都。赘:连属。荒:饥荒。

〔45〕"靡有"句:没有力量能阻止灾害。旅力,膂力,力量。

〔46〕"以念"句:只有祈求上天以救助。念,祈求。穹苍,上天。

〔47〕惠君:爱民之君。

〔48〕瞻:仰望。

〔49〕秉心:持心,存心。宣:光明。犹:通"猷",通达。

〔50〕考慎:审慎考察、选择。相:助,指辅佐的大臣。

〔51〕不顺:悖理的君王。

〔52〕"自独"句:悖理的君王自以为任用的都是好人。自独,独自。俾,使。臧,善。

〔53〕自有肺肠:存有私心偏见,自以为是。

〔54〕卒狂:完全狂乱起来。狂,迷惑狂乱。东汉郑玄《笺》:"自有肺肠,行其心中之所欲,乃使民尽迷惑如狂。"这章通过两种君王的对比,批评厉王的一意孤行。

〔55〕瞻:望。中林:林中。

〔56〕甡(shēn)甡:众多的样子。这里以群鹿争食喻人与人之间相疑相争。

〔57〕潜(jiàn):借为"僭",互相欺骗。不胥:不相助。穀:善。

〔58〕进退维谷:进退都是山谷,比喻陷入困境。维,是。

〔59〕"维此"二句:只有圣人才有深虑远见。

〔60〕覆狂:癫狂。喜:沾沾自喜。

〔61〕匪言不能:即"匪不能言",不是不能说话。

〔62〕胡斯:为什么这样。畏忌:害怕顾忌。

〔63〕求:奢求。迪:干进,向上爬。

〔64〕忍心:内心残忍的不良之人。

〔65〕顾:瞻前顾后。复:反复无常。

〔66〕荼:苦菜。毒:毒螫之虫。这里指残害破乱的行为。

〔67〕有隧:隧隧,风势迅疾的样子。有空:空空,形容大谷的空旷。这两句是说,大谷中必有大风,比喻善者行善,恶者作恶,皆是必然。

〔68〕作为:所作所为。式:以,用。榖:善。

〔69〕征:行。中垢:垢中,即污垢秽行。

〔70〕听言:听到恭维自己的话。对:对答,肯定。

〔71〕诵言:讽刺劝诫的话。醉:昏然而不醒悟。

〔72〕复俾:反使。悖:违理。

〔73〕"予岂"句:我难道不知你们所作所为吗?

〔74〕"如彼"两句:即使像天上的飞鸟,也有被射中的时候。这喻作恶者不能逃脱惩罚。飞虫,飞鸟。时,有时。弋获,射中捉住。

〔75〕阴:庇护。女:汝,你们。

〔76〕反予来赫:即"反来赫予",反过来威胁我、恐吓我。

〔77〕罔极:没有准则。职:主,专门。凉:通"谅",语助词。善背:反复无常。宋朱熹《诗集传》:"善背,工为反覆也。"

〔78〕"为民"两句:专做对人民不利的事,好像唯恐不能战胜人民。云:语助词。克:胜。

〔79〕"民之"两句:民之所以走上邪路,正是当权者竞用暴力相逼的结果。回通(yù),邪僻。职,专门。竞,竞逐、追逐。用力,用暴力。

〔80〕民之未戾:民之未定。戾,定。

〔81〕职盗为寇:即"职为盗寇",统治者专门逼他们为盗寇。

183

〔82〕凉:通"谅",诚恳。

〔83〕覆:反而。背:违背。善詈(lì):大骂。以上两句说,我诚恳地指出你们行为的不合理,你们反在背后大骂我。

〔84〕"虽曰"两句:尽管你们认为我的话不对,我还是为你们作了这首歌。匪予,以我言为非。

烝民〔1〕

天生烝民,有物有则〔2〕。民之秉彝〔3〕,好是懿德〔4〕。天监有周〔5〕,昭假于下〔6〕,保兹天子,生仲山甫〔7〕。

仲山甫之德,柔嘉维则〔8〕。令仪令色〔9〕,小心翼翼〔10〕。古训是式〔11〕,威仪是力〔12〕。天子是若〔13〕,明命使赋〔14〕。

王命仲山甫,式是百辟〔15〕。缵戎祖考〔16〕,王躬是保〔17〕。出纳王命〔18〕,王之喉舌〔19〕。赋政于外〔20〕,四方爰发〔21〕。

肃肃王命〔22〕,仲山甫将之〔23〕。邦国若否〔24〕,仲山甫明之。既明且哲〔25〕,以保其身〔26〕。夙夜匪解〔27〕,以事一人〔28〕。

人亦有言〔29〕:"柔则茹之,刚则吐之〔30〕。"维仲山甫〔31〕,柔亦不茹,刚也不吐;不侮矜寡〔32〕,不畏强御〔33〕。

184

人亦有言："德𬨎如毛,民鲜克举之〔34〕"。我仪图之〔35〕,维仲山甫举之,爱莫助之〔36〕。衮职有阙〔37〕,维仲山甫补之。

仲山甫出祖〔38〕,四牡业业〔39〕,征夫捷捷〔40〕,每怀靡及〔41〕。四牡彭彭〔42〕,八鸾锵锵〔43〕,王命仲山甫,城彼东方〔44〕。

四牡骙骙〔45〕,八鸾喈喈〔46〕。仲山甫徂齐〔47〕,式遄其归〔48〕。吉甫作诵〔49〕,穆如清风〔50〕。仲山甫永怀,以慰其心〔51〕。

〔1〕此诗是尹吉甫为仲山甫受周宣王之命赴齐筑城之事而作。仲山甫即樊仲,《国语·周语》又称其为樊仲山甫、樊穆仲,是周宣王卿士。全诗通过对仲山甫政绩的记述,美德的颂扬,崇敬与思怀之情的抒发,既展现出一位政治家外在的威仪风采,又显示了他的"柔嘉维则"的人格之美。诗中充满了对仲山甫的热爱之情。铺陈有致,语言典雅,典型地体现了大雅诗歌雍容华贵的风格。烝:众多。
〔2〕"天生"二句:意谓天生众民,有事物存在,就必有法则可循。物,事物。则,法则。
〔3〕秉:秉赋。彝:常情。
〔4〕好:喜爱。懿德:美德。
〔5〕天监:天在监视。有周:周王朝。
〔6〕昭假于下:有光明的德行照临下土。昭,明。假,至。
〔7〕保:保佑。天子:周宣王。此两句是说,上天为了保佑周天子,

185

于是生下仲山甫来辅助他。

〔8〕柔嘉:温柔善良。维:语助词。则:准则。

〔9〕令:美好。仪:仪表。色:面容。这句话是形容仲山甫仪表美好,面色和善。

〔10〕小心翼翼:形容仲山甫做人做事谨慎持重。

〔11〕古训:古圣先王的名言。式:法则。这句是说,以先圣名言为法则。

〔12〕力:勤勉。这句是说,勤修威仪而不懈。

〔13〕若:顺从。

〔14〕明令:王的命令。赋:颁布。这句是说:王的命令让他去颁布。

〔15〕式:法则,榜样。百辟:诸侯。这两句是说:周王让他做诸侯的榜样。

〔16〕缵(zuǎn):继承。戎:你。祖考:祖先。这句还是周王对仲山甫的期望,让他继承祖先的功业。

〔17〕王躬:指周王。躬,身体。保:保护。

〔18〕出纳王命:外出颁布王的命令,同时汇报诸侯接受王命的情况。

〔19〕喉舌:代言人。

〔20〕赋政:颁布政令。

〔21〕爰:于是。发:执行。

〔22〕肃肃:指王命的严肃。

〔23〕将:奉行。

〔24〕邦国若否(pǐ):指诸侯国的顺逆。若,顺。否,不顺。

〔25〕明:聪明。哲:智慧。

〔26〕保其身:严守节操,坚持原则,保全自己。

〔27〕夙夜:从早到晚。匪解:坚持不懈。解,通"懈"。

〔28〕以事一人:侍奉天子一人。

〔29〕人亦有言:有人这样说,俗话说。

〔30〕茹:吃下。吐:吐出。这两句是说,软的就吃下,硬的就吐出。这是比喻的说法,意谓一般人都欺软怕硬。

〔31〕维:唯有。

〔32〕矜:通"鳏",年老无妻的人。寡:年老无夫的人。

〔33〕强御:强横之人。

〔34〕德:道德。輶(yóu):原指轻便的车,这里借为"轻"。鲜克举之:少有人举得起来。此两句是说:道德的追求其实不难,但是却很少有人愿意去做。

〔35〕仪图:揣测。

〔36〕爱:敬爱。莫助之:不需要帮助。此句谓仲山甫的品德高尚已经不需要别人帮助。

〔37〕衮(gǔn):天子之服。代指天子。有阙:有过失。

〔38〕出祖:出行祭路神。

〔39〕业业:强壮的样子。

〔40〕征夫:随行仲山甫出行的人。捷捷:行动敏捷。

〔41〕每怀靡及:周代常用成语,意味用虔诚之心做事,心怀恐惧,唯恐做得不好。每,常常。怀,思念。靡及,不及。

〔42〕彭彭:马行走时的样子。

〔43〕鸾:古代车马上佩带的车铃。锵锵:铃声清脆悦耳。

〔44〕城彼东方:指王命仲山甫在东方齐邑筑城。

〔45〕骙(kuí)骙:马强壮的样子。

〔46〕喈(jiē)喈:铃声和谐美听。

〔47〕徂:往。

〔48〕式:语助词。遄:快速。这句是写盼望仲山甫早点回来。

187

〔49〕作诵:作诗诵唱。

〔50〕穆如清风:指歌声和美,如清风一样沁人心脾。穆,和谐。

〔51〕永怀:永远心怀王事。这两句是说,仲山甫虽然到齐地去筑城,但是他的心里还念念不忘王事。于是做了这首诗表达对他的安慰。

江 汉〔1〕

江汉浮浮,武夫滔滔〔2〕。匪安匪游〔3〕,淮夷来求〔4〕。既出我车,既设我旟〔5〕。匪安匪舒〔6〕,淮夷来铺〔7〕。

江汉汤汤〔8〕,武夫洸洸〔9〕。经营四方,告成于王〔10〕。四方既平,王国庶定〔11〕。时靡有争,王心载宁〔12〕。

江汉之浒〔13〕,王命召虎〔14〕:式辟四方〔15〕,彻我疆土〔16〕。匪疚匪棘〔17〕,王国来极〔18〕。于疆于理〔19〕,至于南海〔20〕。

王命召虎:来旬来宣〔21〕。文武受命〔22〕,召公维翰〔23〕。无曰予小子〔24〕,召公是似〔25〕。肇敏戎公〔26〕,用锡尔祉〔27〕。

厘尔圭瓒〔28〕,秬鬯一卣〔29〕。告于文人〔30〕,锡山土田〔31〕。于周受命〔32〕,自召祖命〔33〕,虎拜稽首〔34〕:天子万年!

虎拜稽首,对扬王休〔35〕。作召公考〔36〕:天子万寿! 明明天子,令闻不已〔37〕,矢其文德,洽此四国〔38〕。

〔1〕这是一首颂美诗。诗中记述了召公虎平定淮夷和开拓南疆之功,回朝后受到周宣王的封赏。诗以讨伐淮夷为主题,但真正用于抒写武功的笔墨非常少,没有铺张威烈的气势,倒反复祝颂召公的功业,郑重褒扬周王的赐命,显得雍容揄扬,词深意远。江汉:长江和汉水。

〔2〕浮浮、滔滔:两词互倒。滔滔,水盛的样子。浮浮,形容人众而势强。

〔3〕游:游乐。

〔4〕淮夷:淮水沿岸的夷人。求:征讨。

〔5〕设:竖起。旟(yú):画有鸟隼的旗。

〔6〕舒:徐缓。匪舒,指进军不敢迟缓。

〔7〕铺:"搏"之借字,进击。

〔8〕汤汤:形容水势浩大。

〔9〕洸(guāng)洸:威武的样子。

〔10〕告成于王:把取得的成功上告于周王。

〔11〕庶:庶几,差不多。

〔12〕"时靡"二句:没有了战争,周王的心才能平静安宁。时,是。载,乃。

〔13〕浒:水边。

〔14〕召虎:召伯,名虎。

〔15〕式:发语词。辟:开辟。

〔16〕彻:治理。

〔17〕疚:病,灾。棘:急,紧张。

〔18〕王国来极:四方之国皆要以周之典章制度为准则。极,中,准则。

〔19〕于:乃,于是。疆:划定疆界。理:治理土地。

〔20〕至于:达到。

189

〔21〕来:是。旬:同"徇",巡行各地。宣:宣示,宣布。

〔22〕文武受命:先祖文王、武王皆受命于天。

〔23〕召公:召康公,姬姓,辅佐武王,封地在召,是召虎之祖。翰:借为"幹",干,即国之栋梁的意思。

〔24〕无曰予小子:不要轻视我年轻,我也是受天命为王的。无曰,不要说。小子,年轻人,此宣王自称。

〔25〕似:通"嗣",继承。这句话是宣王训示召虎的,你要像先祖召康公那样辅佐我。

〔26〕肇:开始。敏:"谋"的假借,谋划。戎:汝,你,指召虎。公:通"功",事功。

〔27〕用:则。锡:赐。祉(zhǐ):福。

〔28〕釐:赏赐。圭瓒(guī zàn):玉瓒,一种以玉为柄的酒勺。

〔29〕秬(jù):黑黍。鬯(chàng):一种香草。古代用这两种东西酿酒,以备祭祀。卣(yǒu):古代一种青铜酒器。

〔30〕告:告祭。文人:指召虎祖先有文德的人。

〔31〕锡山土田:赐给山川土地。此指召康公受册封事。

〔32〕于周:前往岐周。岐山为周人兴起的地方,有最早的宗庙,周王册封礼在此举行,表示不忘祖。

〔33〕自:用。召祖:召康公。

〔34〕虎:召虎。拜:拜谢。稽首:叩头及地。

〔35〕对:答谢。扬:颂扬。王休:周王的美德。休,美德。

〔36〕召公:召康公。考:"簋"的假借,青铜或陶制的食器。

〔37〕令闻:美名盛誉。不已:不止,永世流传。

〔38〕"矢其"两句:通过周王的教化,四方之国都和睦融洽。矢,借为"弛",施。文德,与武功相对的礼乐教化。洽,融洽。

《颂》六首

清庙[1]

於穆清庙[2]，肃雍显相[3]。济济多士[4]，秉文之德[5]。对越在天[6]，骏奔走在庙[7]。不显不承[8]，无射于人斯[9]。

〔1〕这是周王在宗庙祭祀文王的乐歌。诗中描写周王带领助祭公侯、群臣虔诚地在宗庙中拜祭的情景。他们歌颂文王德行光明，为周代臣民永远遵循，并表示要彰显文王之德业，继承不废，永远供奉。辞清意美，列为《颂》之首篇。

〔2〕於(wū)：赞叹词。穆：深幽壮美的样子。清：清明。庙：宗庙。东汉郑玄《笺》曰："清庙者，祭有清明之德者之宫也，谓祭文王也；天德清明，文王象焉。"

〔3〕肃：敬。雍：和。显：高贵显赫。相：助祭的公侯。宋朱熹《诗集传》曰："相，助也，谓助祭之公卿诸侯。"这句是说，助祭者态度严肃雍容。

〔4〕济济：有威仪而整齐的样子。多士：参加祭祀的众多官吏。

〔5〕秉：执持，继承。文：周文王。

〔6〕对越在天：报答宣扬文王在天之灵。对越，报答称扬。越，通"扬"，宣扬。

〔7〕骏奔走在庙：急速奔走敬奉祭祀于宗庙。骏，迅速。

〔8〕不:通"丕",大。显:光耀,宣扬。承:继承。

〔9〕无射(yì)于人斯:文王不受人的厌弃,世代享受崇敬和供奉。无射,不厌。斯,语气词。

我将〔1〕

我将我享,维羊维牛〔2〕,维天其右之〔3〕。仪式刑文王之典〔4〕,日靖四方〔5〕。伊嘏文王〔6〕,既右飨之〔7〕。我其夙夜,畏天之威〔8〕,于时保之〔9〕。

〔1〕这是一首祭天、配祀文王的乐歌,希望上帝和文王的在天之灵,保佑四方安宁。宋朱熹《诗集传》:"此宗祀文王明堂,以配上帝之乐歌。"将:奉献。东汉郑玄《笺》曰:"将,犹奉也。"

〔2〕享:供献。维:是。羊、牛:古时祭祀将牛羊置于柴上烤炙,使香气上腾,供天帝神灵享用。

〔3〕右:通"佑",保佑。

〔4〕仪:仪表。式:法式。刑:同"型",模型。三者皆是效法之义。宋朱熹《诗集传》曰:"仪、式、刑,皆法也。"典:典章制度。

〔5〕靖:安定,平安。

〔6〕伊:发语词。嘏(jiǎ):借为"假",伟大。

〔7〕右:佑助。飨(xiǎng):通"享",享用,指天帝神灵享用祭品以降福保佑。

〔8〕夙夜:早晚。畏:敬畏。威:威力。

〔9〕于时:于是。保之:安定我的国家。保,安。以上三句说,从早到晚,我敬畏上天不敢稍懈,这样就会保我有周。

执竞[1]

执竞武王,无竞维烈[2]。不显成康,上帝是皇[3]。自彼成康,奄有四方[4],斤斤其明[5]。钟鼓喤喤[6],磬筦将将[7],降福穰穰[8]。降福简简[9],威仪反反[10]。既醉既饱,福禄来反[11]。

〔1〕这是一首祭祀武王、成王、康王的乐歌,歌颂了三王德业的崇高伟大、永世不匮,描写了虔诚致祭、敬盼赐福的盛大场面。执竞:用武力制服强敌。执,制服。竞,强。

〔2〕"执竞"两句:武王制服强敌,他的功业是无与伦比的。无竞,莫强。维,是。烈,功业。

〔3〕"不显"两句:光明的成王和康王,上帝是赞赏他们的。不,通"丕",大。显,显明。成康,周成王和周康王。皇,美。

〔4〕奄(yǎn)有:尽有,占有。奄,覆盖。

〔5〕斤斤:借为"昕(xīn)昕",明察的样子。《毛传》:"斤斤,明察也。"

〔6〕喤(huáng)喤:形容声音宏大和谐。

〔7〕磬(qìng):古代用美石或玉制成的打击乐器。筦:同"管",一种竹制的管乐器。将(qiāng)将:同"锵锵",象声词。

〔8〕降福:赐福。穰(ráng)穰:众多的样子。

〔9〕简简:盛大的样子。

〔10〕威仪:祭祀的礼节仪式。反反:借为"昄(bǎn)昄",慎重和善

的样子。

〔11〕"既醉"二句:武王等神灵尽情享受祭品,醉饱之后用福禄报答祭者。反,反报。

敬之〔1〕

敬之敬之,天维显思〔2〕,命不易哉〔3〕。无曰高高在上〔4〕,陟降厥士〔5〕,日监在兹〔6〕。维予小子〔7〕,不聪敬止〔8〕。日就月将〔9〕,学有缉熙于光明〔10〕。佛时仔肩〔11〕,示我显德行〔12〕。

〔1〕这是周成王警戒自己的诗。诗中虽言天命,但更重视通过行德以敬奉天命,表现了周初统治者"天道无亲,惟德是辅"的思想。敬:警戒,谨慎。之:语助词。

〔2〕天维显思:天是明察的。维,是。显,明察。思,语助词。

〔3〕命不易哉:承受天命实是不容易啊!命,天命。不易,不容易。

〔4〕无曰:不要说。高高在上:天帝高高在天上而不明察人间。

〔5〕陟(zhì)降:升降,这里指天帝执掌升黜、赏罚之事。士:周人。

〔6〕日:天天。监:监视。兹:此,指人间。

〔7〕予小子:成王自称。

〔8〕不聪敬:不够聪明敬慎,这是成王自谦之辞。止:语助词。

〔9〕日就月将:日有所成就,月有所奉行。就,成就。将,奉行。

〔10〕"学有"句:学问修养渐积而至于广大光明之境。缉熙,发扬光大。

〔11〕佛时仔肩:希望大臣辅我担此重任。佛,通"弼"(bì),辅助。时,是、此。仔(zī)肩,重任。

〔12〕示:指示。显:彰显。宋朱熹《诗集传》:"又赖群臣辅助我所负荷之任,而示我以显明之德和。"

载 芟〔1〕

载芟载柞,其耕泽泽〔2〕。千耦其耘〔3〕,徂隰徂畛〔4〕。侯主侯伯〔5〕,侯亚侯旅〔6〕,侯强侯以〔7〕。有嗿其馌〔8〕,思媚其妇〔9〕,有依其士〔10〕。有略其耜〔11〕,俶载南亩〔12〕,播厥百谷〔13〕。实函斯活〔14〕,驿驿其达〔15〕。有厌其杰〔16〕,厌厌其苗〔17〕,绵绵其麃〔18〕。载获济济〔19〕,有实其积〔20〕,万亿及秭〔21〕。为酒为醴〔22〕,烝畀祖妣〔23〕,以洽百礼〔24〕。有飶其香〔25〕。邦家之光〔26〕。有椒其馨〔27〕,胡考之宁〔28〕。匪且有且〔29〕,匪今斯今〔30〕,振古如兹〔31〕。

〔1〕这是周工在春天藉田时祭祀土神和谷神以祈求丰年的乐歌。古时有所谓"藉田"之礼,即春耕时节,帝王临田亲耕以表示劝农。此诗叙述了农事生产的场面和过程,是《周颂》中最长的一篇,是反映当时社会生活的"农事诗"之一。载,语助词,有"开始"之义。芟(shān),除草。

〔2〕柞:砍伐树木。泽泽:通"释释",泥土松散润泽的样子。

〔3〕耦(ǒu):二人并耕。耘(yún):除草,这里指耕耘。

〔4〕徂(cú):往。隰(xí):低湿的土地。畛(zhěn):田间的小路。

〔5〕侯:发语词。主:家长。伯:长子。

〔6〕亚:次,指长子以下诸子。旅:众,指众晚辈子弟。

〔7〕强:指身体强壮的人。以:指老弱的人。

〔8〕有嗿(tǎn):嗿嗿,吃饭时发出的声音。宋朱熹《诗集传》:"众饮声也。"馌(yè):送到田间的饭菜。

〔9〕思:语助词。媚:美好。

〔10〕依:借为"殷",壮盛的样子。以上两句说,妇人美丽可爱,丈夫身强力壮。

〔11〕略:形容耜之刃非常锋利。《毛传》:"略,利也。"耜(sì):古代一种翻土的农具,类似今之犁铧(huá)。

〔12〕俶(chù):始。载:从事,耕种。南亩:泛指田地。

〔13〕百谷:各种谷物。

〔14〕实:种子。函:同"含"。斯:犹"而"。活:生。这句谓种子在土中孕育萌生。

〔15〕驿驿:借为"绎绎",陆续出苗的样子。达:苗破土而出。

〔16〕有厌:厌厌,美好的样子。杰:杰出,指先长出来而又粗壮的禾苗。

〔17〕厌厌:形容禾苗茂盛整齐。苗:一般的禾苗。

〔18〕绵绵:接连不断的样子。麃(biāo):除草。

〔19〕获:收获。济济:众多的样子,指所收谷物众多。

〔20〕"有实"句:谷物堆积得满满的。实,形容满满。积,堆积。

〔21〕亿:古时以十万为亿。秭:十亿为秭。

〔22〕醴:一种甜酒。

〔23〕烝:进献。畀(bì):献给。祖妣:男女祖先。

〔24〕洽:备。百礼:各种祭祀的礼仪。

〔25〕有飶(bì):飶飶,形容酒食祭品香气浓郁。

〔26〕"邦家"句:五谷丰收、祭品优富,为我们邦家增添了荣光。

〔27〕有椒:椒椒,香气浓厚的样子。椒,一种芳香植物。馨(xīn):传播很远的香气。

〔28〕胡考:长寿老人。《毛传》:"胡,寿也。"之:是。宁:安宁。

〔29〕匪:非。且:此,此处。有且:有此,有稼穑之事。

〔30〕今:今时。斯今:有今,有今之丰收。以上两句是说:"非独此处有此稼穑之事,非独今时有丰庆之年,盖自极古以来,已如此矣。"(朱熹《诗集传》)

〔31〕振古如兹:自古以来就是这样。振,自。

那〔1〕

猗与那与〔2〕！置我鞉鼓〔3〕。奏鼓简简〔4〕,衎我烈祖〔5〕。汤孙奏假〔6〕,绥我思成〔7〕。鞉鼓渊渊〔8〕,嘒嘒管声〔9〕。既和且平〔10〕,依我磬声〔11〕。於赫汤孙〔12〕！穆穆厥声〔13〕。庸鼓有斁〔14〕,万舞有奕〔15〕。我有嘉客〔16〕,亦不夷怿〔17〕。自古在昔〔18〕,先民有作〔19〕。温恭朝夕〔20〕,执事有恪〔21〕,顾予烝尝〔22〕,汤孙之将〔23〕。

〔1〕选自《商颂》。这是殷商后裔祭祀先祖成汤的宗庙乐歌。按古人举行祭祀的目的,就是通过取悦祖先的方式,祈求得到他们的福佑,带来幸福的生活。所以在祭祀中都要伴有大型的歌舞。这首乐歌就生动地把这一场景展现在我们面前,祭祀者带着恭敬虔诚的心情,祈福于先祖先王,跳着婀娜多姿的舞蹈,手里还摇动着小鼓,磬管齐鸣,钟鼓并作,场面宏大。让我们一睹三千多年前的殷商王朝宗庙祭祀盛况,实属珍贵

难得。

〔2〕猗那(ē nuó)：同"婀娜"，美丽多姿的样子。与：同"欤"，感叹词。

〔3〕鞉(táo)鼓：一种有柄的小摇鼓。

〔4〕奏鼓：击鼓。简简：鼓声。

〔5〕衎(kàn)：快乐。烈祖：有功业的祖先。此句为用歌舞取悦先祖，让他们快乐。

〔6〕汤孙：成汤的孙子，诗中的主祭者。奏假：请祖先的神灵降临。

〔7〕绥：通"馈"，赐予。思：所思所想，愿望。成：实现。

〔8〕渊渊：形容鼓声深远。

〔9〕嘒嘒：声音清亮。管：管类乐器。

〔10〕既和且平：形容乐声和谐舒畅。

〔11〕依：依从。磬声：玉磬敲打的声音节奏。

〔12〕於(wū)：感叹声。赫：显耀。

〔13〕穆穆：乐声和美。

〔14〕庸：借为"镛"，大钟。斁(yì)：盛大的样子。这句是说钟鼓齐鸣，声音洪大。

〔15〕万舞：古代的大型舞蹈，包括武舞(干舞)和文舞(羽舞)。有：语助词。奕：舞姿美好的样子。

〔16〕嘉客：前来助祭的人。

〔17〕不：通"丕"，大。夷怿：喜悦。

〔18〕自古：自古以来。在昔：指在遥远的过去。

〔19〕先民：远古祖先。作：开始举行祭祀。

〔20〕温恭朝夕：从早到晚都保持温和恭敬。

〔21〕执事：从事祭祀者。恪：恭敬。

〔22〕顾予:指神灵降临享用祭祀。顾,光顾。烝尝:古代祭祀之名。冬祭为烝,秋祭为尝。

〔23〕将:献祭。

三、《楚辞》

（选 11 首）

《屈原》十首

离骚[1]

帝高阳之苗裔兮[2]，朕皇考曰伯庸[3]。摄提贞于孟陬兮[4]，惟庚寅吾以降[5]。皇览揆余初度兮[6]，肇锡余以嘉名[7]。名余曰正则兮，字余曰灵均[8]。纷吾既有此内美兮[9]，又重之以修能[10]。扈江离与辟芷兮[11]，纫秋兰以为佩[12]。汩余若将不及兮[13]，恐年岁之不吾与[14]。朝搴阰之木兰兮[15]，夕揽洲之宿莽[16]。日月忽其不淹兮[17]，春与秋其代序[18]。惟草木之零落兮[19]，恐美人之迟暮[20]。不抚壮而弃秽兮[21]，何不改乎此度[22]？乘骐骥以驰骋兮[23]，来吾道夫先路[24]！

昔三后之纯粹兮[25]，固众芳之所在[26]。杂申椒与菌桂兮[27]，岂维纫夫蕙茝[28]？彼尧舜之耿介兮[29]，既遵道而得路[30]。何桀纣之猖披兮[31]，夫唯捷径以窘步[32]。惟党人之偷乐兮[33]，路幽昧以险隘[34]。岂余身之惮殃兮[35]，恐皇舆之败绩[36]！忽奔走以先后兮[37]，及前王之踵武[38]。荃不察余之中情兮[39]，反信谗以齌怒[40]。余固知謇謇之为患兮[41]，忍而不能舍也[42]。指九天以为正兮[43]，夫唯灵修之故也[44]。曰黄昏以为期兮，羌中道而改路[45]。初既与余成言兮[46]，后悔遁而有他[47]。余既不难夫离别兮[48]，伤灵修之数化[49]。

余既滋兰之九畹兮[50]，又树蕙之百亩[51]。畦留夷与揭车兮[52]，杂杜衡与芳芷[53]。冀枝叶之峻茂兮[54]，原俟时乎吾将刈[55]。虽萎绝其亦何伤兮[56]，哀众芳之芜秽[57]。众皆竞进以贪婪兮[58]，凭不厌乎求索[59]。羌内恕己以量人兮[60]，各兴心而嫉妒[61]。忽驰骛以追逐兮[62]，非余心之所急[63]。老冉冉其将至兮[64]，恐修名之不立[65]。朝饮木兰之坠露兮[66]，夕餐秋菊之落英[67]。苟余情其信姱以练要兮[68]，长顑颔亦何伤[69]。揽木根以结茝兮[70]，贯薜荔之落蕊[71]。矫菌桂以纫蕙兮[72]，索胡绳之纚纚[73]。謇吾法夫前修兮[74]，非世俗之所服[75]。虽不周于今之人兮[76]，愿依彭咸之遗则[77]。

长太息以掩涕兮[78]，哀民生之多艰。余虽好修姱以鞿羁兮[79]，謇朝谇而夕替[80]。既替余以蕙纕兮[81]，又申之以揽茝[82]。亦余心之所善兮[83]，虽九死其犹未悔[84]。怨灵修之浩荡兮[85]，终不察夫民心。众女嫉余之蛾眉兮[86]，谣诼谓余以善淫[87]。固时俗之工巧兮[88]，偭规矩而改错[89]。背绳墨以追曲兮[90]，竞周容以为度[91]。忳郁邑余佗傺兮[92]，吾独穷困乎此时也。宁溘死以流亡兮[93]，余不忍为此态也。鸷鸟之不群兮[94]，自前世而固然。何方圜之能周兮[95]，夫孰异道而相安？屈心而抑志兮[96]，忍尤而攘诟[97]。伏清白以死直兮[98]，固前圣之所厚[99]。

悔相道之不察兮[100]，延伫乎吾将反[101]。回朕车以复路兮[102]，及行迷之未远[103]。步余马於兰皋兮[104]，驰椒丘且焉止息[105]。进不入以离尤兮[106]，退将复修吾初服[107]。制芰荷以为衣兮[108]，集芙蓉以为裳[109]。不吾知其亦已兮[110]，苟余情其信芳[111]。高余冠之岌岌兮[112]，长余佩之陆离[113]。芳与泽其杂糅兮[114]，唯昭质其犹未亏[115]。忽反顾以游目兮[116]，将往观乎四荒[117]。佩缤纷其繁饰兮[118]，芳菲菲其弥章[119]。民生各有所乐兮[120]，余独好修以为常[121]。虽体解吾犹未变兮[122]，岂余心之可惩[123]。

女媭之婵媛兮[124]，申申其詈予[125]，曰："鲧婞直以亡身兮[126]，终然殀乎羽之野[127]。汝何博謇而好修兮[128]，纷独有此姱节[129]？薋菉葹以盈室兮[130]，判独离而不服[131]。众不可户说兮[132]，孰云察余之中情[133]？世并举而好朋兮[134]，夫何茕独而不予听[135]？"

依前圣以节中兮[136]，喟凭心而历兹[137]。济沅湘以南征

205

兮〔138〕，就重华而陈词〔139〕："启《九辨》与《九歌》兮〔140〕，夏康娱以自纵〔141〕。不顾难以图后兮〔142〕，五子用失乎家巷〔143〕。羿淫游以佚畋兮〔144〕，又好射夫封狐〔145〕。固乱流其鲜终兮〔146〕，浞又贪夫厥家〔147〕。浇身被服强圉兮〔148〕，纵欲而不忍〔149〕。日康娱而自忘兮〔150〕，厥首用夫颠陨〔151〕。夏桀之常违兮〔152〕，乃遂焉而逢殃〔153〕。后辛之菹醢兮〔154〕，殷宗用而不长〔155〕。汤、禹俨而祗敬兮〔156〕，周论道而莫差〔157〕。举贤而授能兮〔158〕，循绳墨而不颇〔159〕。皇天无私阿兮〔160〕，览民德焉错辅〔161〕。夫维圣哲以茂行兮〔162〕，苟得用此下土〔163〕。瞻前而顾后兮〔164〕，相观民之计极〔165〕。夫孰非义而可用兮，孰非善而可服〔166〕？阽余身而危死兮〔167〕，览余初其犹未悔〔168〕。不量凿而正枘兮〔169〕，固前修以菹醢。"曾歔欷余郁邑兮〔170〕，哀朕时之不当〔171〕。揽茹蕙以掩涕兮〔172〕，霑余襟之浪浪〔173〕。

跪敷衽以陈辞兮〔174〕，耿吾既得此中正〔175〕。驷玉虬以乘鹥兮〔176〕，溘埃风余上征〔177〕。朝发轫于苍梧兮〔178〕，夕余至乎县圃〔179〕。欲少留此灵琐兮〔180〕，日忽忽其将暮〔181〕。吾令羲和弭节兮〔182〕，望崦嵫而勿迫〔183〕。路曼曼其修远兮〔184〕，吾将上下而求索。饮余马於咸池兮〔185〕，总余辔乎扶桑〔186〕。折若木以拂日兮〔187〕，聊逍遥以相羊〔188〕。前望舒使先驱兮〔189〕，后飞廉使奔属〔190〕。鸾皇为余先戒兮^[191]，雷师告余以未具^[192]。吾令凤鸟飞腾兮^[193]，继之以日夜。飘风屯其相离兮^[194]，帅云霓而来御^[195]。纷总总其离合兮^[196]，斑陆离其上下^[197]。吾令帝阍开关兮^[198]，倚阊阖而望予^[199]。时暧暧其将罢兮，结幽兰而延伫^[200]。世溷浊而不分兮^[201]，好蔽美而嫉妒^[202]。

朝吾将济于白水兮^[203]，登阆风而緤马^[204]。忽反顾以流涕兮，哀高丘之无女^[205]。溘吾游此春宫兮^[206]，折琼枝以继佩^[207]。及荣华之未落兮^[208]，相下女之可诒^[209]。吾令丰隆乘云兮^[210]，求宓妃之所在^[211]。解佩纕以结言兮^[212]，吾令蹇修以为理^[213]。纷总总其离合兮^[214]，忽纬繣其难迁^[215]。夕归次于穷石兮^[216]，朝濯发乎洧盘^[217]。保厥美以骄傲兮^[218]，日康娱以淫游^[219]。虽信美而无礼兮^[220]，来违弃而改求^[221]。览相观于四极兮^[222]，周流乎天余乃下^[223]。望瑶台之偃蹇兮^[224]，见有娀之佚女^[225]。吾令鸩为媒兮^[226]，鸩告余以不好。雄鸩之鸣逝兮^[227]，余犹恶其佻巧^[228]。心犹豫而狐疑兮，欲自适而不可^[229]。凤皇既受诒兮^[230]，恐高辛之先我^[231]。欲远集而无所止兮^[232]，聊浮游以逍遥^[233]。及少康之未家兮^[234]，留有虞之二姚^[235]。理弱而媒拙兮^[236]，恐导言之不固^[237]。世溷浊而嫉贤兮，好蔽美而称恶^[238]。闺中既以邃远兮^[239]，哲王又不寤^[240]。怀朕情而不发兮，余焉能忍而与此终古^[241]！

索琼茅以筳篿兮〔242〕，命灵氛为余占之〔243〕。曰："两美其必合兮〔244〕，孰信修而慕之〔245〕？思九州之博大兮〔246〕，岂惟是其有女〔247〕？"曰："勉远逝而无狐疑兮〔248〕，孰求美而释女〔249〕？何所独无芳草兮〔250〕，尔何怀乎故宇〔251〕？"世幽昧以眩曜兮〔252〕，孰云察余之善恶〔253〕？民好恶其不同兮，惟此党人其独异〔254〕！户服艾以盈要兮〔255〕，谓幽兰其不可佩〔256〕。览察草木其犹未得兮，岂珵美之能当〔257〕？苏粪壤以充帏兮〔258〕，谓申椒其不芳〔259〕。

欲从灵氛之吉占兮，心犹豫而狐疑。巫咸将夕降兮〔260〕，怀椒糈而要之〔261〕。百神翳其备降兮〔262〕，九疑缤其并迎〔263〕。皇剡剡其扬灵兮〔264〕，告余以吉故〔265〕。曰："勉升降以上下兮〔266〕，求矩矱之所同〔267〕。汤、禹严而求合兮〔268〕，挚、咎繇而能调〔269〕。苟中情其好修兮，又何必用夫行媒〔270〕？说操筑于傅岩兮〔271〕，武丁用而不疑〔272〕。吕望之鼓刀兮〔273〕，遭周文而得举〔274〕。宁戚之讴歌兮〔275〕，齐桓闻以该辅〔276〕。及年岁之未晏兮〔277〕，时亦犹其未央〔278〕。恐鹈鴂之先鸣兮〔279〕，使夫百草为之不芳。〔280〕"

何琼佩之偃蹇兮〔281〕，众薆然而蔽之〔282〕。惟此党人之不谅兮〔283〕，恐嫉妒而折之〔284〕。时缤纷其变易兮〔285〕，又何可以淹留〔286〕？兰芷变而不芳兮，荃蕙化而为茅〔287〕。何昔日之芳草兮，今直为此萧艾也〔288〕？岂其有他故兮，莫好修之害也〔289〕！余以兰为可恃兮〔290〕，羌无实而容长〔291〕。委厥美以从俗兮〔292〕，苟得列乎众芳〔293〕。椒专佞以慢慆兮〔294〕，樧又欲充夫佩帏〔295〕。既干进而务入兮〔296〕，又何芳之能祗〔297〕？固时俗之流从兮，又孰能无变化〔298〕？览椒兰其若兹兮〔299〕，又况揭车与江离？惟兹佩之可贵兮〔300〕，委厥美而历兹〔301〕。芳菲菲而难亏兮〔302〕，芬至今犹未沫〔303〕。和调度以自娱兮〔304〕，聊浮游而求女〔305〕。及余饰之方壮兮〔306〕，周流观乎上下〔307〕。

灵氛既告余以吉占兮，历吉日乎吾将行〔308〕。折琼枝以为羞兮〔309〕，精琼爢以为粻。为余驾飞龙兮，杂瑶象以为车〔310〕。何离心之可同兮〔311〕？吾将远逝以自疏〔312〕。邅吾道夫昆仑兮〔313〕，路修远以周流〔314〕。扬云霓之晻蔼兮〔315〕，鸣玉鸾之啾啾〔316〕。朝发轫于天津兮〔317〕，夕余至乎西极〔318〕。凤皇翼其承旗兮〔319〕，高翱翔之翼翼〔320〕。忽吾行此流沙兮〔321〕，遵赤水而容与〔322〕。麾蛟龙使梁津兮〔323〕，诏西皇使涉予〔324〕。路修远以多艰兮，腾众车使径待〔325〕。路不周以左转兮〔326〕，指西海以为期〔327〕。屯余车其千乘兮〔328〕，齐玉轪而并驰〔329〕。驾八龙之蜿蜿兮〔330〕，载云旗之委蛇〔331〕。抑志而弭节兮〔332〕，神高驰之邈邈〔333〕。奏《九歌》而舞《韶》兮〔334〕，聊假日以媮乐〔335〕。陟升皇之赫戏兮〔336〕，忽临睨夫旧乡〔337〕。仆夫悲余马怀兮〔338〕,蜷局顾而不行〔339〕。

乱曰〔340〕:已矣哉〔341〕! 国无人莫我知兮〔342〕,又何怀乎故都〔343〕! 既莫足与为美政兮〔344〕,吾将从彭咸之所居〔345〕!

〔1〕《离骚》是屈原最重要的代表作品,是中国古代最为宏伟的抒情诗篇。诗人以炽烈的情感和坚定的意志追求真理,追求完美的政治,追求崇高的人格,至死不渝。诗篇从自述身世开始,诗人说自己出身高贵,禀赋不凡,进德修业,理想远大。他投身于楚国的政治变革,力图辅佐君王成就"美政"的理想,却由此受到小人的嫉妒和谗毁,失去了楚王的信任。但是他不改初衷,始终坚守高尚的个人节操和伟大的政治理想,为此而进行上天入地的追求,终以绝望和失败而告终。全诗结构宏伟,构思奇特,感情回环激荡,辞章华美,风格浪漫,具有巨大的艺术感染力。离骚:遭遇忧愁。离,通"罹",遭遇。骚,忧愁。

〔2〕高阳:远古帝王颛顼(zhuān xū)的称号。苗裔:后代子孙。兮:语气词。

〔3〕朕:我。先秦人人皆可自称"朕";从秦始皇开始为帝王所专用。皇考:屈原的父亲。皇,大。考,对死去父亲的敬称。伯庸:屈原父亲的字。

〔4〕摄提:摄提格,寅年,古代记年的术语。贞:正当。孟陬(zōu):夏历正月的别名,亦称为寅月。

〔5〕惟:发语词。庚寅:庚寅日,干支记日的术语。降:出生。以上几句是屈原自述他生于寅年、寅月、寅日。这是相当特殊的时间,似乎预示了屈原不平凡的一生。

〔6〕皇:皇考,即屈原的父亲。览:观察。揆(kuí):估量,审度。初度:初生时的容貌气度。

〔7〕肇:开始。锡:同"赐",送给。嘉名:美好的名字。

〔8〕"名余"二句:给我命名正则,取字灵均。这里"名"和"字"皆用作动词。据《史记·屈原贾生列传》,屈原名平字原,"正则""灵均"当是与"平""原"二字意义相应的化名。清人王夫之说:"平者,正之则也;原者,地之善而均平者。"(《楚辞通释》)

〔9〕纷:盛多的样子。内美:内在的美好品质。这句是说,我有很多内在的美好品质。《楚辞》往往把状语提到句前,形成其独特的句法。这里"纷"字即是状语提前的例子。

〔10〕重(chóng):增加。修能:美好的才能。修,美好。

〔11〕扈(hù):披,楚地方言。江离:一种香草。辟芷(zhǐ):一种香草,即白芷。

〔12〕纫(rèn):连缀。秋兰:一种香草,即兰草,因秋季开花,所以称为"秋兰"。佩:佩带的饰物。宋人洪兴祖说:"兰花之类,古人皆以为佩也。"(《楚辞补注》)

〔13〕汩(yù):水流迅疾的样子。这里比喻时间过得很快,使用状语提前句式。不及:来不及。

〔14〕不吾与:不等待我。这是否定宾语提前句式。与,给、等待。宋人朱熹说:"言己汲汲自修,常若不及者,恐年岁不待我而过去也。"(《楚辞集注》)

〔15〕搴(qiān):摘取。阰(pí):土坡。木兰:一种香木,这里指木兰花。

〔16〕揽:采。洲:水中的陆地。宿莽:经冬不枯的草。以上二句是说,我早晚采摘芳香而又有坚强生命力的植物来装饰,比喻屈原顽强地修养和磨炼自己的德和才。

〔17〕日月:时光。忽:过得很快的样子。淹:停留。

〔18〕代序:循环更替。

〔19〕惟:思。

〔20〕美人:喻有道德才能的人。迟暮:时光流逝而青春易老。

〔21〕抚:持有,引申为凭借。壮:壮盛之年。秽:脏东西,比喻恶行。

〔22〕度:法度,此指行为的准则。以上二句是说,(楚王)何不凭借壮盛之年而抛弃恶行,何不改变他的失道行为呢?

〔23〕"乘骐骥"句:比喻任用贤能而大有作为。骐骥(qíjì),骏马。

〔24〕吾:指屈原。道:同"导",引导。夫:语助词。先路:前面的路。

〔25〕三后:指楚国历史上三位贤明的君主。纯粹:事物没有杂质,这里形容"三后"的德行纯美。

〔26〕固:本来。众芳:喻众多的贤臣。

〔27〕杂:兼有。申椒:落叶灌木,结的子即为花椒,是一种香物。菌桂:肉桂,是桂树的一种,亦是一种香物。

〔28〕维:同"唯",只。纫:连缀。蕙:一种香草,和兰草同类。茝(chǎi):白芷。以上两句以香木香草喻贤臣,说明"三后"不拘一格任用贤能。

〔29〕耿介:光明正大。

〔30〕道:正道。路:治国的正路。

〔31〕何:何等,多么,这是状语提前。桀:夏桀,夏朝的暴君。纣:商纣,商朝的暴君。猖披:猖狂放肆。

〔32〕捷径:喻政治上的邪道。捷,速。径,小路。窘步:举步艰难。

〔33〕党人:结党营私的小人。偷乐:苟安享乐。偷,苟且。

〔34〕路:国家的兴盛之路。幽昧:幽深昏暗。险隘:艰险狭窄。

〔35〕惮:害怕。殃:灾祸。

〔36〕皇舆:国君乘坐的车,这里借指楚国。败绩:战车倾覆,喻国家败亡。

〔37〕忽:急忙的样子,这里是状语提前。先后:奔前跑后。

〔38〕及:赶上。踵(zhǒng)武:足迹。以上二句说:我急忙奔前跑后以辅助楚王,期望他效法先王。

〔39〕荃(quán):一种香草,喻楚王。中情:内情。

〔40〕齌(jì)怒:暴怒。齌,本义是用急火煮食物,这里作"怒"修饰语,表示怒火之盛。

〔41〕謇(jiǎn)謇:正直敢言的样子。謇,本义是发言很难,所以口吃亦称"謇吃",这里用"謇謇"形容忠直极谏之貌。为患:造成祸害。

〔42〕舍:放弃。

〔43〕九天:上天。传说天有九重,上帝在最上一层。正:通"证",证明。

〔44〕灵修:指楚王。东汉人王逸《楚辞章句》:"灵,神也;修,远也。能神明远见者,君德也,故以喻君。"以上两句是说,屈原对天发誓,他所做的一切都是为了楚王。

〔45〕"曰黄昏"两句:当初已约定黄昏时亲迎,不知为什么半路上忽然改道。

〔46〕初:当初。成言:说定,约定。

〔47〕悔:翻悔。遁:变迁,这里指变心。他:他志,别的主意。以上二句说,楚王当初同我约定,后来却翻悔变心,又别的主意。

〔48〕难:为难。

〔49〕数(shuò):屡次。化:变化。以上两句是说,我并不难于离去,痛心的是楚王屡屡变化而反复无常。

〔50〕滋:培植,培育。畹(wǎn):古代田地面积单位,一畹一说是十二亩,或说三十亩,或说三十步,说法不一。

〔51〕树:种植。

〔52〕畦(qí):田垄,这里用作动词,分垄栽种。留夷、揭车:皆是

213

香草。

　〔53〕杜衡：一种香草，亦名杜葵，俗名马蹄香。芳芷：白芷。以上四句是以种植、培育各类香草以喻培养各种人才。

　〔54〕冀：希望。峻茂：高大茂盛。

　〔55〕俟（sì）：等待。刈（yì）：收割。

　〔56〕萎绝：枯萎凋落，喻培养的人才受到摧残。

　〔57〕众芳：上面所说的各种香草。芜秽：长满乱草而荒废。以上两句是说，自己所栽培的贤才遭受摧残原不足伤，可悲的是他们的变节与堕落。

　〔58〕竞进：竞相追逐权势利益。竞，争。进，追逐。以：而。

　〔59〕凭：满，这是《楚辞》中常见的状语提前句式。厌：饱，满足。以上二句说，众人争夺权利而极其贪婪，总不满足。

　〔60〕羌（qiāng）：发语词。内恕己：对自己宽容。量人：以己之心度量他人。

　〔61〕兴心：生是非好恶心。

　〔62〕忽：急忙的样子，用作状语。驰骛（wù）：狂奔迅跑。

　〔63〕所急：急于做的事。明人汪瑗说："非余心之所急，屈子自表其心不同于众，而众人不必嫉妒也。"（《楚辞集解》）

　〔64〕冉冉：渐渐，指岁月流逝。

　〔65〕修名：美好的声名。

　〔66〕坠露：木兰花树坠下的露水，洁净香甜。木兰于晚春开花，正与下句"秋菊"相对。

　〔67〕落英：初生之花。落，始。以上二句是说，从春到秋，不论早晚，我服食的是芳物，喻自己始终追求高洁的道德人格，与竞进贪婪的人形成鲜明的对比。

　〔68〕苟：只要。信：确实。姱（kuā）：美好。练要：精诚专一。

〔69〕顑颔(kǎn hàn):饿得面黄肌瘦的样子。以上二句是说,只要我的思想情感确实美好而精诚专一,虽饿得面黄肌瘦也没有什么悲伤。

〔70〕揽:采摘。木根:香木之根。

〔71〕贯:串连。薜荔(bì lì):常绿灌木,蔓生,亦名木莲。落蕊:始绽开的花蕾。

〔72〕矫:举起。

〔73〕索:绳索,这里用作动词,搓绳索。胡绳:一种蔓生香草。纚(xǐ)纚:绳子又长又好的样子。

〔74〕謇:楚方言,发语词。法:效法。前修:前代贤人。

〔75〕服:用。

〔76〕不周:不合。今之人:世俗之人。

〔77〕彭咸:传说是殷代的贤臣,因谏劝君主不成,投水而死。遗则:留下的榜样。以上二句是说,我的行为虽不合于世俗之人,但我愿意以彭咸为榜样。

〔78〕太息:叹息。掩涕:揩拭眼泪。

〔79〕好(hào):喜爱。修姱(kuā):这里指美德。姱,美好。靰(jī):马缰绳。羁:马络头。靰、羁皆用作动词,比喻对自己的约束。

〔80〕谇(suì):遭谗言毁伤。替:废弃,此指不被楚王任用。

〔81〕以:因,表示原因。纕(xiāng):佩饰。

〔82〕申:加上。以上二句是说,废弃不用我,既是因为我以蕙草为佩饰,又加上我采集了白芷。

〔83〕善:爱好。

〔84〕九死:死亡多次,极言自己为理想而奋斗,决不屈服、妥协。

〔85〕浩荡:本义是形容水面广大,这里指放纵于礼法之外。

〔86〕众女:借指谄佞的小人。蛾眉:喻女子之眉像蚕蛾须那样弯细美好。这里屈原以女性自比,以美貌比喻美质。

〔87〕谣诼(zhuó):造谣诽谤。以上二句是说,那些女人嫉妒我的美貌,造谣诽谤我善于淫邪。

〔88〕工巧:善于投机取巧。

〔89〕俪(miǎn):违背。规:画圆形所用的工具;矩:画方形所用的工具。此用以比喻礼法。错:通"措",措施。

〔90〕绳墨:木工用的墨线,是定直线的工具,这里比喻正道。追:随。

〔91〕周容:苟合求容。度:常规,法度。

〔92〕忳(tún):忧愁的样子。郁邑:忧郁烦闷。侘傺(chà chì):怅然失意的样子。

〔93〕宁:宁可。溘(kè)死:忽然死去。流亡:形体遗迹的消亡。

〔94〕鸷(zhì)鸟:凶猛的鸟。不群:不与凡鸟同群。

〔95〕何:如何。圜:同"圆"。周:合。

〔96〕屈心而抑志:委屈、压抑自己的心志。

〔97〕忍尤:忍受罪过。尤,罪过。攘诟:遭到侮辱。

〔98〕伏:通"服",保持。死直:为直道而死。

〔99〕厚:看重。

〔100〕相(xiàng)道:看路。相,视。察:明察。

〔101〕延伫:长久站立。反:同"返"。以上两句是说,后悔没有看清前路,伫立良久,我将返回原路。

〔102〕朕:我。复路:回复原来所行的道路。

〔103〕及:趁着。行迷:迷路。

〔104〕步:慢行。兰皋(gāo):长满兰草的水边高地。皋,水边的高地。

〔105〕椒丘:花椒丛生的小山。且焉:暂且于此。止息:休息。

〔106〕进不入:进仕于朝廷而未被楚王真正地信任和接纳。离:通

216

"罹",遭到。

〔107〕退:隐退。初服:初未仕进时的服饰,比喻原来的志趣、品德。

〔108〕芰(jì):菱,这里指菱叶。荷:荷叶。衣:上衣。

〔109〕芙蓉:荷花。裳(cháng):下装。芰荷为衣,芙蓉为裳,极言"初服"的高洁。

〔110〕已:止,罢了。

〔111〕苟:只要。以上二句是说,不理解我也就罢了,只要我内心真正的高洁芬芳。

〔112〕高:使之高。岌(jí)岌:高耸的样子。

〔113〕长:使之长。佩:佩带的饰物。陆离:曼长的样子。

〔114〕芳:香洁。泽:润泽。杂糅(róu):混杂在一起。

〔115〕昭质:洁白光明的品质。以上二句是说,服饰的芬芳与佩玉的润泽交织在一起,洁白光明的品质愈显突出而没有减弱。

〔116〕反顾:回顾。游目:纵目远望。

〔117〕往观四荒:离开朝廷而流浪四野。四荒,四方远处。

〔118〕缤纷:盛多的样子。

〔119〕菲菲:形容香气很浓。弥:愈加。章:明,显著。

〔120〕乐:喜欢。

〔121〕修:美好的品德。常:常规,习惯。

〔122〕体解:肢解,古代的一种酷刑。

〔123〕惩:悔恨。以上二句是说,粉身碎骨不能改变我的志向,我的内心也决不会悔恨。

〔124〕女媭(xū):说法不一,或说是屈原的姐姐,或说是屈原的侍女、妾、女伴。婵媛(chán yuán):眷恋和关切。

〔125〕申申:重复,再三再四。詈(lì):责备,告诫。

〔126〕鲧(gǔn):夏禹之父。他受尧舜之命治水而未成功,被舜放

217

逐到羽山之野,终于死在那里。婞(xìng)直:刚直。亡身:同"忘身",不顾自身安危。

〔127〕终然:终于。殀(yāo):同"夭",被杀。羽:羽山。

〔128〕博謇:在各种事情上皆敢于直言。

〔129〕姱(kuā)节:美好的节操。姱,美好。

〔130〕赘(zī):用作动词,积累。菉(lù)、葹(shī):草名,皆是普通的草。

〔131〕判:区别,分离。服:佩用。以上二句是说,满屋子堆积着普通的草,你偏要与众不同而不肯佩用它们。

〔132〕户说:挨家挨户地说明。

〔133〕云:语助词。余:这里是"我们"之意,女媭是站在屈原一边的。中情:高尚的品德。

〔134〕并举:互相抬举。朋:朋党,成群结伙。

〔135〕茕(qióng)独:孤独。不予听:不听予。

〔136〕节中:公平。这里指依前圣的中正之道。

〔137〕喟(kuì):叹息。凭心:满。心中充满愤懑。历兹:经历这挫折的困境。

〔138〕济:渡。沅(yuán)、湘:二水皆在湖南境内,注入洞庭湖。征:行。

〔139〕就:趋向。重华:虞舜之名。相传虞舜南巡,死于苍梧之野,苍梧山在湖南宁远南。

〔140〕启:夏启,夏朝开国的君主,禹之子。《九辩》《九歌》:相传是天上的乐章,被启偷到人间。

〔141〕夏:夏启。康娱:安逸享乐。康,安乐。自纵:放纵自己。

〔142〕难:祸难。图:谋划。

〔143〕五子:夏启的五个儿子。失:衍字。用乎:因此。家巷

（hòng）：内讧，内乱。巷，通"讧"。

〔144〕羿（yì）：夏时诸侯，有穷国的国君。淫游：游乐过度。佚：放纵。畋（tián）：打猎。

〔145〕封狐：大狐狸。封，大。

〔146〕乱流：逆乱之辈。鲜（xiǎn）终：很少有好结果。鲜，少。

〔147〕浞（zhuó）：寒浞。传说他是羿的相，因贪恋羿妻，勾结羿的家臣逢蒙杀死羿。厥：其，指羿。家：妻室。

〔148〕浇（ào）：过浇。他是寒浞与羿妻所生之子。被服：即"披服"，身上负有，依恃。强圉（yǔ）：即"强御"，强暴有力。

〔149〕不忍：不能自我克制。

〔150〕日：日日。自忘：忘其身之危。

〔151〕用夫：因此。颠陨：坠落，即被杀头。

〔152〕常违：违常，违背常规、正道。

〔153〕乃：于是，就。遂焉：终于。逢殃：遭祸。

〔154〕后辛：殷纣王，名辛，商朝末代的暴君。菹醢（zū hǎi）：古代的一种酷刑，把人剁碎成肉酱。

〔155〕殷宗：殷王朝。宗，宗祀。用而：因而。

〔156〕俨（yǎn）：严肃，方正。祇（zhī）敬：恭敬。祇，敬。

〔157〕周：周初的文王、武王。论道：议论治国之道。莫差：没有差错。

〔158〕举贤：选拔贤人。授能：任用有才能的人。

〔159〕循：遵循。绳墨：喻法度。不颇：不偏差。

〔160〕私阿（ē）：偏袒，偏私。

〔161〕错：通"措"，设置，安排。辅：辅助。

〔162〕圣哲：有道德才能的人。茂行：盛德之行。茂，盛。

〔163〕苟得：才能够。用：享用，享有。下土：国土，天下。

219

〔164〕瞻前:向前代看。顾后:向未来看。

〔165〕相:看。计极:人民考虑事情的准则。计,考虑。极,准则。

〔166〕"夫孰"两句:哪有不义的事可以做,哪有不善的事可以行?服,用。

〔167〕"阽(diàn)余"句:我自身临近危险、死亡。阽,临近。

〔168〕初:当初的志向、行为。

〔169〕凿:器物上的孔眼,是安插榫(sǔn)头的。枘(ruì):榫头。量凿正枘,比喻投合时势。

〔170〕曾:借为"层",层层累积。歔欷(xū xī):哭泣时的抽噎。郁邑:忧愁烦闷。

〔171〕时:时世。当:值,遇上。此句是生不逢时之意。

〔172〕茹蕙:柔软的蕙草。茹,柔软。

〔173〕霑:同"沾",浸湿。浪(láng)浪:泪流不止的样子。

〔174〕敷:铺开。衽(rèn):衣襟,此指长袍前襟的下幅,跪时铺之于地。

〔175〕耿:明亮的样子,这里是状语提前。中正:正道。

〔176〕驷(sì):原指驾一辆车所用的四匹马,这里用作动词,驾驭。玉虬(qiú):有角的白色的龙。虬,传说中的一种龙。鹥(yī):凤凰一类的鸟。

〔177〕溘(kè):忽然。埃风:夹着尘埃的大风。上征:向天上飞去。

〔178〕发轫(rèn):发动车辆。轫,停车时抵住车轮的木块。苍梧:山名,即九嶷山,在今湖南宁远东南,传说舜死于苍梧之野,葬在九嶷山。

〔179〕县(xuán)圃:县,同"悬"。悬圃,神话中的地名,传说在昆仑山的中层。

〔180〕灵琐:神灵的门。琐,门上所雕的连锁花纹,指代县圃之门。县圃为神之所居,故其门敬称为"灵琐"。

〔181〕忽忽:疾行的样子。

〔182〕羲和:神话中用六龙为太阳神驾车者。弭(mǐ)节:停止鞭打龙,使车缓行。弭,止。节,鞭子。

〔183〕崦嵫(yān zī):神话中的山名,太阳落山之处。迫:迫近。以上两句是说,我命令羲和慢一点赶车,好让太阳不要很快落下。此隐喻的意义是,自己老之将至渴望时光慢流,以实现自己的政治理想。

〔184〕曼曼:漫漫,路程很长的样子。修,长。

〔185〕饮(yìn):给牲畜水喝。咸池:神话中的天池,是太阳沐浴之处。

〔186〕总:系结。辔:缰绳。扶桑:神话中长在东方日出之处的树。

〔187〕若木:神话中生长在西方日落之处的树。拂:遮蔽。

〔188〕聊:姑且。逍遥:优游自得的样子。相羊:通"徜徉",徘徊。

〔189〕望舒:神话中为月亮驾车者。

〔190〕飞廉:神话中的风神。属(zhǔ):跟随。以上二句是说,我命令望舒为先驱,让飞廉追随在后。

〔191〕鸾(luán):传说中凤一类的神鸟。皇:通"凰",雌凤。先戒:在前边清道警卫。

〔192〕雷师:雷神。未具:行装尚未齐备。

〔193〕凤鸟:传说中的神鸟。

〔194〕飘风:旋风。屯:聚集。离:通"丽",附丽,附着。

〔195〕帅:通"率"。云霓(ní):云霞。霓,彩虹。御(yà):通"迓",迎接。

〔196〕纷总总:纷然杂聚的样子。离合:忽散忽聚,变化不居。

〔197〕斑陆离:各种色彩参差交织的样子。上下:忽高忽低,飘浮不定。"纷总总"二句是承上句"云霓"而言,形容云霞五色缤纷、聚散飘浮的形态。

〔198〕帝阍(hūn):天帝的守门人。开关:开门。

〔199〕阊阖(chāng hé):神话中的天门。

〔200〕暧(ài)暧:昏暗的样子。罢:终了。延伫:徘徊不前。

〔201〕溷(hùn)浊:混乱污浊。不分:分不清善恶和美丑。

〔202〕蔽:遮蔽。美:优秀的人。清钱澄之说:"天上地下,总成一溷浊之世,无分于上清而下浊也,盖无不以蔽美嫉妒存心者也。"(《屈诂》)

〔203〕白水:神话中的水名,源自昆仑山。

〔204〕阆(làng)风:神话中的地名,在昆仑山之上。缭(xiè):系。

〔205〕女:神女,喻与自己同心的人。

〔206〕春宫:神话中东方的仙宫。

〔207〕琼枝:神话中玉树的枝条。

〔208〕荣、华:皆是花。这里指玉树枝条上的花。

〔209〕下女:下界美女,即宓妃等人,相对于高丘神女而言,她们称为"下女"。屈原因"高丘无女",故欲求"下女",以启下文之求宓妃、有娀、二姚各节。诒(yí):通"贻",赠给。

〔210〕丰隆:神话中的云神,一说雷神。

〔211〕宓(fú)妃:神话中的神女,传说是古帝伏羲氏之女。

〔212〕缥(xiāng):佩,佩饰。结言:订约。

〔213〕蹇修:人名。理:使者,媒人。

〔214〕"纷总总"句:双方说合的过程复杂多变。

〔215〕纬繣(huà):乖戾。难迁:难以改变。

〔216〕次:止宿。穷石:神话中的地名。

〔217〕濯:洗。洧(wěi)盘:神话中的水名。

〔218〕保:恃,仗着。厥:其,指宓妃。

〔219〕淫游:游乐过度。以上二句是说,宓妃依恃她的美貌而骄傲,

222

天天寻欢作乐,游玩过度。

〔220〕无礼:不合礼法。

〔221〕来:招呼从者之词。违弃:抛开。改求:另作追求。以上两句说,宓妃虽然确实美丽,但骄傲无礼,故弃去而更求他女。

〔222〕览、相、观:皆是看。四极:四方极远的地方。

〔223〕周流:周游。

〔224〕瑶台:玉台。偃蹇(yǎn jiǎn):高耸的样子。

〔225〕有娀(sōng):传说中的古国。佚女:美女。

〔226〕鸩(zhèn):传说中的一种毒鸟。此处以鸩为媒,是因它有毒而喻其谗恶之性。

〔227〕鸠:鸟名。逝:离去。

〔228〕恶:憎厌。

〔229〕"欲自适"句:我要亲自前去,又感到不妥当。适,往。

〔230〕凤皇:凤凰。受诒(yí):接受礼物。诒,通"贻",这里用作名词,指礼物。

〔231〕高辛:古帝帝喾(kù)的别号。以上二句是说,凤凰已带了聘婚的礼物前去说媒,恐怕高辛抢在我的前面。

〔232〕集:本指鸟栖于树,这里与"止"同义,停留。

〔233〕浮游:游荡。以上二句是说,诗人求有娀之女不得,一时无可他求,想远去而又无处可去,姑且游荡而逍遥。

〔234〕少康:传说中夏朝的中兴之主。未家:没有家室。

〔235〕有虞:传说中虞舜后裔的部落国家。二姚:有虞国君的两个女儿。

〔236〕理、媒:皆指媒人。以上两句说,趁着少康还未娶家室的时候,聘定有虞两个姚姓的女儿。

〔237〕导言:媒人传达说合之辞。不固:不牢靠,即无法使双方缔结

婚约。

〔238〕称恶:抬举恶人或称道恶行。

〔239〕闺中:这里指上文所求之女的居处。邃远:深远。

〔240〕哲王:明智的君王。寤:通"悟",醒悟。

〔241〕"怀朕"两句:我怀着忠贞之情而无可抒发,怎能忍受这种情况直到最终。终古,永远。

〔242〕索:求取。琼茅:一种可用于占卜的茅草。以:与。筳篿(tíng zhuān):用来占卜的竹片。

〔243〕灵氛:传说中的神巫。占:占卜。

〔244〕曰:主语是屈原,以下四句是屈原所问之辞。两美:喻指贤君和良臣。

〔245〕信修:确实美好。慕:追求。之:代指"两美必合"之事。

〔246〕九州:古代中国分为九州,此泛指天下。

〔247〕是:此,指楚国。以上二句是说,我想天下是很大的,难道唯独此地才有美女?

〔248〕曰:主语是灵氛。此下数句是灵氛的答辞。勉:努力。

〔249〕释:放弃。女:通"汝",你,灵氛用以称屈原。以上二句是说,你努力去远方而不要疑惑不决,寻求美好的人谁会把你放弃?

〔250〕芳草:喻追求的美女。

〔251〕尔:你,指屈原。故宇:指楚国。

〔252〕世:指楚国的世俗。幽昧:昏暗。眩曜(xuàn yào):日光强烈,使人目光迷乱而辨物不明。

〔253〕云:语助词。余:即"余侪(chái)",我辈。这句是说,谁来体察我们这些人的好坏呢?

〔254〕"民好恶"二句:人们的好恶,原不一致,而结党营私小人的好恶更是特殊。党人,朋比为奸之人。

〔255〕户:家家户户。服:佩带。艾:艾草,是一种恶草。要:同"腰"。

〔256〕佩:佩带。

〔257〕"览察"两句:览察草木尚且不得当,则览察美玉岂能得当?得,得出正确的评价。珵(chéng),美玉。当:恰当、合宜。

〔258〕苏:取。粪壤:粪土。充:填塞。帏(wéi):古人身上佩带的香袋。

〔259〕申椒:一种香草。芳:香。

〔260〕巫咸:传说中的神巫。降:降神。古代把巫看作沟通人与神的桥梁。人对神的祈求,由巫代为转达;神通过巫给人以指示。因降神大多在晚上,故谓"夕降"。

〔261〕怀:怀带。椒:花椒,用以浸酒敬神。糈(xǔ):精米,祭神所用。要:借为"邀"。

〔262〕百神:巫咸所降之神。翳(yì):遮蔽,形容诸神下降的情形。备:齐,都。

〔263〕九疑:九嶷山。缤:众多的样子。

〔264〕皇:神灵。剡(yǎn)剡:光芒闪闪的样子。扬灵:显示灵光。

〔265〕吉故:美好的往事,指下文所述前代君臣遇合之事。故,往事。

〔266〕曰:主语是巫咸。以下是巫咸代表天神所说的话。

〔267〕"勉升降"句:努力去上下四方追寻,寻求那些和你同道之人。矩矱(huò),喻规矩法度。矱,尺度。

〔268〕严:严肃认真。求合:寻求志同道合的贤者。

〔269〕挚:伊尹之名,相传是商汤的贤相。咎繇(gāo yáo):皋陶,传说中夏禹的贤臣。调:协调,和谐。

〔270〕用:因,借助。行媒:托媒人介绍。以上两句说,只要内心爱

好修美,君臣自能遇合,不必通过媒人介绍。

〔271〕说(yuè):傅说,相传是殷高宗的贤相。操:持。筑:打土墙用的捣土棒。傅岩:地名。

〔272〕武丁:殷高宗名。

〔273〕吕望:姜太公。鼓刀:摆弄屠刀发出响声。相传姜太公曾在殷都朝歌当过屠夫。

〔274〕周文:周文王,名姬昌。得举:受到提拔重用。

〔275〕宁戚:春秋时卫国贤士,曾经饲养牛,后为桓公重用。讴歌:敲着牛角唱歌。

〔276〕齐桓:齐桓公,春秋前期齐国国君,称霸于诸侯。该:备。辅:辅佐。

〔277〕未晏(yàn):年纪未老。

〔278〕央:尽。

〔279〕鹈鴃(tí jué):杜鹃,鸣于春末夏初,正是落花时节。

〔280〕不芳:枯萎。以上四句是说,要趁着年纪未老、时光未尽之时,努力寻求遇合,有所作为;否则年老力衰,时机已过,如同鹈鴃一叫而芳草零落。

〔281〕琼佩:佩玉,喻美德。偃蹇:本义是高貌,这里是高卓的意思。

〔282〕薆(ài)然:昏暗的样子。

〔283〕不谅:不讲信义。

〔284〕折:摧折,摧残。之:佩玉。以上二句是说,这帮结党营私的人是不讲信义的,恐怕会出于嫉妒来摧残之。

〔285〕缤纷:形容时世纷乱。变易:变化多端。

〔286〕淹留:长久停留。

〔287〕茅:恶草。以上两句比喻君子蜕变为小人。

〔288〕直:简直。萧、艾:皆是恶草。

226

〔289〕"岂其有"二句:这难道有别的缘故?是不爱惜优美品质所造成的祸害啊!

〔290〕兰:隐喻所收的贤才。可恃:可以依靠。

〔291〕"羌无实"句:无实而虚有好看的外表。羌,语助词。容长,外表优美。

〔292〕委:弃。厥美:其美,即兰之美。

〔293〕"苟得"句:怎么能够位列众芳之中。

〔294〕专:专横。佞(nìng):谄媚。慢慆(tāo):傲慢。

〔295〕椒(shā):恶草。欲充乎佩帏:想要充塞香袋。

〔296〕干进、务入:皆指为权势利禄而钻营。

〔297〕祗:敬,重视。以上四句说,椒椒之类,只求进身朝廷,取得禄位,又怎能敬重贤才呢?

〔298〕"固时俗"二句:世俗本来就随波逐流,谁能保持美德而不变化呢?

〔299〕"览椒兰"两句:看到椒兰尚且如此,又何况揭车与江离这些普通的芳草?

〔300〕兹佩:此佩,指诗人自己的佩饰,喻其品德。

〔301〕委:这里是被人委弃。历兹:至此。以上二句是说,只有我的佩饰始终是可贵的,但它的美质被人委弃而至此困境。

〔302〕亏:亏损。

〔303〕沬(mèi):消失,泯灭。

〔304〕和:调节而使之和谐。调:佩玉所发的音响。度:有节奏的步伐。

〔305〕"聊浮游"句:姑且到处飘游而求美女。

〔306〕方壮:正盛。

〔307〕上下:指上文"吾将上下求索""勉升降以上下"。

〔308〕历:选择。

〔309〕"折琼枝"两句:折下玉树的枝叶做菜肴,春捣玉屑作为干粮。羞,同"馐",美味的食物。精,春捣。琼麋(mí),玉屑。粻(zhāng),粮食。

〔310〕瑶:美玉。象:象牙。

〔311〕离心:异心,这里指楚君臣不同心。朱熹说:"离心,谓上下无与己同心者也。"(《楚辞集注》)

〔312〕自疏:自求疏离。

〔313〕邅(zhān):转道。昆仑:神话中上通于天的仙山。

〔314〕周流:周游。

〔315〕扬:扬起。云霓(ní):画有云霞图案的旌旗。晻(yǎn)蔼:暗冥的样子,形容旌旗遮天蔽日。

〔316〕鸣:发出响声。玉鸾:玉玲。啾啾(jiū jiū):车铃声。

〔317〕天津:天河的渡口。

〔318〕西极:西方的边极之地。

〔319〕翼:展翅飞翔的样子。旐(qí):同"旗",即云旗。

〔320〕翼翼:形容飞行的整齐。

〔321〕流沙:西方的沙漠之地。

〔322〕遵:循,沿着。赤水:神话中的神水,出昆仑山。容与:踌躇徘徊。

〔323〕麾(huī):指挥。梁:桥,这里用作动词,架桥。津:渡口。

〔324〕诏:命令。西皇:神话中的西方之神。涉予:渡我过去。

〔325〕"腾众车"句:让众车先过去,在前面路旁侍卫我乘的车。腾,超过。径,直接。待,通"侍",侍卫。

〔326〕不周:神话中的山名,在昆仑西北。

〔327〕西海:神话中西方的海。期:预期之目的地。

〔328〕屯：聚集。千乘(shèng)：形容车辆很多。

〔329〕齐玉轪(dài)：车辆排列得整齐，并毂而驰。轪，车轮。

〔330〕蜿蜿：龙身弯曲游动的样子。

〔331〕委蛇：同"逶迤"，形容旗帜随风飘扬。

〔332〕抑志：压抑心志。

〔333〕"神高驰"句：心神驰骋于遥远的境界。邈(miǎo)邈，遥远。

〔334〕韶：虞舜时的乐舞。

〔335〕假日：趁着时光。假，借。媮(yú)：通"愉"。

〔336〕陟(zhì)：上升。皇：天。赫戏：光明盛大的样子。戏，通"曦"。

〔337〕临：居高临下。睨(nì)：旁视。旧乡：故乡。

〔338〕仆夫：驾车者。怀：眷恋，怀恋。这句用驾车者的悲伤和马的留恋，来衬托自己对故乡的思念。

〔339〕蜷局：拳曲，身体弯曲。顾：回头看。

〔340〕乱：全诗的卒章，乐曲的尾声，在文义上起总括全篇的作用。

〔341〕已矣哉：算了吧。

〔342〕莫我知：没有人知道我，了解我。

〔343〕故都：楚国的郢都。

〔344〕美政：屈原理想中的美好政治。

〔345〕从彭咸之所居：效法彭咸，投水而死。所居，居处、归宿。

湘君〔1〕

君不行兮夷犹〔2〕，蹇谁留兮中洲〔3〕？美要眇兮宜修〔4〕，沛吾乘兮桂舟〔5〕。令沅、湘兮无波，使江水兮安流。望夫君兮未来,吹参差兮谁思[6]?

驾飞龙兮北征[7],邅吾道兮洞庭[8]。薜荔柏兮蕙绸[9],荪桡兮兰旌[10]。望涔阳兮极浦[11],横大江兮扬灵[12]。扬灵兮未极[13],女婵媛兮为余太息[14]!横流涕兮潺湲[15],隐思君兮陫侧[16]。

桂棹兮兰枻[17],斲冰兮积雪[18]。采薜荔兮水中,搴芙蓉兮木末[19]。心不同兮媒劳,恩不甚兮轻绝[20]。石濑兮浅浅[21],飞龙兮翩翩。交不忠兮怨长[22],期不信兮告余以不闲[23]。

朝骋骛兮江皋[24],夕弭节兮北渚[25]。鸟次兮屋上[26],水周兮堂下[27]。捐余玦兮江中[28],遗余佩兮澧浦[29]。采芳洲兮杜若[30],将以遗兮下女[31]。时不可兮再得,聊逍遥兮容与[32]。

〔1〕本篇选自《楚辞·九歌》。湘君、湘夫人是一对湘水配偶神。相传帝舜巡视南方,死于苍梧。他的二妃,帝尧之女娥皇、女英追随至洞庭,投湘水而死。后来天帝封舜为湘水之神,即湘君;封二妃为湘水女神,即湘夫人。《湘君》《湘夫人》抒写了这对夫妇对纯真爱情的热烈追求和对美好生活的深情向往。《湘君》是一位女巫饰为湘夫人的独唱,表现了湘夫人对湘君的一片炽热真挚的感情。这首诗以浪漫的表现手法,细致入微地刻画了湘夫人由期待到幻想,再到失望,并由失望而产生

哀怨之情和慰藉之绪的复杂心理过程,其情感缠绵悱恻、凄婉动人。

　　〔2〕君:湘君。不行:湘君不来赴约。夷犹:犹豫不决。

　　〔3〕蹇:通"謇",楚方言,发语词。谁留:湘君为谁而留(主动),或湘君被谁留住(被动)。明人郭正域《文选批评》曰:"言不知其为谁而淹留于彼也。"清人夏大霖《楚骚心印》曰:"有谁留君,而阻滞于中洲乎?"中洲:水中陆地。

　　〔4〕要眇(yāo miǎo):美好的样子。宜修:修饰打扮得恰到好处。

　　〔5〕沛:水流迅急的样子,这里形容船行之速。桂舟:用桂木制造的舟。以上两句是说,我容貌美丽而又装扮适宜,乘着桂舟急速而行,去赴湘君的约会。

　　〔6〕"望夫"两句:盼望湘君,他却不来,我吹着箫管,叙说着对他的无尽思念。参差,古乐器,由长短不齐的竹管编排而成,类似于笙或排箫。参差长短不齐,发出的声音复杂变化,喻指湘夫人复杂的思绪。谁思,思念谁,意谓思念湘君。

　　〔7〕飞龙:龙舟,即上文所说的桂舟。北征:北行,湘夫人在约会地点久等湘君不来,于是乘船北行,迎接湘君。

　　〔8〕邅(zhān):楚方言,回转,改变航向。以上两句是说,湘夫人从湘水出发北行,横渡洞庭湖而未遇到湘君,于是转向进入长江。

　　〔9〕薜荔(bì lì):常绿蔓生植物,亦称木莲。柏:当为"帕"字之误,"帕"与"帛"古通,帛是旗帜之类。蕙绸:以蕙草缠绕旗杆。蕙,一种香草,与兰草同类。绸,缠绕。

　　〔10〕荪桡(sūn ráo):旗杆的曲柄上装饰着荪草。荪,一种香草,俗称石菖蒲。桡,曲木,指旗杆上的曲柄。以上两句是说,湘夫人自言其所乘之舟的仪仗、装饰美丽芬芳。

　　〔11〕涔(cén)阳:地名,在今湖南澧县涔水的北岸。极浦:遥远的水边。

〔12〕"横大江"句:湘夫人显神,发出灵光,充满大江。横,充满。扬灵,显灵。

〔13〕极:已,终止。湘夫人为了呼唤湘君,不停地显神,发出灵光。

〔14〕女:湘夫人身边的侍女。婵媛(chán yuán):楚方言,叹息的样子。余:湘夫人自指。

〔15〕横流涕:涕泪交集。潺湲(chán yuán):水徐徐流动的样子,此形容泪流不止。

〔16〕隐:内心深藏。恻恻:忧思悲伤的样子。以上两句说,湘夫人涕泪横流,痛苦地思念等待湘君。

〔17〕棹(zhào):划船用的长桨。枻(yì):划船用的短桨。

〔18〕"斫(zhuó)冰"句:在积雪中凿冰行船(这是虚写,比喻会见湘君之路艰难)。斫,砍凿。

〔19〕搴(qiān):摘取。木末:树梢。

〔20〕"心不同"两句:我们彼此不同心,媒人疲劳而无功;你恩爱之情不深,所以轻易地抛弃了我。东汉王逸《楚辞章句》曰:"言婚姻所好心意不同,则媒人疲劳而无功也。"甚,深厚。

〔21〕濑(lài):沙石上的急流。浅浅:水流疾速的样子。

〔22〕交:结交,交往。怨长:怨恨深长。

〔23〕期:约会。不信:不守信约。以上两句是说,相交而不忠诚,使我忧怨不已;约会不受信用,反而托词说没有空闲。

〔24〕朝:早晨。骋骛(chěng wù):奔驰。江皋:江边的水泽之地。皋,弯曲的水泽之地。

〔25〕弭(mǐ)节:这里指停船。弭,停止。渚(zhǔ):水中小洲。

〔26〕次:止宿,停留。

〔27〕周:环绕。

〔28〕捐:抛弃。玦(jué):环形而有缺口的佩玉,此玦当是湘君

所赠。

〔29〕遗:丢弃。佩:佩玉。澧浦:澧水之滨。澧,澧水,源出湖南桑植,经澧县入洞庭湖。以上两句是说,湘夫人丢弃了湘君所赠的玦、佩信物,表示怨忿决绝之意。

〔30〕杜若:一种香草,又名杜衡,气味芬芳。宋人谢翱《楚辞芳草谱》:"杜若之为物,令人不忘;搴采而赠之,以明其不忘也。"

〔31〕遗下女:托侍女赠予湘君。遗,赠。下女,湘君的侍女。以上两句是说,湘夫人丢弃湘君所赠的信物,但她对湘君仍一往情深,所以她采了芳草,托湘君的侍女送给湘君,以期他回心转意。

〔32〕"时不可"两句:相会的时机很难再得,我姑且逍遥漫步以排遣忧思。聊,姑且。容与,安逸闲暇的样子,此指无可奈何地徘徊漫步。

湘夫人〔1〕

帝子降兮北渚〔2〕,目眇眇兮愁予〔3〕。袅袅兮秋风〔4〕,洞庭波兮木叶下〔5〕。登白薠兮骋望〔6〕,与佳期兮夕张〔7〕。鸟何萃兮蘋中〔8〕?罾何为兮木上〔9〕?沅有茝兮澧有兰〔10〕,思公子兮未敢言〔11〕。荒忽兮远望,观流水兮潺湲〔12〕。

麋何食兮庭中〔13〕?蛟何为兮水裔〔14〕?驰余马兮江皋〔15〕,夕济兮西澨〔16〕。闻佳人兮召予,将腾驾兮偕逝〔17〕。筑室兮水中,葺之兮荷盖〔18〕。荪壁兮紫坛〔19〕,播芳椒兮成堂〔20〕。桂栋兮兰橑〔21〕,辛夷楣兮药房〔22〕。网薜荔兮为帷〔23〕,擗蕙櫋兮既张〔24〕。白玉兮为镇〔25〕,疏石兰兮为芳〔26〕。芷葺兮荷屋〔27〕，缭之兮杜衡〔28〕。合百草兮实庭〔29〕，建芳馨兮庑门〔30〕。九嶷缤兮并迎〔31〕，灵之来兮如云〔32〕。

捐余袂兮江中〔33〕，遗余褋兮澧浦〔34〕。搴汀洲兮杜若〔35〕，将以遗兮远者〔36〕。时不可兮骤得〔37〕，聊逍遥兮容与〔38〕。

〔1〕此诗选自《楚辞·九歌》。《湘夫人》是男巫饰为湘君所唱的恋慕湘夫人的歌辞。这首诗通过对人物复杂微妙心理的刻画和环境气氛的渲染，表现了湘君等待湘夫人不至而产生的思慕哀怨之情。诗歌想象丰富，语言瑰丽，富有浓郁的浪漫气息。

〔2〕帝子:指湘夫人。渚(zhǔ):水中高地。

〔3〕眇(miǎo)眇:极目远望的样子。愁予:使我忧愁。"帝子"两句:湘夫人降临于北渚，渺茫遥远，望之不来，使我忧愁不已。

〔4〕袅袅:微风吹拂的样子。

〔5〕洞庭:洞庭湖，在今湖南北部。波:这里用作动词，指微波泛动。"袅袅"两句:洞庭湖的一派萧瑟秋景，衬托出湘君此时悲凉、怅惘、愁苦的心情。

〔6〕登白薠(fán):站在长满薠草的湖岸。薠，一种水草，秋季生长。骋望:放眼远望。

〔7〕佳:佳人，指湘夫人。期:约会。夕张:为黄昏时的约会尽心准备。张，陈设。

〔8〕"鸟何"句:鸟为什么聚集在水草中? 萃(cuì)，聚集。蘋(pín)，一种水草，叶浮于水面，根连于水底。

〔9〕罾(zēng):渔网。木上:挂在树上。"鸟何"二句都是违背常理

之事,暗示湘君所求不得,事与愿违。

〔10〕沅(yuán):沅水,是湖南境内流入洞庭湖的大河。茝(zhǐ):白芷,一种香草。澧:澧水。沅芷和澧兰都是用香草比喻湘夫人。

〔11〕公子:即"帝子",指湘夫人。

〔12〕荒忽:即"恍惚",神志迷乱的样子。潺湲(chán yuán):水流缓慢而不断的样子。流水潺湲喻指湘君对湘夫人的情感缠绵不断。

〔13〕麋(mí):一种鹿类动物。

〔14〕蛟:古人认为是龙一类的动物。水裔:水边。"麋何"二句与上文"鸟何"二句的用意相同,皆暗示湘君追求湘夫人而不得,事与愿违。

〔15〕江皋:江边高地。

〔16〕济:渡。澨(shì):水边。

〔17〕腾驾:驾车奔驰。以上四句是说,我清晨骑马驰过江皋,傍晚又渡过西河,听说湘夫人召唤我,立刻驾车奔驰前往。下面一段是湘君在想象中与湘夫人在一起的美好生活。

〔18〕葺(qì):覆盖,这里指用茅草盖屋。荷盖:用荷叶作房顶。

〔19〕荪(sūn)壁:用荪草装饰屋壁。荪,一种香草,俗名石菖蒲。紫坛:用紫贝壳铺砌的庭院。

〔20〕这句是说,把芳香的花椒和到泥里,用来涂饰堂壁。播,散布。椒,花椒,一种芳香性的植物,常以之涂闺房的墙壁。成:饰。(详见闻一多《楚辞校补》)

〔21〕桂栋:以桂木为房梁。栋,房梁。兰橑(lǎo):用木兰作房橑。橑,屋椽。

〔22〕辛夷:一种香木。楣(méi):门上横木,代指门。药房:用白芷装饰卧室。药,一种香草,即白芷。

〔23〕网:作动词用,编织。薜荔:一种香草。帏:帐幔。

〔24〕擗(pì)蕙櫋(mián):把蕙草分开,制成屋檐板。擗,剖开。櫋,屋檐板。

〔25〕镇:镇席,压住坐席之物。

〔26〕疏:分布。石兰:兰草的一种,即山兰。

〔27〕芷(zhǐ):白芷,一种香草。荷屋:荷叶做的屋顶。清蒋骥《山带阁注楚辞》曰:"谓前荷盖之屋复葺以芷。"

〔28〕缭:缠绕。杜衡:一种香草,俗称马蹄香。

〔29〕合:聚集。百草:各种香草。实:充满,布满。

〔30〕馨:散布很远的香气,庑(wǔ):厅堂四周的廊屋。

〔31〕九嶷(yí):山名,又名苍梧,在今湖南宁远东南,这里是指九嶷山的众神。缤:纷纷然,形容众多。

〔32〕灵:指九嶷山的诸神,因来者众多,所以说"如云"。以上十六句是湘君追述他怎样向往与湘夫人共同生活,然而因为两人最终没有相会,一切美好的生活理想都破灭了,留下的只有无尽的忧伤和怅惘。

〔33〕捐:丢弃。袂(mèi):衣袖;一说"袂"当为"玦"之误,"玦"是指妇女佩带的一种饰物(为湘夫人所赠)。

〔34〕褋(dié):单衣;一说"褋"为"环"之古名(为湘夫人所赠)。澧浦:即澧水之滨。以上两句说:因湘夫人失约,湘君失望、气愤而将湘夫人所赠的定情之物"袂""褋"抛到水里,以示决绝之意。

〔35〕搴(qiān):摘。汀:水中或水边平地。杜若:一种香草。

〔36〕遗(wèi):赠送。远者:指湘夫人。以上四句表现了湘君矛盾复杂的心情:一方面,湘君因湘夫人失约,故在气愤和失望之余,将湘夫人所赠的定情之物抛入江中;另一方面,他仍然眷念湘夫人,期望他们能够重新相好,他采摘香草赠给远方的湘夫人,以表达其思慕和爱恋之情。

〔37〕骤得:屡次得到;一说突然得到。

〔38〕聊:姑且。容与:悠闲自得的样子。以上两句说:相见的机会

不能屡次得到，我姑且在汀洲上漫步散心，以排遣心中的愁思。

东君[1]

暾将出兮东方[2]，照吾槛兮扶桑[3]。抚余马兮安驱，夜皎皎兮既明[4]。驾龙辀兮乘雷[5]，载云旗兮委蛇[6]。长太息兮将上[7]，心低徊兮顾怀[8]。羌声色兮娱人[9]，观者憺兮忘归[10]。緪瑟兮交鼓[11]，箫钟兮瑶簴[12]。鸣篪兮吹竽[13]，思灵保兮贤姱[14]。翾飞兮翠曾[15]，展诗兮会舞[16]。应律兮合节[17]，灵之来兮蔽日[18]。青云衣兮白霓裳，举长矢兮射天狼[19]。操余弧兮反沦降[20]，援北斗兮酌桂浆[21]。撰余辔兮高驼翔[22]，杳冥冥兮以东行[23]。

〔1〕选自《楚辞·九歌》。这是一首祭祀太阳神的祭歌。诗以太阳的东升西落为线索，描写了他的神姿，歌颂了他的伟大。他从东方升起，给万物带来光明，带来温暖。他的出场也带着威严，乘着飞龙，挟着雷声。人们欢呼太阳神的到来，唱歌跳舞，管乐合奏，鼓乐齐鸣，众神相迎，场面热烈。而太阳神就像一个英勇的战士，他以青云为霓，白云为裳，手持弓箭，射落天狼。然后向西方降落，手持北斗，酌酒庆祝。再乘车远举，返回东方。此诗将自然神人格化，并结合其特点而进行描写，把太阳神的雍容、尊贵、威严、英武，和人们对于太阳神的热烈崇拜，生动地展现出来，可谓祭祀诗中的杰作。东君：太阳神。太阳每天从东方出来。

〔2〕暾（tūn）：温暖、明朗的样子。

〔3〕槛：栏杆。扶桑：传说中的神树，太阳初生之处。

〔4〕皎皎:拂晓时天色开始明亮的样子。

〔5〕龙辀(zhōu):以龙为车。辀,本是车辕横木,泛指车。雷:乘龙辀时发出的雷声。

〔6〕委蛇:即逶迤,曲折而行。

〔7〕将上:指太阳将要升起之时。

〔8〕低徊:徘徊不前。顾怀:心有所恋。

〔9〕羌:楚方言,发语词。声色:指太阳初升时光彩夺目的样子。

〔10〕憺(dàn):指心情安定。

〔11〕縆(gēng):急促地弹奏。交鼓:鼓声相交。交,对击。

〔12〕箫钟:击钟。瑶簴(jù):指钟声响动使簴也发出震动的声音。瑶,通"摇",震动。簴,悬钟磬的架。

〔13〕篪(chí)、竽:古代的两种管类吹奏乐器。

〔14〕灵保:指祭祀时的神巫。贤姱(hǔ):贤淑美好。

〔15〕翾(xuán)飞:轻轻地飞扬。翠:翠鸟。曾:飞起。

〔16〕展诗:演唱诗歌。会舞:合舞。

〔17〕应律:歌声协律。合节:舞姿合拍。

〔18〕灵:神。

〔19〕"青云"二句:以青云为霓,以白云为裳。指太阳神的穿戴。矢,箭。天狼,天狼星,相传为侵害他人的恶星。旧说认为比喻秦国。

〔20〕弧:弧矢,弓和箭,这里指弧矢星,古代属于二十八宿的井宿,位于天狼星的东南,共有九星,形似弓箭,据说是专门射天狼的弓箭。反:指返身西向。沦降:沉落。

〔21〕援:引。北斗:北斗七星,形似勺。酌:饮。桂浆:桂花酿的酒。

〔22〕撰:控制。驼(chí):通"驰"。

〔23〕杳:幽深。冥冥:黑暗。

山鬼[1]

若有人兮山之阿[2]，被薜荔兮带女罗[3]。既含睇兮又宜笑[4]，子慕予兮善窈窕[5]。乘赤豹兮从文狸[6]，辛夷车兮结桂旗[7]。被石兰兮带杜衡[8]，折芳馨兮遗所思[9]。余处幽篁兮终不见天[10]，路险难兮独后来[11]。

表独立兮山之上[12]，云容容兮而在下[13]。杳冥冥兮羌昼晦[14]，东风飘兮神灵雨[15]。留灵修兮憺忘归[16]，岁既晏兮孰华予[17]？采三秀兮于山间[18]，石磊磊兮葛蔓蔓[19]。怨公子兮怅忘归，君思我兮不得闲。

山中人兮芳杜若[20]，饮石泉兮荫松柏。君思我兮然疑作[21]。雷填填兮雨冥冥[22]，猿啾啾兮狖夜鸣[23]。风飒飒兮木萧萧[24]，思公子兮徒离忧[25]。

〔1〕此诗选自《楚辞·九歌》。《山鬼》是饰为山鬼的女巫的独唱。山鬼，即山神，旧注多认为山鬼是鬼怪。然本篇所描写的山鬼是一位美丽多情的女子，与人们想象中的狰狞可怖的鬼怪形象截然不同。清人顾天成《楚辞九歌解》认为，本篇所祭的应是巫山神女，并引楚襄王游云梦、梦巫山神女事以证明。郭沫若《屈原赋今译》亦根据诗中"采三秀兮于山间"，认为"于山"即巫山。我们认为本篇的山鬼很可能是某座山的

神灵。《山鬼》是以自述的方式刻画了一位美丽善良、坚贞纯洁的女性形象。她在幽暗的山林里过着孤寂的生活,却对纯真的爱情和美好的生活有着强烈的追求。此诗运用多种手法塑造了山鬼美丽动人的形象:有对山鬼意态姿容的正面描写,也有对其复杂内心世界的精细刻画,还有对环境气氛的渲染,把典型环境与惆怅缠绵的情怀有机地融为一体,产生了极佳的悲剧效果。

〔2〕若:仿佛,以形容山鬼飘忽不定、若隐若现的神态。人:山鬼自指。山之阿(ē):山丘弯曲处。阿,弯曲之处。

〔3〕被:通"披"。薜荔(bì lì):常绿灌木,蔓生,又名木莲。带女罗:以女罗作衣带。女罗,同"女萝",即松萝,常由树梢垂悬。

〔4〕含睇(dì):美目含情流盼。睇,斜视。宜笑:笑的情态美丽动人。

〔5〕子:山鬼思慕的恋人。下文之"公子""君"与此同义。予:山鬼自指。窈窕:娇美的姿态。以上两句是说,我美目流盼笑容迷人,你爱慕我美好的姿态容颜。

〔6〕乘赤豹:乘坐赤豹驾的车。从文狸:让文狸当随从。从,使随从。文狸,有花纹的野猫。

〔7〕辛夷车:以辛夷香木为车。辛夷,木兰一类的香树。结桂旗:用桂花树枝扎的旌旗。结,系、扎。

〔8〕石兰:兰草的一种,又名山兰。杜衡:同"杜蘅",香草名。

〔9〕芳馨:芳香的花草。遗(wèi):赠送。所思:所思念的人,即山鬼的恋人。

〔10〕幽篁(huáng):幽深的竹林。篁,竹林。

〔11〕后来:迟到。以上两句是说,我(山鬼)住在幽深的竹林里,总见不到天光,又因山路陡峭崎岖,所以来迟了。

〔12〕表独立:卓然特立,形容所处之高。表,突出的样子。

〔13〕云容容:云像流水一样的浮动。容容,通"溶溶",浮动的样子。

〔14〕杳冥冥:深沉而幽暗的样子。羌(qiāng):楚方言,语助词。昼晦:白天也昏暗不明。

〔15〕神灵:雨神。雨:作动词用,降雨。以上四句是说,山鬼没有见到所恋之人,心情非常沉重。她独立于山巅,但见云海翻滚、风骤雨疾。

〔16〕留灵修:希望能留住恋人。灵修,指山鬼的恋人。憺(dàn)忘归:安然地忘记归去。憺,安心的样子。

〔17〕"岁既晏(yàn)"句:年岁已大,青春流逝,谁能使我重新变得年轻貌美。晏,迟、晚。华,美、爱。

〔18〕三秀:灵芝的别名。植物开花结穗叫"秀",灵芝一年开三次花,故称"三秀"。

〔19〕磊磊:乱石堆积的样子。葛:一种蔓生植物,茎中纤维可织成葛布。蔓蔓:藤蔓纠缠的样子。

〔20〕"山中"句:我这山中人像杜若一样芬芳(喻她的品格高洁美好)。山中人,山鬼自谓。杜若,一种香草。

〔21〕"君思我"句:一会儿觉得公子真的在思念我,一会儿又觉得可能不是这样。这表达了山鬼的疑虑心情。然疑作,信与疑交替产生。然,真是这样。

〔22〕填填:雷声。冥冥:昏暗的样子。

〔23〕啾(jiū)啾:猿的叫声。狖(yòu):一种长尾猿。

〔24〕飒飒:风声。萧萧:风吹叶落的声音。

〔25〕徒:白白地。离:同"罹",遭受。"雷填填"四句,情景交融。在电闪雷鸣、风雨交加而天色昏暗的夜晚,听着猿的悲鸣和萧瑟的风声。山鬼苦苦地思念自己的恋人,更显得孤寂悲凉、黯然神伤。

国殇[1]

操吴戈兮被犀甲[2]，车错毂兮短兵接[3]。旌蔽日兮敌若云[4]，矢交坠兮士争先[5]。凌余阵兮躐余行[6]，左骖殪兮右刃伤[7]。霾两轮兮絷四马[8]，援玉枹兮击鸣鼓[9]。天时怼兮威灵怒[10]，严杀尽兮弃原野[11]。

出不入兮往不反[12]，平原忽兮路超远[13]。带长剑兮挟秦弓[14]，首身离兮心不惩[15]。诚既勇兮又以武[16]，终刚强兮不可凌[17]。身既死兮神以灵[18]，魂魄毅兮为鬼雄[19]。

〔1〕此诗选自《楚辞·九歌》。国殇(shāng)，为国捐躯者。清戴震《屈原赋注》曰："殇之二义：男女未冠笄而死者，谓之殇；在外而死者，谓之殇。殇之言伤也。国殇，死国事，则所以别于二者之殇也。歌此以吊之，通篇直赋其事。"《国殇》是一首祭祀为国牺牲者的祭歌，祭祀的对象是在战斗中为国捐躯的将士。这首诗可分为两部分，前一部分是扮饰受祭者之主巫的独唱，自述战场上激烈战斗的场面；后一部分是群巫的合唱，是对为国牺牲者的赞颂，充分表现了楚国人民同仇敌忾的慷慨意气和强烈的爱国精神。在表现手法上，此诗与《九歌》中其他作品的浪漫风格不同，而是"通篇直赋其事"，具体地描述了一次战争的全过程，场面宏大，气氛浓烈，感情深挚，形成了慷慨悲壮、质朴刚健的风格特征。

〔2〕操：持。吴戈：吴地生产的戈，以锋利著称。戈，古代打仗所用的长兵器。被：同"披"。犀(xī)甲：犀牛皮制成的铠甲。

〔3〕错毂(gǔ):古代战车的车轴两端都露出毂外,双方战车接近时,往往就车毂交错。毂,车轮中心安插车轴的部分,相当于现在的轴承。短兵:短兵器,指刀剑。

〔4〕旌(jīng):用五色羽毛装饰的旗帜,这里指军旗。蔽日:形容旌旗极多,遮天蔽日。敌若云:喻敌人众多。

〔5〕矢交坠:两军对射,流矢交相坠落。矢,箭。士:战士。

〔6〕"凌余阵"句:敌人的进攻异常猛烈,冲击践踏了我方的阵势和行列。凌,侵犯。躐(liè),践踏。行,行列。

〔7〕骖(cān):边马。古时一车驾四马,中间两马叫"服",两边的马称"骖"。殪(yì):倒地而死。右刃伤:右骖马为兵器所伤。

〔8〕霾:同"埋"。絷(zhí):绊住。

〔9〕援:持,拿着。玉枹(fú):用玉装饰的鼓槌。鸣鼓:声音特别响亮的鼓。

〔10〕怼(duì):怨恨。威灵怒:阵亡将士的威武灵魂仍然愤怒不屈。

〔11〕"严杀尽"句:经过一场惨烈的战斗,楚军将士全部牺牲,尸横遍野,无人收葬。严杀尽,残酷地杀死了全部将士。

〔12〕反:同"返"。

〔13〕平原:战场。忽:荒忽渺茫的样子。超:远。以上两句说,将士离家出征,一去不归,全部牺牲在遥远的战场上。

〔14〕挟:夹在腋下。秦弓:秦地制造的弓,指好弓。

〔15〕首身离:头与身分离,即牺牲。惩:戒惧,悔恨。

〔16〕诚:确实。勇:勇敢。武:武艺高强。

〔17〕终:自始至终。不可凌:不可侵犯,不可夺其志。以上两句说:我们的战士确实是既勇敢又武艺高强,他们是不可凌犯的。

〔18〕神以灵:将士虽死,但神灵犹显,精神永存。

〔19〕魂魄毅:英雄死后魂魄依然刚毅坚强。以上二句说:英雄已经

243

战死,而死后为神亦将威灵显赫;魂魄武毅刚强,做鬼也是鬼中雄杰。

涉江[1]

余幼好此奇服兮[2],年既老而不衰。带长铗之陆离兮[3],冠切云之崔嵬[4]。被明月兮珮宝璐[5],世溷浊而莫余知兮[6]。吾方高驰而不顾,驾青虬兮骖白螭[7]。吾与重华游兮瑶之圃[8],登昆仑兮食玉英。与天地兮同寿,与日月兮齐光。哀南夷之莫吾知兮,且余济乎江、湘[9]。

乘鄂渚而反顾兮[10],欸秋冬之绪风[11]。步余马兮山皋[12],邸余车兮方林[13]。乘舲船余上沅兮[14],齐吴榜以击汰[15]。船容与而不进兮[16],淹回水而凝滞[17]。朝发枉陼兮[18],夕宿辰阳[19]。苟余心其端直兮[20],虽僻远之何伤!

入溆浦余儃佪兮[21],迷不知吾所如[22]。深林杳以冥冥兮[23],乃猿狖之所居[24]。山峻高以蔽日兮,下幽晦以多雨[25]。霰雪纷其无垠兮[26],云霏霏而承宇[27]。哀吾生之无乐兮,幽独处乎山中[28]。吾不能变心而从俗兮,固将愁苦而终穷[29]。

接舆髡首兮[30],桑扈裸行[31]。忠不必用兮,贤不必以〔32〕。伍子逢殃兮〔33〕,比干菹醢〔34〕。与前世而皆然兮〔35〕,吾又何怨乎今之人!余将董道而不豫兮〔36〕,固将重昏而终身〔37〕。

乱曰〔38〕:鸾鸟凤皇〔39〕,日以远兮〔40〕。燕雀乌鹊,巢堂坛兮〔41〕。露申辛夷〔42〕,死林薄兮〔43〕。腥臊并御〔44〕,芳不得薄兮〔45〕。阴阳易位〔46〕,时不当兮〔47〕。怀信佗傺〔48〕,忽乎吾将行兮〔49〕。

〔1〕此诗选自《楚辞·九章》。《涉江》是屈原于流放途中所作,记叙了他南方流放的历程和当时的心情,申述其志行的高远和对时俗混乱的愤慨,并表示尽管不被人理解而屡次遭受打击,但他仍要坚持理想,忠贞不渝。比喻象征手法的运用、细致的景物描写与深沉复杂的感情抒发融为一体,是这首诗的突出特点。

〔2〕奇服:异于世人的服饰。比喻志行高洁,与众不同。

〔3〕长铗(jiá):长剑。陆离:长长的样子。

〔4〕冠切云:帽子很高,好像与云相齐。崔嵬(wéi):高耸的样子。

〔5〕被:同"披"。明月:宝珠名,夜光珠。珮:同"佩"。璐(lù):美玉。

〔6〕溷(hùn)浊:即"混浊",混乱污浊。莫余知:没有人理解我。

〔7〕虬(qiú):传说中有角的龙。骖(cān):古时的车子用四匹马拉,两边的马叫作骖。这里用作动词,驾驭。螭(chī):传说中无角的龙。

〔8〕重华:虞舜之名。瑶之圃:产美玉的地方,这里指昆仑。昆仑以产玉闻名,神话中认为昆仑是天帝的园圃。

〔9〕济:渡。江:长江。湘:湘江。

〔10〕乘：登上。鄂渚（è zhǔ）：地名，在洞庭湖附近。反顾：回头看。

〔11〕欸（āi）：叹息。绪风：余风。绪，残余。

〔12〕步余马：使我的马漫行。步，漫步徐行。山皋（gāo）：山弯。

〔13〕邸（dǐ）：同"抵"，到达。方林：树林。

〔14〕舲（líng）：有窗的船。上：溯流而上。沅（yuán）：沅水。

〔15〕齐：同时用力。吴：吴国。榜：船桨。汰（tài）：水波。

〔16〕容与：徘徊难进的样子。

〔17〕淹：停留。回水：回流，打着旋涡的急流。凝滞：停滞不前。

〔18〕枉陼（zhǔ）：枉渚，地名，在今湖南常德南。

〔19〕辰阳：地名，故址在今湖南辰溪西。

〔20〕"苟余心"两句：如果我的心正直无邪，即使放逐到荒僻遥远的地方，我又有什么伤害呢？苟，如果。端，正直。

〔21〕溆（xù）浦：地名，在今湖南溆浦。僤佪（chán huí）：徘徊不前的样子。

〔22〕迷：迷惑。如：往。

〔23〕杳：深远。冥冥：幽暗的样子。

〔24〕猿狖（yòu）：猿猴。

〔25〕下：山下。幽晦：昏暗幽深。

〔26〕霰（xiàn）：雪珠。纷：盛多的样子。垠（yín）：边际。

〔27〕霏（fēi）霏：盛多的样子。承：承接。宇：天空。

〔28〕"哀吾生"两句：可怜我活着没有快乐，孤零零地幽居于深山之中。幽独，孤独地隐居。

〔29〕"吾不能"两句：我不能改变志向而追随世俗，愁苦和穷困将一直伴随我到死去。终穷，穷困至死。

〔30〕接舆：春秋时楚国的隐士，佯狂避世。髡（kūn）：古代剃去头发的一种刑罚。

〔31〕桑扈:古代隐士,其事不详。裸行:赤身露体而行。

〔32〕以:用。

〔33〕伍子:伍子胥,名员,春秋时楚国人。他曾劝吴王夫差灭越,夫差不听,反而相信小人的谗言,逼其自杀(事见《史记·伍子胥列传》)。逢殃:遭遇祸殃,指被逼自杀之事。

〔34〕比干:殷纣王叔父。纣王荒淫残暴,比干谏之,纣王怒,杀比干,剖其心(事见《史记·宋微子世家》)。菹醢(zū hǎi):剁成肉酱,古代的一种酷刑。

〔35〕与:通"举",全。

〔36〕董道:遵守正道。豫:犹豫。

〔37〕重昏而终身:在重重的昏暗中度过一生。

〔38〕乱:乐曲的尾声,有总括全诗主旨的意义。

〔39〕鸾:凤凰一类的神鸟。凤皇:凤凰。鸾凤皆是祥瑞之鸟,比喻贤士。

〔40〕日:一天天。

〔41〕燕雀乌鹊:燕子、麻雀、乌鸦、喜鹊等常见的凡鸟,比喻小人。巢:鸟窝。这里用作动词,搭窝。堂:殿堂。坛:高台,祭祀、朝会之所。

〔42〕露申:一种香草。辛夷:香木名。这里用露申、辛夷比喻贤人。

〔43〕林薄:草木丛杂之处。薄,丛生的草。

〔44〕腥臊:恶臭污浊的气味,比喻小人。并御:兼收并蓄。御,进用、重用。

〔45〕芳:芳香气味,比喻君子。薄:靠近。

〔46〕阴阳易位:忠邪颠倒,小人得志,君子不受重用。

〔47〕时不当:生不逢时。

〔48〕怀信佗傺(chà chì):怀抱忠信而怅然失意。王逸说:"言己怀忠信,不合于众,故怅然伫立。"(《楚辞章句》)佗傺,怅然失意的样子。

〔49〕忽:失意的样子。吾将行:我将远行他方。

哀郢〔1〕

皇天之不纯命兮〔2〕,何百姓之震愆〔3〕?民离散而相失兮,方仲春而东迁〔4〕。去故乡而就远兮〔5〕,遵江、夏以流亡〔6〕。出国门而轸怀兮〔7〕,甲之朝吾以行〔8〕。发郢都而去闾兮〔9〕,怊荒忽其焉极〔10〕?楫齐扬以容与兮〔11〕,哀见君而不再得。望长楸而太息兮〔12〕,涕淫淫其若霰〔13〕。过夏首而西浮兮〔14〕,顾龙门而不见〔15〕。心婵媛而伤怀兮〔16〕,眇不知其所蹠〔17〕。顺风波以从流兮,焉洋洋而为客〔18〕。凌阳侯之泛滥兮〔19〕,忽翱翔之焉薄〔20〕?心绲结而不解兮〔21〕,思蹇产而不释〔22〕。

将运舟而下浮兮〔23〕,上洞庭而下江〔24〕。去终古之所居兮,今逍遥而来东〔25〕。羌灵魂之欲归兮,何须臾而忘反〔26〕!背夏浦而西思兮〔27〕,哀故都之日远。登大坟以远望兮〔28〕,聊以舒吾忧心〔29〕。哀州土之平乐兮〔30〕,悲江介之遗风〔31〕。

当陵阳之焉至兮〔32〕,淼南渡之焉如〔33〕?曾不知夏之为丘兮〔34〕,孰两东门之可芜〔35〕?心不怡之长久兮〔36〕,忧与愁其相接。惟郢路之遥远兮,江与夏之不可涉。忽若去不信兮,至今九年而不复[37]。惨郁郁而不通兮[38],蹇侘傺而含慼[39]。

外承欢之汋约兮[40],谌荏弱而难持[41]。忠湛湛而愿进兮[42],妒被离而鄣之[43]。尧、舜之抗行兮[44],瞭杳杳而薄天[45]。众谗人之嫉妒兮,被以不慈之伪名[46]。憎愠惀之修美兮[47],好夫人之忼慨[48]。众踥蹀而日进兮[49],美超远而逾迈[50]。

乱曰[51]:曼余目以流观兮[52],冀壹反之何时[53]?鸟飞反故乡兮,狐死必首丘[54]。信非吾罪而弃逐兮,何日夜而忘之?

　　〔1〕本篇选自《楚辞·九章》。顷襄王十三年,屈原从郢都被放逐到陵阳。顷襄王二十一年,秦将白起攻破郢都。屈原在流放之地听到此消息,回忆九年之前他离开郢都的情景,想象郢都为秦所破而人民离散零落的惨状,感叹自己放离郢都九年而不得还归的不幸遭遇,写下了这首诗。此诗表达了屈原对奸佞群小误国的愤恨和对故都的深情眷恋,表现了他对楚国及其人民的无限热爱。这是一首纪行诗,全诗线索清晰,层次分明。熔叙事、写景、抒情、议论于一炉,把诗人缠绵而复杂的感情表现得真切深挚,具有很强的抒情深度和感染力量。哀郢(yǐng),哀念楚国。郢,楚国都城,在今湖北荆州东北之郢县故城。

　　〔2〕皇:大,美。不纯命:天命无常。清人王夫之说:"言天命之无常,不佑楚也。"(《楚辞通释》)

　　〔3〕震愆(qiān):震惊不安,遭灾受罪。震,震动、受惊。愆,罪过。

249

〔4〕"民离散"两句:百姓散失别离,正当仲春之时,我也向东迁移。方,当。迁,迁徙。

〔5〕去:离开。就远:到远方去。

〔6〕遵:沿着。江、夏:长江和夏水。以上两句是说,离开故都到很远的地方,我沿着长江、夏水而流亡。

〔7〕国门:郢都的城门。轸(zhěn)怀:因挂念而心痛。轸,痛。

〔8〕甲:甲日那一天。朝:早晨。

〔9〕发:出发,启程。去:离开。间:里门,这里指郢都。

〔10〕怊(chāo):惆怅、失意的样子。荒忽:通"恍惚",神志不清的样子。焉:哪里。极:尽头,终点。

〔11〕楫(jí):船桨。齐扬:同举。容与:徘徊不进的样子。

〔12〕长楸(qiū):高大的落叶乔木,这里指代郢都。宋人朱熹说:"长楸,所谓故国之乔木,使人顾望徘徊,不忍去也。"(《楚辞集注》)太息:长叹。

〔13〕涕:泪水。淫淫:流而不止的样子。霰(xiàn):雪珠,这里比喻泪珠纷纷下落。

〔14〕夏首:夏水的起点,即夏水与长江的分流处。西浮:乘船向西漂流。清人林云铭《楚辞灯》曰:"西浮,舟行之曲处,路有西向者。"夏水源于长江而流经郢都东南。诗人出郢都后,先由夏水西行入江,然后才顺江东下,所以说"西浮"。

〔15〕顾:回头看。龙门:郢都之东门。

〔16〕婵媛(chán yuán):眷恋、牵挂的样子。

〔17〕眇(miǎo):通"渺",辽远。所蹠(zhí):所走的路。蹠,踏。以上两句是说,心中眷恋郢都而满怀悲伤,我不知道走向何方。

〔18〕"顺风波"二句:船儿随风漂流而下,我从此成为漂泊无归的孤客。洋洋,漂泊无所归依。

250

〔19〕凌:乘。阳侯:大波,古代传说陵阳国之侯,溺死于水,其神为大波。泛滥:形容大水横流漫溢。

〔20〕忽:迅疾。翱翔:鸟回旋飞舞,这里指船在风浪中颠簸。薄(bó):停止。

〔21〕绁(guà)结:牵挂,郁结。清人刘梦得说:"绁结,心绪纠也。"(《屈子章句》)

〔22〕蹇(jiǎn)产:屈曲纠缠。释:放开,舍去。以上两句是说,我心之挂念忧愁像绳结一样解不开,思绪屈曲郁结而不能消解。

〔23〕运舟:驾船。下浮:顺流东下。

〔24〕上洞庭:右边是洞庭湖。下江:左边是长江。古人以右为上,以左为下。诗人乘船行至洞庭湖入江处,则右边是洞庭湖,左边是长江。

〔25〕"去终"两句:离开了世代居住的地方,如今漂流到东方。逍遥,原意是安闲自得的样子,这里指漂泊不定。来东,来至东方。

〔26〕羌:楚地方言,发语词。反:同"返",即返回郢都。

〔27〕背:背离。夏浦:夏口。西思:思念郢都。屈原向东行,郢都在西。

〔28〕大坟:水边高地。

〔29〕聊:姑且。舒:抒发。

〔30〕州土:楚国的土地。平乐:安定而康乐。

〔31〕江介:江边,指长江两岸地区。遗风:古代遗留下来的淳朴民风。以上两句是说,看到这里安定康乐、民风淳朴,想到楚国濒临危亡,使人感到无限的悲伤。

〔32〕当:面对着。陵阳:地名,故址在安徽青阳南。焉:哪里。

〔33〕淼:同"渺",大水一望无际。如:往。

〔34〕曾不知:岂不知。夏:同"厦",此指楚国宫室。丘:丘墟,废墟。

251

〔35〕"孰两东门"句：谁使郢都变为荒芜之地呢？暗指楚君昏聩无能，不能抵御外患。两东门，郢都的两个东城门，代指郢都。

〔36〕怡：快乐。

〔37〕"忽若"二句：时间快得令人难以置信，至今九年了，仍然不能返回。忽，形容时间过得很快。复，返。

〔38〕惨郁郁：忧愁郁闷的样子。不通：中心堵塞不通畅。

〔39〕蹇：通"謇"，发语词。侘傺（chà chì）：失意彷徨的样子。慼（qī）：忧愁，悲伤。

〔40〕外：外表。承欢：奉承迎合，讨人喜欢。汋（chuò）约：同"绰约"，美好柔媚。这里指谗害忠良的小人讨好君王的媚态。

〔41〕谌（chén）：的确。荏（rěn）：软弱，懦弱。持：把持。以上二句是说，群小表面上做出种种媚态，以讨君欢心，其实内心怯懦，实不可靠。

〔42〕湛（zhàn）湛：厚重的样子。愿进：愿意进用，为君王效力。

〔43〕被离：通"披离"，多而杂乱的样子，比喻嫉妒之多而杂。鄣：同"障"，蔽塞。以上两句是说，忠贞之士忠心耿耿为国效力，嫉妒小人却多方设置障碍加以阻拦。

〔44〕抗行：高尚的德行。抗，通"亢"，高。

〔45〕瞭：眼光明亮。杳杳：高远的样子。薄：接近。

〔46〕被：通"披"，加上。不慈之名：不爱其子。相传尧认为自己的儿子丹朱不贤而传位于舜，舜认为自己的儿子商均不贤而传位于禹，小人们认为尧舜不慈爱他们的儿子。

〔47〕愠怆（wěn lǔn）：忠诚的样子。修美：美好。

〔48〕好：喜欢。夫：那。人：奸佞的小人。忼慨：同"慷慨"，情绪激昂的样子。这两句是说，国君憎恶品德高尚的忠贞之士，却喜欢夸夸其谈的奸佞小人。

〔49〕众：谗佞小人。踥蹀（qiè dié）：小步快走的样子，引申为奔走

252

钻营之义。

〔50〕美:修美,指贤人、君子。超远:疏远。逾:同"愈",更加。迈:远。以上两句是说,群小奔走钻营,越来越受到重用;贤人却一天天被放逐疏远。

〔51〕乱:乐曲的末章,也有总括全诗主旨之义。

〔52〕曼:展开。流观:四面观望。

〔53〕冀:希望,期待。壹反:即"一返",指返回郢都一趟。

〔54〕首丘:传说狐狸死时头向着自己的窟穴,以表示不忘本。首,用作动词,头向着。这两句表现了屈原对故国深深的眷恋之情。

橘颂〔1〕

后皇嘉树〔2〕,橘徕服兮〔3〕。受命不迁〔4〕,生南国兮。深固难徙〔5〕,更壹志兮〔6〕。绿叶素荣〔7〕,纷其可喜兮〔8〕。曾枝剡棘〔9〕,圆果抟兮〔10〕。青黄杂糅,文章烂兮〔11〕。精色内白〔12〕,类任道兮〔13〕。纷缊宜修〔14〕,姱而不丑兮〔15〕。

嗟尔幼志〔16〕,有以异兮〔17〕。独立不迁,岂不可喜兮。深固难徙,廓其无求兮〔18〕。苏世独立〔19〕,横而不流兮〔20〕。闭心自慎〔21〕,不终失过兮。秉德无私〔22〕,参天地兮〔23〕。愿岁并谢〔24〕,与长友兮。淑离不淫〔25〕,梗其有理兮〔26〕。年岁虽少,可师长兮。行比伯夷〔27〕,置以为像兮〔28〕。

〔1〕从内容看,《橘颂》当是屈原早年的作品。橘树生长在江南,

"深固难徙,更壹志兮",诗人以橘树自喻,表达了自己崇高的志向、高洁的人格和热爱祖国的强烈感情。全诗格调明朗乐观,洋溢着蓬勃向上的朝气。

〔2〕后皇:天地。后,后土。皇,皇天。后皇,地和天的代称。嘉:美好。这句是说,橘树生于天地间,是树木中美好的品种。

〔3〕橘徕服兮:橘树一生于南国就习惯南国的气候和土壤。徕,同"来"。服,习惯,适应。

〔4〕受命:受命于天地。迁:迁移。

〔5〕深固难徙:橘树是多年生灌木,根深蒂固。

〔6〕更:更加。壹志:专一。橘树是南国特产,不能北迁。

〔7〕素荣:橘树初夏时开五瓣的白色小花。

〔8〕纷:美盛的样子。

〔9〕曾枝:一重一重的树枝。曾,同"层"。剡(yǎn)棘:锐利的刺。剡,锐利。

〔10〕抟(tuán):通"团"。

〔11〕文章:文采,指橘子的颜色。烂:灿烂。

〔12〕精色:鲜明的颜色。内白:白色的内瓤。

〔13〕类任道兮:橘子有鲜明的外表和洁白的内质,正与任道的君子相同。

〔14〕纷缊(yūn):同"纷纭",繁盛。宜修:美好。

〔15〕姱(kuā):美好。不丑:不群,与众不同。丑,通"俦",同类。

〔16〕嗟(jiē):赞叹。尔:你,指橘树。幼志:天生的本性。

〔17〕异:不同于一般的树木。

〔18〕廓:空阔,指心胸阔大超脱。

〔19〕苏世独立:清醒地独立于世。苏,醒。

〔20〕横而不流:不因世俗的好尚而改变自己的志向行为。横,

254

横绝。

〔21〕闭心:坚贞自守,不为外力所动摇。自慎:与"闭心"同义。

〔22〕秉德:怀德。

〔23〕参天地:与天地相合。古人认为,天地是无私的,故有德之人与天地相配合。参,配合。

〔24〕愿岁并谢:希望我的年华与橘树一同度过岁月,终身做朋友。

〔25〕淑:善。离:通"丽",美好。

〔26〕梗:橘的枝干坚直。理:橘树的木材有纹理。

〔27〕行:品性。伯夷:殷末孤竹国君的长子,因反对周武王灭殷,不食周粟,饿死在首阳山。古代一直把他看作有节操的人物。一说,这里的伯夷指的是舜时的秩宗,主管宗教礼仪,品格高尚。《尚书·舜典》:"汝作秩宗。夙夜惟寅,直哉惟清。"

〔28〕置以为像兮:把橘树种在园中,朝夕相伴,作为榜样来勉励自己。置,植。像,榜样。

渔父〔1〕

屈原既放〔2〕,游于江潭,行吟泽畔〔3〕,颜色憔悴〔4〕,形容枯槁〔5〕。渔父见而问之曰:"子非三闾大夫欤〔6〕?何故至于斯〔7〕!"屈原曰:"举世皆浊我独清〔8〕,众人皆醉我独醒〔9〕,是以见放〔10〕!"渔父曰:"圣人不凝滞于物〔11〕,而能与世推移〔12〕。世人皆浊,何不淈其泥而扬其波〔13〕?众人皆醉,何不铺其糟而歠其醨〔14〕?何故深思高举〔15〕,自令放为〔16〕?"屈原曰:"吾闻之,新沐者必弹冠〔17〕,新浴者必振衣〔18〕;安能以身之察察〔19〕,受物之汶汶者乎〔20〕! 宁赴湘流〔21〕,葬于江鱼之腹中。安能以皓皓之白〔22〕,而蒙世俗之尘埃乎〔23〕!"渔父莞尔而笑〔24〕,鼓枻而去〔25〕,乃歌曰:"沧浪之水清兮〔26〕,可以濯吾缨〔27〕。沧浪之水浊兮,可以濯吾足。"遂去不复与言。

〔1〕这篇文章以屈原放逐为背景,通过渔夫与屈原的对话,热情歌颂了屈原志尚高洁、不随流俗、忠贞为国、至死不渝的崇高品格。文章融记叙、议论、抒情为一和谐整体,既含哲理又富诗意,是言简意赅、精彩纷呈的佳作。渔父,渔翁。父,古代对老年男子的尊称。

〔2〕既:已经。放:流放,放逐。

〔3〕行吟:一边行走,一边吟诵。泽畔:水边。

〔4〕颜色:脸色。憔悴:脸色晦暗、精神萎靡的样子。

〔5〕形容:形体容貌。枯槁:清癯枯瘦的样子。

〔6〕子:古代对男子的尊称。三闾大夫:楚官名,掌管楚王族的昭、屈、景三姓的事务。王逸说:"屈原与楚同姓,仕于怀王,为三闾大夫。三闾之职掌王族三姓,曰昭、屈、景。屈原序其谱属,率其贤良,以厉国士。"(《楚辞章句》)

〔7〕斯:此,此地。

〔8〕举:全。浊、清:这里是指行为品德而言。

〔9〕醉、醒:这里是指对现实安危的认识而言。

〔10〕"举世"三句:世人都贪图利禄权势,只有我品行高洁;众人皆昏昧无知,唯独我头脑清醒,所以遭放逐。是以,因此。见放,被放逐。

〔11〕凝滞:本义指水流不通畅,这里引申为拘泥、执着之意。

〔12〕与世推移:随着世道一起变化,即随波逐流。

〔13〕淈(gǔ):搅混。淈泥扬波,指与世混浊而不必独清也。

〔14〕铺（bǔ）：吃。糟：酒渣。歠（chuò）：同"啜"，饮。醨（lí）：薄酒。

〔15〕深思：忧思深远，这里指忧国忧民。唐李周翰说："深思，谓忧君与民也。"（《文选》五臣注）高举：行为高洁。举，行为。清蒋骥说："深思，则怵于危亡，所以独醒；高举，则超于利禄，所以独清。"（《山带阁注楚辞》）

〔16〕自令放为：自己使自己招致放逐。令，使。为，表示疑问的语气词。

〔17〕沐：洗头。弹冠：弹去帽子上的灰尘。

〔18〕浴：洗澡。振衣：抖掉衣服上的尘土。清蒋骥说："言人之沐浴者，将服衣冠，必弹而振之，诚不愿以身既皎洁，而后受衣冠之垢污也。夫人之清醒，亦犹是矣。虽窜斥不堪，宁誓以死，安能随俗推移以蒙其垢乎？"（《山带阁注楚辞》）

〔19〕察察：洁白而有光彩的样子。明汪瑗说："察察，明之至也。"（《楚辞集解》）

〔20〕汶（mén）汶：昏暗的样子，这里指污浊。

〔21〕宁：宁可。赴：往，投入。湘流：湘水，今湖南境内。

〔22〕皓皓：洁白的样子。汉王逸说："皓皓，犹皎皎也。"（《楚辞章句》）

〔23〕蒙：蒙受。明汪瑗《楚辞集解》："皓皓，洁白之至也。蒙，冒也。尘埃，污秽也。淈泥扬波而混浊，铺糟歠醨而酺醉者，此世俗之混混于尘埃之中者也。屈子又言宁往投水而死，为鱼所食亦所不恤，必不肯以清白之身而冒彼世俗之污秽，使浼己也。呜呼，屈子死且不恤，而况放乎？而况憔悴枯槁乎？此章即申上章之旨，词加厉而志愈坚刚，意独至而情益悲矣。其不肯与世推移也决矣。"

〔24〕莞（wǎn）尔：微笑的样子。

〔25〕鼓枻(yì):划动船桨。鼓,划动。枻,船桨。

〔26〕沧浪:水名,实指不详。

〔27〕濯(zhuó):洗。缨:古人用以系冠帽的带子。《沧浪歌》是楚地流传已久的古歌谣,渔父歌之是为了讽劝屈原。其寓意是人的品德行动应随世道之清浊而清浊。

宋玉一首

九辩〔1〕

悲哉,秋之为气也!萧瑟兮,草木摇落而变衰。憭慄兮〔2〕,若在远行;登山临水兮,送将归。泬寥兮〔3〕,天高而气清;寂寥兮,收潦而水清〔4〕。憯悽增欷兮〔5〕,薄寒之中人;怆怳懭悢兮〔6〕,去故而就新。坎廪兮,贫士失职而志不平〔7〕;廓落兮,羁旅而无友生〔8〕;惆怅兮,而私自怜。燕翩翩其辞归兮,蝉寂漠而无声〔9〕。雁廱廱而南游兮〔10〕,鹍鸡啁哳而悲鸣〔11〕。独申旦而不寐兮〔12〕,哀蟋蟀之宵征〔13〕。时亹亹而过中兮〔14〕,蹇淹留而无成〔15〕。

悲忧穷戚兮独处廓〔16〕,有美一人兮心不绎〔17〕。去乡离家兮徕远客〔18〕,超逍遥兮今焉薄〔19〕?专思君兮不可化〔20〕,君不知兮可奈何!蓄怨兮积思,心烦憺兮忘食事〔21〕。愿一见兮道余意,君之心兮与余异。车既驾兮朅而归〔22〕,不得见兮心伤悲。倚结轸兮长太息〔23〕,涕潺湲兮下露轼〔24〕。慷慨绝兮不得〔25〕,中瞀乱兮迷惑〔26〕。私自怜兮何极〔27〕?心怦怦兮谅直〔28〕。

皇天平分四时兮,窃独悲此廪秋[29]。白露既下百草兮,奄离披此梧楸[30]。去白日之昭昭兮[31],袭长夜之悠悠[32]。离芳蔼之方壮兮[33],余萎约而悲愁[34]。秋既先戒以白露兮[35],冬又申之以严霜[36]。收恢台之孟夏兮[37],然坎㑌而沉藏[38]。叶菸邑而无色兮[39],枝烦挐而交横[40]。颜淫溢而将罢兮[41],柯仿佛而萎黄[42]。萷楱椮之可哀兮[43],形销铄而瘀伤[44]。惟其纷糅而将落兮[45],恨其失时而无当[46]。揽騑辔而下节兮[47],聊逍遥以相佯[48]。岁忽忽而遒尽兮[49],恐余寿之弗将[50]。悼余生之不时兮,逢此世之俇攘[51]。澹容与而独倚兮[52],蟋蟀鸣此西堂。心怵惕而震荡兮[53],何所忧之多方[54]。仰明月而太息兮,步列星而极明[55]。

窃悲夫蕙华之曾敷兮[56],纷旖旎乎都房[57]。何曾华之无实兮[58],从风雨而飞飏[59]!以为君独服此蕙兮[60],羌无以异于众芳[61]。闵奇思之不通兮[62],将去君而高翔。心闵怜之惨悽兮,愿一见而有明。重无怨而生离兮[63],中结轸而增伤[64]。岂不郁陶而思君兮[65],君之门以九重。猛犬狺狺而迎吠兮[66],关梁闭而不通。皇天淫溢而秋霖兮[67],后土何时而得漧[68]?块独守此无泽兮[69],仰浮云而永叹[70]!

何时俗之工巧兮[71]，背绳墨而改错[72]！却骐骥而不乘兮[73]，策驽骀而取路[74]。当世岂无骐骥兮，诚莫之能善御。见执辔者非其人兮，故駶跳而远去[75]。凫雁皆唼夫粱藻兮[76]，凤愈飘翔而高举[77]。圜凿而方枘兮[78]，吾固知其鉏铻而难入[79]。众鸟皆有所登栖兮，凤独遑遑而无所集[80]。愿衔枚而无言兮[81]，尝被君之渥洽[82]。太公九十乃显荣兮[83]，诚未遇其匹合[84]。谓骐骥兮安归？谓凤皇兮安栖？变古易俗兮世衰，今之相者兮举肥[85]。骐骥伏匿而不见兮[86]，凤皇高飞而不下。鸟兽犹知怀德兮，何云贤士之不处[87]？骥不骤进而求服兮[88]，凤亦不贪馁而妄食[89]。君弃远而不察兮，虽愿忠其焉得？欲寂漠而绝端兮[90]，窃不敢忘初之厚德。独悲愁其伤人兮，冯郁郁其何极[91]？

霜露惨悽而交下兮，心尚幸其弗济[92]。霰雪雰糅其增加兮[93]，乃知遭命之将至。愿徼幸而有待兮[94]，泊莽莽与野草同死[95]。愿自直而径往兮[96]，路壅绝而不通[97]。欲循道而平驱兮，又未知其所从。然中路而迷惑兮，自压桉而学诵[98]。性愚陋以褊浅兮[99]，信未达乎从容[100]。窃美申包胥之气盛兮[101]，恐时世之不固[102]。何时俗之工巧兮？灭规矩而改凿[103]！独耿介而不随兮[104]，愿慕先圣之遗教。处浊世而显荣兮，非余心之所乐。与其无义而有名兮，宁穷处而守高。食不媮而为饱兮[105]，衣不苟而为温。

窃慕诗人之遗风兮，愿托志乎素餐[106]。蹇充倔而无端兮[107]，泊莽莽而无垠[108]。无衣裘以御冬兮，恐溘死不得见乎阳春[109]。

靓杪秋之遥夜兮[110]，心缭悷而有哀[111]。春秋逴逴而日高兮[112]，然惆怅而自悲。四时递来而卒岁兮[113]，阴阳不可与俪偕[114]。白日晼晚其将入兮[115]，明月销铄而减毁[116]。岁忽忽而遒尽兮[117]，老冉冉而愈弛[118]。心摇悦而日幸兮[119]，然怊怅而无冀[120]。中憯恻之悽怆兮[121]，长太息而增欷[122]。年洋洋以日往兮[123]，老嵺廓而无处[124]。事亹亹而觊进兮[125]，蹇淹留而踌躇[126]。

何泛滥之浮云兮[127]？猋壅蔽此明月[128]。忠昭昭而愿见兮[129]，然霠曀而莫达[130]。愿皓日之显行兮[131]，云蒙蒙而蔽之。窃不自料而愿忠兮[132]，或黕点而污之[133]。尧舜之抗行兮[134]，瞭冥冥而薄天[135]。何险巇之嫉妒兮[136]？被以不慈之伪名[137]。彼日月之照明兮，尚黯黮而有瑕[138]。何况一国之事兮，亦多端而胶加[139]。被荷裯之晏晏兮[140]，然潢洋而不可带[141]。既骄美而伐武兮[142]，负左右之耿介[143]。憎愠怆之修美兮[144]，好夫人之慷慨[145]。众踥蹀而日进兮[146]，美超远而逾迈[147]。农夫辍耕而容与兮[148]，恐田野之芜秽[149]。事绵绵而多私兮[150]，窃悼后之危败[151]。世雷同而炫曜兮[152]，何毁誉之昧昧〔153〕！今修饰而窥镜兮〔154〕，后尚可以窜藏〔155〕。愿寄言夫流星兮〔156〕，羌儵忽而难当〔157〕。卒壅蔽此浮云，下暗漠而无光〔158〕。

尧舜皆有所举任兮〔159〕，故高枕而自适〔160〕。谅无怨於天下兮〔161〕，心焉取此怵惕〔162〕？乘骐骥之浏浏兮〔163〕，驭安用夫强策〔164〕？谅城郭之不足恃兮〔165〕，虽重介之何益〔166〕？邅翼翼而无终兮〔167〕，忳惛惛而愁约〔168〕。生天地之若过兮〔169〕，功不成而无效。愿沉滞而不见兮〔170〕，尚欲布名乎天下〔171〕。然潢洋而不遇兮，直怐愗而自苦〔172〕。莽洋洋而无极兮〔173〕，忽翱翔之焉薄〔174〕？国有骥而不知乘兮，焉皇皇而更索〔175〕？宁戚讴於车下兮〔176〕，桓公闻而知之〔177〕。无伯乐之相善兮〔178〕，今谁使乎誉之〔179〕？罔流涕以聊虑兮〔180〕，惟著意而得之〔181〕。纷纯纯之愿忠兮〔182〕，妒被离而障之〔183〕。愿赐不肖之躯而别离兮〔184〕，放游志乎云中。乘精气之抟抟兮〔185〕，骛诸神之湛湛〔186〕。骖白霓之习习兮〔187〕，历群灵之丰丰〔188〕。左朱雀之茇茇兮〔189〕，右苍龙之躣躣〔190〕。属雷师之阗阗兮〔191〕，通飞廉之衙衙〔192〕。前轻辌之锵锵兮〔193〕，后辎乘之从从〔194〕。载云旗之委蛇兮〔195〕，扈屯骑之容容〔196〕。计专专之不可化兮〔197〕，愿遂推而为臧〔198〕。赖皇天之厚德兮〔199〕，还及君之无恙〔200〕。

〔1〕王逸《楚辞章句》曰："《九辩》者，楚大夫宋玉之所作也。""九

263

辩"之名,来源甚古。《离骚》《天问》《山海经》皆将它与"九歌"相提并论,说是夏启时的乐曲,实际应是楚地的古歌。宋玉是用旧题而写新意。《九辩》是借悲秋抒发"贫士失职而志不平"的感慨,塑造出了一个坎坷不遇、憔悴自怜的才士形象。宋玉善于选择具有一定特征的景物与幽怨哀伤的感情融化在一起加以抒写,从环境气氛的渲染中,烘托出阴暗时代被压抑者的心理。风声、落叶声、鸟啼虫鸣声,与诗人的穷愁潦倒的感叹声交织成一片;大自然萧瑟的景象与诗人孤独的身影相互映衬,具有很强的感染力。

〔2〕憭(liǎo)慄:凄凉的样子。

〔3〕泬(xuè)寥:空旷清朗的样子。

〔4〕收潦(lǎo):积水消尽。潦,雨后地上的积水。以上两句是说:大地空旷寂静,地上的积水消尽,江河变得更加清澈了。

〔5〕憯:同"惨"。悽:悲伤。增欷(xī):悲叹不止。欷,叹息。薄寒:轻寒。中(zhòng)人:伤人。

〔6〕怆怳(chuàng huǎng):失意的样子。圹埌(kuàng lǎng):愁恨的样子。以上几句是写诗人在萧瑟、清冷的秋天,踏上远去他乡的征程,内心充满了失意的伤悲。

〔7〕坎廪(lǎn):坎坷挫折,不得意。贫士:寒微之人。失职:遭谗而失去官职。

〔8〕廓落:空旷孤寂。友生:知己好友。以下四句是说,在旅途中,我孤独而没有朋友,内心愁恨而自怜自伤。

〔9〕寂漠:同"寂寞"。

〔10〕雝(yōng)雝:大雁的鸣叫声。

〔11〕鹍(kūn)鸡:一种鸟。啁哳(zhāo zhā):形容声音杂乱细碎。

〔12〕申旦:通宵达旦。申,至、达。

〔13〕宵征:夜间悲鸣不已。

〔14〕亹(wěi)亹:行进不止。过中:过了中年。以上两句是说,时光流逝,已经过了中年,流落他乡,我是壮志难酬。

〔15〕謇:通"謇",发语词。淹留:久留。

〔16〕穷戚(cù):处境穷困、迫促。戚,通"蹙",迫促。廓:空虚。

〔17〕有美一人:宋玉自谓。绎(yì):通"怿",喜悦。

〔18〕倈(lái)远客:来远方做客。倈,同"来"。

〔19〕超:远。逍遥:飘泊无依。焉薄(bó):在何处止息。薄,泊。

〔20〕"专思君"句:专心一意地思念楚王,忠贞不渝。专,专心。化,改变。

〔21〕烦憺(dàn):烦乱焦虑。食事:饮食之事。

〔22〕朅(qiè):离去。

〔23〕倚:靠着。结軨(líng):车厢两边纵横交错的栏木。

〔24〕潺湲(chán yuán):流泪的样子。霑(zhān):浸润。轼:车前用以凭倚的横木。

〔25〕"慷慨"句:情感愤激不平而不可抑制。

〔26〕中:心中。瞀(mào):昏乱。

〔27〕何极:何时了结。极,终止。

〔28〕怦怦:忠诚的样子。谅直:正直不屈。

〔29〕窃:私自。廪秋:凛秋。廪,通"凛",寒冷。

〔30〕奄:忽。离披:分散的样子,指树叶零落。梧楸(qiū):梧桐和楸树,皆是早凋的树木。

〔31〕昭昭:光明的样子。

〔32〕袭:因袭,继续。

〔33〕"离芳蔼"句:美好壮盛的时期已经过去。芳蔼,芳菲繁茂。

〔34〕萎约:疾病穷困。约,穷困。

〔35〕戒:警戒。

〔36〕申之:加上。

〔37〕"收恢台"句:万物经过夏天的繁盛,到秋已是成熟收获的季节。恢台,万物丰茂、繁盛的样子。

〔38〕"然坎僁"句:冬天到了,万物把根深深地埋藏在地下,以度过寒冬。秋冬之时,人也应该在家休息,而我却奔走在旅途之中,遭受寒冷的侵袭。然,乃、于是。坎,陷落。僁(jì),停止。沉藏,沉埋收藏。

〔39〕菸(yū)邑:枯萎的样子。

〔40〕烦挐(rú):纷乱的样子。

〔41〕溢:过度,过分。罢(pí):通"疲",疲劳,指凋零。

〔42〕柯:树枝。仿佛:模糊,指树枝色泽暗淡。

〔43〕萷(shāo):同"梢",树梢。橫槮:(xiāo sēn):同"萧森",萧条。

〔44〕销铄(shuò):销熔,指树木枯死。瘀(yū)伤:树之肌体损伤。

〔45〕惟:思。纷糅(róu):众多而杂乱。

〔46〕失时:过了时令季节。无当:没有好的机遇。当,合适。

〔47〕揽:持。骓(fēi):在两边拉车的马,也叫骖。古代一车四马,中间的两匹马叫服,两边的叫骖或骓。辔(pèi):马缰绳。下节:停鞭。节,鞭子。

〔48〕相佯:同"徜徉(cháng yáng)",徘徊。

〔49〕遒(qiú):迫近。

〔50〕将:长。以上数句,写景、叙事和抒情结合起来,在寒冷萧条的秋冬中,诗人的情绪相当消沉,他感慨自己也像秋冬的万物一样很快衰老凋零。

〔51〕不时:生不逢时。侊(kuāng)攘:混乱不安。

〔52〕澹(dàn):水波徐缓的样子。容与:寂寞无事。

〔53〕怵(chù)惕:惊惧。

〔54〕所忧之多方:所忧多端,百忧交集。

〔55〕步列星:在星空下徘徊。极明:到天明。

〔56〕蕙华:蕙草的花。曾敷:层层开放。曾,通"层"。

〔57〕"纷旖旎(yǐ nǐ)"句:蕙草曾繁盛地生长在华屋之下。旖旎,繁盛的样子。乎,于。都,美。

〔58〕曾华:累累的花朵。无实:没有结成果实。

〔59〕飏:通"扬"。

〔60〕服:佩带。

〔61〕羌:楚方言,发语词。

〔62〕闵:通"悯",哀怜,痛惜。奇思:出众的思想。不通:不能通达于君。

〔63〕"重无怨"句:深念自己无罪而被君王放逐。

〔64〕中结轸(zhěn):心中郁结而沉痛。

〔65〕郁陶(yáo):忧思郁结的样子。陶,忧。

〔66〕狺(yín)狺:狗叫的声音。

〔67〕淫溢:过度,指久雨连绵。秋霖:秋天的淫雨。

〔68〕后土:大地。漧(gān):同"乾",今简化为"干"。

〔69〕块:块然,孤独的样子。无泽:通"芜泽",荒芜。

〔70〕永:长。

〔71〕工:善于。巧:投机取巧。

〔72〕"背绳墨"句:违反法度规矩,改变措施。绳墨,绳线和墨斗,木工画直线所用的工具,比喻法度。错,通"措"。

〔73〕却:拒绝。骐骥(qí jì):良马,喻贤士。

〔74〕策:驾驭。驽骀(nú tái):劣马,喻庸人。取路:上路。

〔75〕骟(jú)跳:跳跃。宋洪兴祖《楚辞补注》:"马立不常谓之骟。"

〔76〕凫(fú):野鸭。唼(shà):形容鱼、鸟吞食东西的声音。梁:小米。藻:水草。这句比喻群小食禄。

267

〔77〕高举:高飞。这句比喻贤人远去。

〔78〕圜:同"圆"。凿:榫(sǔn)眼。枘(ruì):榫头。

〔79〕钼铻(jǔ yǔ):同"龃龉",本指上下牙齿对不上,比喻互相抵触而不合。

〔80〕遑遑:匆忙。

〔81〕衔枚:闭口不言。古代行军时,常令士卒口中横衔着一根形如筷子的东西,以防说话。

〔82〕被:受到。渥洽:深厚的恩泽。

〔83〕太公:太公望,亦称姜太公。他帮助武王伐纣灭殷,建立周朝,武王封太公望于齐,据说这时太公望已九十岁。

〔84〕匹合:相配合的人。匹,配。

〔85〕相者:相马的人。举肥:挑选肥马。马的优劣不在肥瘦。"相者举肥"是讽刺当政者只根据表面现象挑选人才。

〔86〕伏匿:隐藏。

〔87〕怀德:怀念给予其恩惠者。不处:不愿留在朝廷之中。

〔88〕骤:急速。服:驾车。

〔89〕餧:同"喂",喂养。

〔90〕寂漠:通"寂寞"。绝端:断绝思绪,即不念君王。

〔91〕冯(píng):通"凭",愤懑。郁郁:忧伤郁闷。极:穷尽。

〔92〕"心尚幸"句:心里希望群小的阴谋不会成功。幸,希望。济,成功。

〔93〕霰(xiàn):小雪珠。雰(fēn):雪下得很大的样子。糅(róu):混杂。以上两句是说,群小对我不遗余力地打击,我知道我的生命将结束。

〔94〕徼幸:同"侥幸"。有待:等待楚王的醒悟。

〔95〕泊:留止。莽莽:野草茂盛的样子。

〔96〕自直:自己(对楚王)申诉委曲。径往:直接前去。

〔97〕壅(yōng):阻塞不通。

〔98〕压桉:压抑,克制。桉,通"按"。学诵:学习诗(专指《诗经》中的诗)。

〔99〕陋:见闻少,知识浅薄。褊(biǎn):狭隘。

〔100〕信:确实。从容:安逸舒缓,从容不迫。

〔101〕窃美:私自赞美。申包胥:春秋时楚国大夫。吴伐楚,攻占了郢都,楚昭王逃亡。申包胥去秦求救,在秦廷哭了七天七夜。秦王被感动了,出兵打败吴国,收复了楚国的土地。气盛:爱国的志气。

〔102〕固:宋朱熹《楚辞集注》认为当作"同",与上文"通""从""诵""容"押韵。这句是说:自己赞美申包胥,想效法他到别国求救,但恐怕时代不同了,求援未必得到别国的帮助。

〔103〕规矩:画圆形和方形的工具,比喻法度。凿:当为"错",从闻一多《校补》。

〔104〕耿介:光明正大。随:随从流俗。

〔105〕婾:同"偷",苟且。

〔106〕素餐:出自《诗经·魏风·伐檀》"彼君子兮,不素餐兮"。这里指朴素、俭朴的饮食。

〔107〕充:充满。倔:通"屈",委屈。无端:没有尽头。

〔108〕"泊莽莽"句:我犹处于一望无际的莽莽草野之中。垠(yín),边际。

〔109〕溘(kè)死:突然死去。阳春:温暖的春天。

〔110〕靓(jìng):通"靖",思。杪(miǎo)秋:暮秋。杪,末尾。

〔111〕缭悷(liáo lì):缠绕。

〔112〕春秋:人的年岁。逴(chuò)逴:远远的样子。

〔113〕递来:四时更替。卒岁:年岁将尽。

〔114〕阴阳:春夏为阳,秋冬为阴。俪(lì)偕:并存,同在。

〔115〕晼(wǎn)晚:太阳偏西。

〔116〕销铄:亏缺。

〔117〕遒:迫近。

〔118〕冉冉:渐渐地。弛:懈怠,颓唐。

〔119〕心摇悦:心摇意动。

〔120〕怊(chāo)怅:惆怅。冀:希望。

〔121〕憯恻:惨痛。凄怆:凄惨,悲伤。

〔122〕太息:叹息。增欷(xī):加重叹息。

〔123〕洋洋:广大无边的样子,这里形容岁月的无穷无尽。

〔124〕寥廓:通"寥廓",空虚的样子。无处:无处安身。

〔125〕亹(wěi)亹:行进不停的样子。觊(jì):企图。进:进取。

〔126〕淹留:滞留,久留。

〔127〕泛滥:形容浮云层层涌现。

〔128〕猋(biāo):狗奔跑的样子,引申为迅速。壅蔽:遮蔽。

〔129〕见:同"现",显现。

〔130〕霠曀(yīn yì):阴晦。霠,云遮日。

〔131〕显行:光明显耀地在空中运行。

〔132〕料:估量。

〔133〕默(diǎn)点:玷污,污辱。

〔134〕抗行:高尚的行为。抗,通"亢",高尚。

〔135〕瞭(liào):眼睛明亮。冥冥:高远。薄:接近。

〔136〕险巇(xī):艰险,险峻,此指险恶。

〔137〕被:加在身上。伪名:捏造的罪名。

〔138〕尚:尚且。黯黮(dàn):昏暗不明。

〔139〕胶加:同"交加",交错杂乱。

270

〔140〕被:通"披"。荷裯(dāo):用荷叶做的短衣。裯,短衣。晏晏:美丽鲜艳的样子。

〔141〕潢洋(huǎng yáng):宽大。带:束缚。

〔142〕骄美:夸耀自己的美貌。伐武:炫耀自己的武功。

〔143〕负:倚仗。左右:左右大臣。

〔144〕愠恽(wěn lǔn):内心忠诚而不善言辞的样子。修:美。

〔145〕好:喜欢。夫:那些。慷慨:巧言令色而能说会道。

〔146〕众:群小。踥蹀(qiè dié):小步快走的样子,这里指奔走钻营。日进:越来越高升。

〔147〕美:修美的君子。超远:疏远。逾迈:越来越疏远。迈,远。

〔148〕辍耕:停止耕作。容与:闲散无事的样子。

〔149〕芜秽:因无人管理而长满野草。

〔150〕绵绵:久远的样子。多私:徇私舞弊。

〔151〕悼:恐惧。危败:危亡。

〔152〕雷同:随声附和。炫曜:炫耀,夸耀。

〔153〕毁誉:毁谤和称赞。昧昧:昏暗的样子,指是非不明。

〔154〕修饰:修饰容貌,比喻改革政治。窥镜:照镜子,比喻找寻缺点。

〔155〕窜藏:逃匿躲藏。

〔156〕"愿寄言"句:希望托流星捎信给楚王。

〔157〕羌:发语词。儵(shū)忽:倏忽,快速的样子。当:值,遇上。

〔158〕暗漠:暗淡无光。

〔159〕举任:举贤任能。

〔160〕适:安逸。

〔161〕谅:信,确实。

〔162〕怵(chù)惕:恐惧警惕。以上两句是说,治理天下得法,则天

271

下人没有怨恨,我还有什么可以畏惧的呢?

〔163〕浏浏:水之流行无阻的样子。

〔164〕强策:坚硬的马鞭。

〔165〕郭:外城。恃:依靠。

〔166〕介:铠(kǎi)甲,古代的战衣,缀有金属薄片以保护身体。

〔167〕邅(zhān):回旋不前。翼翼:小心谨慎的样子。

〔168〕忳(tún):忧伤苦闷。惛(hūn)惛:心烦意乱的样子。愁约:愁闷穷困。约,穷困。

〔169〕"生天地"句:人生在天地之间,就像过客一样,来去匆忙。

〔170〕沉滞:埋没。见:同"现"。

〔171〕布名:扬名。以上两句是说,希望退隐自修,但又想建功立业以留名天下。

〔172〕恂愁(kòu mào):愚昧。自苦:自寻愁苦。

〔173〕莽洋洋:荒野辽阔的样子。无极:没有尽头。

〔174〕忽:飘忽。薄:止。以上两句是说,一生漂泊,无处安身。

〔175〕皇皇:通"遑遑",匆忙。更索:向别处求索。

〔176〕宁戚:春秋时卫国人,原为商贩,夜宿于齐国东门外,齐桓公出,看见他在喂牛且敲着牛角唱歌,倾诉其怀才不遇。桓公得知他是贤人,于是车载而归,以他为卿。

〔177〕桓公:齐桓公,春秋前期齐国国君,称霸于诸侯。

〔178〕伯乐:伯乐是春秋时人,善于相马。相(xiàng):观察事物的外表而断其优劣。

〔179〕誉:当作"訾"(zī),思量,估量。"訾"与"知"押韵,"誉"则失韵。

〔180〕罔:通"惘",怅惘。聊虑:深思。

〔181〕著意:同"着意",专心一意。得之:自得之。

272

〔182〕纷:很多。纯纯:诚挚的样子。

〔183〕被离:通"披离",众多杂乱的样子。障:阻碍。

〔184〕不肖:不贤,自谦之词。这句是说,希望乞求骸骨而远去。

〔185〕精气:阴阳之气。抟(tuán)抟:聚集成团。

〔186〕骛(wù):驰逐,追随。湛(zhàn)湛:众多的样子。

〔187〕骖:乘,驾驭。白霓(nì):不带颜色的虹。习习:飞动的样子。

〔188〕历:经过。群灵:群神。丰丰:众多的样子。

〔189〕朱雀:星座名,南方七宿的总称。茷(pèi)茷:翩翩飞翔的样子。

〔190〕苍龙:星座名,东方七宿的总称。蠼(qú)蠼:行走的样子。

〔191〕属(zhǔ):跟着。雷师:雷神。阗(tián)阗:象声词,雷声。

〔192〕飞廉:风神。衙衙:行进的样子。

〔193〕轻辌(liáng):轻车。锵锵:象声词,车铃声。

〔194〕辎乘(zī shèng):辎车,古代一种有帷帐的车。从从:象声词,车铃声。

〔195〕委蛇(wēi yí):形容旗帜迎风飘扬。

〔196〕扈(hù):随从。屯:聚集。骑(jì):车骑。容容:飞扬的样子。

〔197〕计:思虑。专专:专一。不可化:不可改变。

〔198〕推:进。臧(zàng):善,好。

〔199〕赖:依赖。

〔200〕恙:忧。以上两句说,祈求皇天厚德以保佑楚王而使之没有灾难。

273

再版后记

　　本书编选于 2004 年，出版于 2009 年，转眼十余年过去了。此次再版，将原书中的讹误重做修订，对个别诗篇的字词注释与诗义理解也做了适当的补充修改。为了更好地反映先秦诗歌内容的丰富性和艺术的多样性，本次重版又增加了 14 首作品。先秦时代与我们距离久远，诗歌文辞古奥，虽经历代学人的不断努力，但是对于好多诗篇的主旨和字词仍然有不同的理解。我们在接受先贤和时人相关研究的基础上加以己意，力图给读者提供一个简明的先秦诗歌读本。自知学识有限，错误在所难免，敬请学者批评指正。

注　者

2020 年 4 月 26 日